KB040919

내 생애 가장 큰 축복

성석제 짧은 소설

내 생애 가장 큰 축복

샘터

차례

1부

되면 한다

오, 하필 그곳에

O는 덩치는 크지 않아도 강단이 있고 '한 성질'하게 생겼다. 찢어진 눈매와 튀어나온 광대뼈, 우뚝한 콧날이 젊은 시절—물론 그는 지금도 젊다고 주장하는 40대 후반이다—'좀 놀았겠다' 하고 생각하게 만든다. 하지만 누구든 O를 한두 차례 만나게 되면 그가 얼마나 섬세하고 배려가 많은 사람인지 알게 된다.

그는 화단에서 이름있는 화가이다. 그림을, 그중에서도 동양화를 그린다. 개인 전시회도 수십 회 가졌고 다채로운 수상 경력도 있다. 웬만한 사람은 그의 이름을 들으면 안다는 반응을 보일 정도다. 좀 더 잘 아는 사람은 "불의를 보면 참지 못하고 행동에 나서는 정의로운 사람"이라며 인물평을 전해준다. 물론 그가 그렇게 된 데는 충분한 이유가 있다.

어느 날 그는 오래된 왕복 2차선 도로와 새로 건설된 4차선 도로가 번갈아가며 이어지는 국도를 친구 C와 함께 승용차를 타고 가고 있었다. 계절은 한창 볕이 좋은 봄이었고 길한쪽으로 유유히 따라오는 강의 푸른 물빛과 세상을 초록으로 물들이기 시작한 풀과 나무가 두 사람의 기분을 한층 들뜨게 만들었다. 그들은 물 흐르듯 이어지는 대화로 시간 가는줄 모르고 즐겁게 여행을 즐기는 중이었다.

그런데 언제부터인가 뒤에서 따라오는 차에서 '비상 깜빡이'를 켜고 '쌍라이트'를 번쩍거리는가 하면 간간이 경적까지울리면서 뭔가 못마땅하다는 신호를 보내왔다. 운전을 하던C는 애써 무시하고 있었지만 조수석에 앉아 있던 O가 거울로 뒤차를 주시하게 되면서 두 사람의 화제는 뒤에서 따라오는 차에 집중되었다.

"저놈, 저거 왜 저래?"

"뭘 잘못 먹었나?"

"아침에 누구한테 밥도 못 얻어먹고 얻어터졌나?"

"날아가는 새가 깔긴 응아에 눈탱이라도 맞았나?"

두 사람은 처음에는 만담을 하듯 가볍게 대화를 주고받았지만 마음이 그리 편치만은 않은 상태임을 서로가 잘 알고있었다.

이윽고 차선이 왕복 4차선으로 넓어졌다. 뒤차는 옆으로 쏜살같이 달려 나와 두 사람이 타고 있는, 9년간 15만 킬로미터의 주행거리를 기록 중인 SUV를 가볍게 추월했다. 두 사람은 애써 그 차의 운전자를 보지 않으려 했고 C는 여전히 규정 속도를 지켜가며 주행을 계속했다. 뒤차에서 앞차가 된 그 차가 그냥 지나가는가 싶었는데 한숨 돌린 C가 실수로 상향등을 켜는 바람에 일이 커졌다. 앞차가 속도를 늦추고 웅크린 호랑이처럼 그들이 탄 차가 가까이 오기를 기다리고 있더니 그들의 차가 앞으로 나서자 다시 '비상 깜빡이'를 켜고 '쌍라이트'를 작동시키는가 하면 마침내 유리창을 열고 손까지 내밀어 차를 옆으로 세우라는 시늉을 하는 것이었다.

C가 그걸 모른 체하며 지나가려 하는데 다시 차선이 왕복 2차선의 좁은 길로 바뀌었고 그 차가 중앙선을 침범해서 추월을 하면서 앞에 나섰다. 그때부터는 시속 30킬로미터 미만으로 느릿느릿 주행하면서 그들이 탄 차가 앞질러 가는 것을 방해했다. 더 이상 그 차의 도전을 무시할 수 없는 상황이 되고 말았다.

"아, 타 좀 데워봐. 더것들이 뭔데 기들 막고 행패야?"

O가 떨림을 감추기 위해 목에 힘을 주느라 불분명한 발음으로 말했다.

"우리가 뭔가 잘못하긴 했나 봐. 그래도 같이 운전하는 사람들끼리 그냥 서로 좋게좋게 이해하고 넘어가도 되겠구만 뭘 저렇게까지 하는 거지?"

C는 되도록이면 말썽 없이 길을 갔으면 하고 바랐지만 그
건 일방적인 바람일 뿐이었다. 빨랐다 느렸다 제멋대로 가던
앞차는 10여 미터 앞에 완전히 멈추었다. C는 차의 속도를
확 올려 도망치는 것도 아주 잠깐 고려했다. 하지만 10년 다
된 자신의 고물차가 앞차와 같은 날렵한 최신형 승용차를 따
돌릴 가능성은 거의 없었다. C는 체념을 하고 한숨을 쉬며 차
를 세웠다. 하필이면 주변에는 오가는 차라고는 한 대도 보이
지 않았다.

여차하면 전화로 경찰에 신고를 하겠다면서 C는 자리에 앉
아 있었고 O가 안전벨트를 풀었다. 앞차의 문이 양쪽으로 열
리고 머리가 짧고 체격이 건장한 두 사내가 내렸다. 운전대를
쥔 C의 손가락이 덜덜 떨리고 있었다.

"아, 똘지 마, 똘지 말라고!"

O는 큰소리를 치긴 했지만 스스로도 무척이나 당황하고
있었다. 그가 차문을 연 채 땅에 한발을 딛고 또 다른 발을
딛으려는 차에, 땅에 웬 커다란 망치-공사현장에서 흔히 '오
함마'라고 불리며 기다란 손잡이 끝에 육중하고 뭉툭한 금속
덩어리가 달린 도구로 보통 망치보다 더 큰 힘을 가할 수 있
어 콘크리트 거푸집 등을 깨뜨릴 때 사용한다-가 세워져 있
는 게 보였다. 절묘하게도 차와 길가 밭 사이의 틈에, 박달나
무 자루를 달고 금속의 몸체에 벌겋게 녹이 슨 채.

"아니, 이게 여기 왜 있는 거야?"

말을 하면서 O는 자신도 모르게 그걸 집어 들었다. 한 손으로 들기에는 약간 무거운 듯해서 두 손으로 받쳐 들었다가 오른손으로 바꿔들었다가 하면서 무게를 가늠했다. C를 돌아보며 "이게 왜 길바닥에 있을까?" 하면서 오함마를 이 손 저 손으로 주고 받기도 했다. C는 전화기에서 여전히 손을 떼지 못하면서도 "있을 만하니 있겠지. 상태가 나쁘지는 않네" 하고 대꾸했다. O가 앞을 바라보자 아까 차에서 내렸던 머리 짧은 두 남자가 5, 6미터 앞까지 와서 더 이상 전진도 후퇴도 하지 못하면서 어쩔 줄 모르는 표정으로 서 있는 것이었다.

"왜요, 아더씨들! 뭐 할 말 있드세요? 있냐고?"

O는 오함마를 머리 위로 빙글빙글 돌리다가 번쩍거리는 상대방의 승용차를 겨냥했다. 여차하면 때려 부술 수도 있다는 듯이. 그러자 두 남자 중 하나가 급히 "아네요, 우리 그냥 지나가다가 하도 운전을 안전하게 잘하시는 것 같길래 좀 배우려고 그랬던 겁니다" 하고는 동료를 향해 눈을 껌벅거렸다. 그의 동료는 그만한 말주변조차 없는지 그저 커다란 주먹을 서로 포갠 채 서 있을 뿐이었다.

"할 말이 있으면 하세요! 시원하게!"

어느새 C도 운전석에서 몸을 빼고 큰소리로 외치고 있었다.

"아닙니다. 날씨가 참 좋죠? 계속 안전운행 하세요!"

남자가 말하더니 동료의 어깨를 쳐서 돌려세웠다. 그들의 커다란 엉덩이가 멀어져가는 동안 둘은 아무 말도 하지 않고 가만히 있었다. 그들이 차를 타고 출발하고 난 뒤 한참 있다가 O는 차에 올랐다. 그의 손에는 은인과도 같은 금도끼, 아니 오함마가 들려 있었다.

"그걸 왜 갖고 들어와! 무섭게."

C가 질겁하며 말하자 O는 태연하게 대답했다.

"고마워서 그러지. 집에 가서 녹 싹 닦고 기름칠 잘하면 뭔가 작품이 될 것 같애. 마르셀 뒤샹의 작품 〈변기〉처럼. 그거 아니면 어때. 그냥 기념으로 가지고 있겠다는데."

"그 오함마, 주인이 없는 거겠지?"

"그렇지. 누가 이런 일이 있을 줄 알고 여기에 오함마를 두겠어. 지나가던 트럭에서 떨어졌거나 했겠네."

"하필이면 딱 그곳에."

"그래, 하필이면. 고맙게도."

펠레의 전설

요즘은 보기 드물겠지만, 아니 있을 리가 없지만 내가 중학교 다닐 때만 해도 학교마다 혹은 학년마다 한두 명씩 권투 챔피언을 연상케 하는 강력한 펀치를 자랑하는 교사가, 아니 스승이, 아니 선생님이 있었다. 내가 입학한 중학교에도 그런 선생님이 있었으니 성함은 주성기, 별명은 '펠레'였다.

펠레의 어원은 이러하다. 아득한 옛적부터 그에게 맞지 않고 졸업한 학생이 단 한 사람도 없을 정도로 잘 팬다 하여 명명된 '다 패버릴래'가 시작이었다. 그러다 브라질의 축구 스타 에지송 아란치스 두 나시멘투, 곧 애칭 펠레가 등장하면서 자연스럽게 '다 패버릴래'가 '다 펠래'로, 이어 '펠레'로의 변이 과정을 거쳤다고 전해진다. 이후부터 졸업생 모임처럼 어느 정도 안도감을 곁들인 자리에서는 '조팰래'로, 보통은 그냥 '펠레'로 불렸다. 학교 근처 유치원생부터 전문대학교 학장까지 다 같이 부르는 유명한 호칭으로 그 중학교를 거쳐간 학생들은 펠레를 호환, 마마보다 더 무서워했다.

어느 나른한 봄날, 펠레가 담임을 맡은 2학년 1반에 종례 시간이 돌아왔다. 그날따라 펠레의 심기는 그다지 좋지 않았다. 지금은 '중2병'이라는 말이 있을 정도로 중학교 2년생의 기세가 등등하지만 보릿고개의 흔적이 아직 남아 있던 당시의 시골 중학교 2학년 아이들과 교사의 존재 양태는 육체적으로나 정신적으로나 전혀 상대가 되지 않을 정도로 차이가 났다.

펠레는 끈을 달아서 공중에 대롱거리며 들고 다니던 몽둥이를 겨드랑이에 끼고 아직 채 익히지 못한 아이들의 이름을 외우기 위한 것인 듯 출석부를 들고 인상을 찌푸리며 교실로 들어섰다. 불행히도 아이들이 그의 존재를 금방 알아차리지 못했다. 가장 먼저 본 아이가 "전체 차렷!" 하고 군국주의 시대를 연상케 하는 구호를 외치기까지 평소보다 2, 3초 정도의 시간이 지체되었던 것이다. 그로부터 그날의 희비극은 시작되었다.

펠레는 "담임선생님께 대하여, 경례!" 하고 반장이 목청이 터져나가라 외치는 소리는 들은 척 만 척 절도 있는 걸음걸

이로 운동장이 내려다보이는 창가 자리로 다가갔다. 흰 장갑을 낀 그의 손가락은 평소에 아이들의 빗자루와 걸레가 거의 닿지 않는 유리창 위의 난간을 죽 훑었다. 물론 거기에는 그가 흡족해할 만한 충분한 양의 먼지가 묻어났다. 그는 이미 얼굴이 잿빛으로 질려 있는 반 아이들을 천천히 둘러보면서 또박또박 박아서 말했다.

"봐라. 이게 바로 너희들의 정신 상태를 보여준다. 불결하고 비위생적이고 아무런 생각이 없다는 증거란 말이다."

물론 펠레도 남자중학교 2학년 아이들 60명이 매일 북새통을 이루는 교실 어디에나 먼지가 쌓일 수밖에 없다는 현실을 몰랐을 리 없다. 더 이상 말할 필요가 없거니와 그는 그날따라 심기가 불편했고 그 불편함을 해소할 핑곗거리가 필요했을 뿐이었다.

"주번이 누구냐? 손 들고 나와. 안 나와? 요놈들 봐라."

주번은 두 명이었는데 한 명은 무슨 일인가로 밖에 나가 교실에 없었다. 한 명은 교실에 있긴 했지만 워낙 심약한 아이였고 기절 직전 상태여서 손을 들어 자신이 주번임을 알리는 것 자체가 불가능했다. 그 아이가 안간힘을 쓰는 사이 차갑고 단호한 펠레의 명령이 교실을 울렸다.

"이 쓰레기장 같은 반에는 주번도 없냐? 주번이 누구얏! 당장 앞으로 튀어나오지 못해! 주번!"

문득 앞쪽 자리에 앉아 있던 아이 중 하나가 자리에서 벌떡 일어나더니 펠레의 앞에 가서 섰다. 터질 듯한 긴장감 속에서 아이들은 저마다 침을 삼켰다.

"네가 주번이야?"

펠레의 물음에 아이는 대답도 제대로 하지 못하고 고개를 끄덕거렸다.

"너 왜 아까 나오랄 때 안 기어 나왔어? 너 벙어리야, 왜 말을 못해? 이놈 복장 좀 봐라, 명찰하고 배지는 어디다 잡혀먹었어? 너 오늘 세수는 하고 온 거냐?"

이제 논리의 중심은 위생과 청소, 주번의 의무에서 학생으로서의 기본, 태도로 옮아가고 있었다. 어쨌든 펠레에게 필요한 처벌의 논거는 충분히 갖춰졌다. 그는 출석부를 내려놓고 아이에게 팔을 짚고 엎드릴 것을 요구했다. 모두들 그 다음에 아이에게 내려질 체벌을 견뎌낼 수 있을지 없을지 가늠하면서 조용히 침을 삼키고 있었다.

그 순간 뒤늦게 또 하나의 주번이 당도했다. 그 아이는 순식간에, 거의 본능적으로 어떤 일이 벌어지고 있는지를 파악했고 문을 열고 들어서자마자 식목일에 흔히 심던 은사시나무가 바람에 떨 듯 떨기 시작했다.

"넌 뭐야?"

"주번입니다."

펠레는 패려던 동작을 일단 멈추고 주번에게 왜 뒤늦게 왔는지에 대해 물었다. 주번은 교감 선생님이 각 학급 주번 대표를 불러서 학교 전체의 청소를 학년별로 분배하고 전원이 하교 전에 종이와 오물, 돌멩이 줍기 등으로 환경 정화를 하기로 했으니 반으로 돌아가 잘 전달하라는 식의 복잡한 문제에 관해 설명을 하다가 바닥에서 일어난 아이에게 의아한 눈길을 던지며 "넌, 넌, 넌, 아니잖아, 주번"이라고 말했다.

"주번이 아니라니? 그럼 넌 뭐야?"

펠레가 물었다. 맞을 뻔했던 아이는 울상을 하고 대답했다.

"저 구 번인데요. 구 번 나오라는 줄 알고."

그러자 교실이 거대한 고물 우주선이 된 듯 사방에서 삐걱대는 소리가 났다. 아이들이 웃음을 참느라 온몸을 비틀었던 까닭에 의자가 하중을 받아 내는 소리였다. 어떤 아이들은 제 허벅지를 꼬집거나 연필을 바늘 대용품으로 남의 허벅지를 찔러댔는데 그 때문에 나는 억눌린 신음 소리가 의자 소리와 절묘한 합주를 이루었다. 펠레만이 고독하게 교실 천장을 쳐다보며 서서 어떻게 이 상황을 수습해야 할지 고민하는 듯했다.

"니들은 일단 너희 자리로 들어가. 반장 누구야! 반장! 너이리로 나와!"

그때 반장은 단맛과 향이 사라진 껌을 남모르게 씹고 있었다. 갑작스러운 부름에 반장은 암행어사 출두 시의 육방관속처럼 "니에이!" 하고 대답을 하며 앞으로 뛰어나가느라 미처 껌을 뱉을 새가 없었다. 반장이 앞에 나와서 서는 동안 펠레는 몽둥이를 놓고 양복을 벗어 교탁 위에 팽개쳤다. 그는 와

이셔츠 소매를 걷기 위해 단추를 하나씩 풀 때마다 한마디씩 끊어가며 반장에게 소리를 질렀다.

"니가 반장이야? 네가, 바로, 2학년 1반 반장이냐, 말이다! 네가, 이, 반의, 뭐야, 도대체? 넌, 이, 반, 에, 뭐, 야?"

이어서 주먹과 발, 몽둥이가 조합된 춤판이 벌어질 것임은 불문가지였다. 펠레가 소매를 다 걷고 나서 본격적으로 "니, 이, 반, 에, 뭐, 냐, 고, 오!" 하고 방울뱀의 방울소리 같은 최후의 질문을 던졌을 때 반장은 잽싸게 대답했다.

"껌인데요."

의자가 우르르 자빠지고 책상이 뒤집어졌다. 책과 공책이 공중으로 날아올랐다. 몇몇 아이들은 갑자기 영장류가 된 듯이 복도로 나 있는 창문에 올라붙기까지 했다. 그것이 뒷날 '주번과 껌, 그리고 펠레'로 알려진 전설의 시작이라고 한다.

되면 한다

　C군에 간 건 C읍이 고향인 친구 H가 동창들이 살아온 이야기를 담은 책을 내서였다. 1960년대 초반 베이비부머로 태어나 농촌도시의 읍내 남쪽에 있는 초등학교를 졸업한 동창생 300여 명은 전국으로 뿔뿔이 흩어져 갖가지 생업에 종사하며 살다 어언 50대 중반에 다다랐다. 그중 몇몇 '얼리 어답터'들이 스마트폰의 사회관계 서비스망에 깊이 맛을 들였고 동기생들로 이루어진 '단체방'을 만들고는 먹고 살기에도 바쁜 친구들을 괴롭히고 독촉해서 가입하게 만든 게 계기였다.

　늦게 배운 도둑질에 밤이슬 젖는 줄 모른다는 말 그대로 21회 동기생 중 2, 30여 명이 가입한 그 방에는 밤낮을 가리지 않고 사진과 사연이 올라왔다. 그 사연 가운데 가장 많은 조회 수를 기록한 것은 '단체방에 새 글이 올라왔다는 신호가 하루 24시간 떵똥땡똥거려 시끄러워 죽겠는데 그렇다고 그 소리 듣고 그걸 안 보고는 살 수가 없으니 소리가 안 나도록 하는 방법이 없느냐'고 문의하는 내용이었다.

그런 식으로 두어 해 동안 카페, 블로그, 단톡방(단체 카카오톡 방), 밴드 등으로 매체를 달리해 가며 엄청난 양의 사연이 쌓이고 쌓였다. 어느 날 게시판에 글 한 줄 남기지 않고 눈으로만 보고 있던 H가 그 사연들을 모아 출판을 해보겠노라고 나섰다. 결국 그의 출판사에서 조촐하나마 정다운, 초등학교 교실 뒤편에 있던 '우리들 문예 솜씨'마냥 있는 그대로 손대지 않은 문집을 내게 된 것이었다.

H는 명색이 글쟁이인 내게 '책의 모양이 나도록' 발문을 써 달라고 부탁해왔다. 나는 H와 40살이 넘어 알게 됐지만 비슷한 연배에 자주 술잔을 기울인 인연이 있어 청탁을 받아들일 수밖에 없었다. 카페에 혼자 앉아 이메일로 넘겨받은 원고를 무심코 읽어보다가 나는 그만 몇 번이고 눈물 바람을 하고 말았다. 일찌감치 명예퇴직하고 소파에 누워서 티비 연속극을 보다가 아내 몰래 훌쩍훌쩍 운다는 친구들을 대놓고 비웃던 내가.

아니, 그만큼 C읍 남부초등학교 21회 동기생들이 살아온 이야기는 내 삶과 많이 겹쳤다. 기쁠 때보다는 서럽고 억울하

22

고 눈물 나게 힘든 경우가 훨씬 더 많았다. H가 고향에서 동창들끼리 출판기념회를 한다고 같이 가자고 했을 때 선선히 따라나선 것은 바로, 눈부시게 빛나지는 않는다 하더라도 누구도 아닌 자기 자신의 삶을 절실하게 살아낸 주인공들을 만나보고 싶어서였다.

일정은 2박 3일로 짜져 있었고 이틀째 오후의 출판기념회를 제외하면 대부분이 생전 처음 가보는 C군 이곳저곳을 관광하는, 아니 돌아다니는 것이었다. C군은 인구 8만 명가량의 전형적인 농촌도시였다. 정상 높이가 1000미터를 넘는 산이 있긴 했으나 생소한 이름이었고 휴가철에 사람들이 모여드는 유명 계곡이나 명소도 딱히 없었다. C군 곳곳의 옥토를 적시며 흐르는 하천이 사철 마르지 않는 수량을 자랑하고 있긴 해도 눈에 번쩍 띌 경승은 보이지 않았다.

하지만 웅장한 자연보다는 대를 이어온 사람들의 삶이 깊고 아름다웠다. 곳곳에 아늑한 학교와 사찰, 고택이 있었고 용이 되려다 만 이무기를 품은 못에서는 손바닥만 한 붕어가 잡혔다. 그곳에서 썰매를 타고 연을 날리고 나무를 하러 다니다 메뚜기, 개구리, 미꾸라지를 잡으며 어린 시절을 보낸 이야기도 흥미로웠다.

C읍에 살고 있던 H의 동창들은 나와 같이 간 다섯 명을 차 두 대에 나눠 태워 C군 구석구석을 돌아다니면서 손님, 혹은 오랜만에 객지에서 온 친구들을 심심하도록 내버려두지 않았

다. 수백 년 동안 한동네에 모여 살면서 만들어진 인연과 사연, 혼맥, 갈등과 화해의 역사는 실타래가 풀려나오듯 면면히 이어졌다. 묵은 집과 나무, 흙길, 마을 이름이 모두 사람과 삶에 관한 이야기를 잔뜩 머금고 있었다. 생각지도 않은 이야기의 광맥을 발견한 기분이었다. 그러다가 그들은 불쑥, 솔직하게 나에 대한 의구심을 드러냈다.

"뒤차로 따라오는 친구가 귀에 따까리가 앉도록 그라던데, 소설 쓰시는 분이라꼬요…."

"아 예, 맞습니다. 그런데 왜 이렇게 제가 말주변이 없냐는 말씀이지요?"

"우리 겉은 사람이사 오이 농사 고추 농사 짓느라 바빠 놔서 책 읽을 틈이 없어서 잘은 모르지만도, 여서 나가이고 도시에 나가 살던 사람들도 추석이네 시제네 해서 우리 시골에 올 적마다 소설맨키로 재미있고 웃기는 이야기를 마이도 합디다. 촌구석에 사는 우리가 모르는 뉴스도 우째 그키 마이 아는동 모르겠고."

하지만 정작 그들이 나보다 훨씬 더 많은 세상의 이치, 진리를 알고 있었다. 벼농사를 사십 년 가까이 지어왔다는 H의 동창은 이런 이야기를 했다.

"씨 뿌리고 수확을 할 때는 다 딱 맞는 그 뭐냐, 때라는 기 있어요. 때, 영어로 타이밍이라 카는 거는 하늘이나 땅이나 신이 정해주는 게 아이라. 다 사람이 정하는 기지. 티브이에

서 농사에 관한 방송도 하고 전문가라는 사람이 나와서 언제
가 적기다 아니다 떠들어대는데 우리는 기양 동네 아무 데서
나, 논둑이고 새마을구판장이고 마을회관 할 거 없이 모이 앉
아서 이야기를 합니다. 나는 오늘 모를 심을란다, 나는 내일
나락을 거둘까 싶다, 이런 식으로 서로 말만 하민서 눈치를
살살 봐요. 그카다가 성질 급한 놈이 맨 먼저 일을 벌이는 기
라. 그럼 나 겉은 사람들은 쪼매 더 기다리지요. 맨나중도 아
이고 처음도 아이고 어중간하이 중간축에 들라고. 중간축에
들마 농사는 보통 이상은 돼요. 맨 앞이나 뒤쪽에 있으마 문
제가 생기는 거예요. 틀림이 없어."

　C군에 도착한 다음 날 오후 4시, 예정된 출판기념회가 열
렸다. 읍내에서 가장 큰 예식장(예식장에서 '컨벤션 홀'이라는 이름
으로 바뀌었다)에 예약을 했고 음식은 C군에 살고 있는 동창들
이 준비하기로 했다. 음식 재료비 포함, 모든 경비는 십시일
반으로 모두가 공평하게 부담했다.

　식순은 1시간 내외로 정했다. 참석 인원은 동기·동창들과
가족, 친지 등 행사 관계자를 합쳐 250여 명, 초대 손님은 삼
십여 명쯤으로 학창시절 은사와 모교의 현직 선생님이 대부
분이었다. 그런데 뜻밖의 일이 발생했다.

　선거철이 아직 한참이나 남은 줄 알았는데 지역 정치인들
의 시간개념은 좀 다른 것 같았다. 선출직인 군수와 군의회의
의원들이 몰려왔다. 다른 초·중·고등학교의 동창회 대표,

종자상·농약상 등 지역의 주요 산업인 농업 관련 사업자, 농협·축협 관계자들까지 화환을 대동하고 출현했다.

초대하지 않은 손님들, 특히 군수나 군의원처럼 정치적인 색깔이 강한 사람들일수록 시간에 늦게 왔고 늦게 온 것에 대해 미안해하기는커녕 수백 명의 사람과 일일이 눈을 맞춰가며 악수를 나누고 하나 마나 한 인사를 하고 가장 눈에 띄는 자리에 앉으려 들었다. 그러니 개회 시간은 자꾸만 늦어졌다.

팔자에 없는 문집의 발문을 썼다는 이유로, 80이 넘은 남의 학창시절 은사들과 한복을 입은 동기회 회장단 부부, 일행과 함께 '헤드테이블(주빈석)'에 앉혀져 있던 나는 낯모를 지역의 유력 인사들과 계속해서 인사를 나누어야 했다. 역시 팔자에 없이 '소설가'라는, 농촌사회에서는 낯선 직업을 되뇌어야 하는 게 곤혹스럽기 짝이 없었고 그런 (팔자 좋은) 직업이 다 있느냐는 식의. 반문 또는 눈길을 받고는 이름까지 거듭 말하는 게 몹시도 불편했다.

녹의홍상의 한복을 떨쳐입은 사회자가 마이크를 들고 '뒤에 서 있는 분들'이나 (이참에 값이 많이 오른 담배를 끊으라는 권유까지 곁들여) '아직 안에 들어오지 않고 있는 분들'에게 빨리 앞으로 와서 빈자리에 앉으라고 수십 차례 종용했다. 마침내 사회자는 사람들 하나하나의 이름과 직함을 부르며 앞으로 나오도록 강권하기 시작했다. 무대에는 식순의 맨 앞에 있는 실내악 연주를 하기 위해 모교인 남부초등학교의 실내악 합주

단과 지역 실내악 동호회 회원들이 바이올린과 비올라, 첼로 등의 현악기를 안고 앉아 있은 지 오래였다.

주빈석에 와서도 군수의 악수는 여전히 계속되었다. 사회자는 예정에도 없이 내빈을 소개하겠다고 하면서 맨 먼저 '서울에서 오신 유명한 소설가님'으로 나를 지목해 일어서게 했다. 이어 백발이 성성한 왕년의 은사들이 한 사람씩 소개되었고 그들 또한 일어서서 사방을 향해 허리를 굽혔다. 딴 뜻이 있어서 온 지방의원, 지역 사업체의 대표, 농·축협 관계자들은 빠뜨리면 서운하다는 듯 소개를 할 때 만면에 미소를 띠고 인사를 했다.

결국 첫 번째 식순이 시작된 것은 원래 개회 예정 시각인 4시에서 30분이 넘었을 때였다. 미리 인쇄해 나눠준 출판 기념회 안내문에 있는 것과는 달리 첫 번째 순서는 '군수님 인사 말씀'이었다. 그런데 군수의 말소리가 어쩐지 분명치가 않았다. 몸도 전후좌우로 조금씩 흔들리고 있었다.

나중에 알게 됐지만 그날 점심 때 C군 군민 가운데 그해에 회갑을 맞은 사람들을 모아 한꺼번에 치르는 회갑연이 군청 가까운 식당에서 벌어졌다. 군수 역시 회갑을 맞았던 터라 그 자리의 주인공 겸 주최 측 대표로 생색을 내러 참석했고, 반주로 한 잔씩 받아 마신 술이 (회갑을 맞은 군민들이 수십 명은 되었을 터이니) 다소 과했으며, 아직 술이 덜 깬 상태였다. 그야말로 취한 사람의 두서없는 인사말은 십여 분 넘게 계속되었다. 자신의 업적을 여러 번 반복해서 말하고 다음 선거에서의 지지를 부탁하는 말까지 바로 옆에서 듣고 있자니 손발이 다 오그라들었다.

겨우 그의 인사말이 끝나나 했더니 이번에는 (차기 선거에서 군수의 라이벌로 출마 예정인) 군의회 의장이 자신도 인사말을 해야겠다고 나섰다. 술을 전혀 못하는 그는 군수의 '두서없음'을 비꼬고 군수의 업적이 자신이 오래 전에 의회에서 제안한 것임을 강조하는 데 상당한 시간을 할애했다. 마침내 4시 50분이 되어서야 원래 한 시간으로 구성된 식순의 첫 번째 무대가 열렸다.

문집 발간 주체들의 초등학교 40년 후배들로 구성된 실내악단, 지역 동호회 회원들의 실력이 원래 어땠는지는 알 수 없었지만 그들의 연주는 듣기에 안쓰럽기만 했다. 4시가 되기 전부터 무대에 앉아서 너무 오래 기다리는 바람에 현악기의 줄이 엿가락처럼 늘어졌고 그에 따라 음정이 맞지 않았기 때문이었다. 연주자들의 표정이 그들의 정신적 고통과 억울함을 알려주었다. 나는 눈을 감았다.

이어서 남부초등학교 총동창회 남성합창단의 발표가 이어졌다. 초등학교 시절의 동요와 가곡으로 레퍼토리가 짜졌는데, 남성합창단이 어떻게 구성됐는지, 지휘자가 얼마나 훌륭한 경력을 가지고 있는지에 대해 사회자의 긴 설명이 있었다. 제비처럼 검은 정장을 입은 청장년의 남자들 오십여 명이 무대로 올라가고 내려오는 데만 5분이 넘게 걸렸다. 그들의 노래는 급조된 합창단이라고는 도저히 믿을 수 없도록 훌륭했지만 동요를 부를 때 지휘에 따라 유치원생처럼 율동을 하는 데는 정서적으로 동의할 수 없었다.

문집 발간 기념이라는 본행사가 시작되기도 전에 이미 5시 30분이 되었다. 나는 스마트폰으로 시간을 확인하다가 기적처럼 '노년의 질병과 경제난에 대비해 미리 보험에 가입하라'는 문자 메시지가 하나 와 있는 것을 발견하고는, 그날 안에 지구가 종말을 맞이할 것을 알게 된 사람처럼 슬픈 표정으로 밖으로 뛰쳐나왔다. 그리고 실내에서 가장 인구밀도가 높은 그 위대한 주빈석으로 다시는 돌아가지 않았다.

안에서는 여전히 행사가 진행되었다. 준비한 음식을 먹는 기색은 없었다. 식은 음식을 자꾸 데우느라 그러는지 냄새만 흘러나왔다. 시간은 속절없이 6시가 넘어갔고 내 유전자에 별반 들어 있지 않은 인내심을 억지로 동원하느라 애를 써서인지 배가 고파왔다.

나는 안에 있는 일행에게 휴대전화로 계속 메시지를 보냈다. 빨리 밖으로 나와서 같이 밥을 먹으러 가지 않는다면 나혼자 먼저 가버리겠다고. 같이 왔던 일행 다섯 중 셋이 하나씩 밖으로 나왔다. 그들에게 동기가 아닌 유일한 손님에 대한 책임을 지라고 초강력 압박을 가해서 근처에 있는 시장 안식당으로 갔다. 출판사 대표인 H는 모든 식순과 절차가 끝나고 난 후에야 합류했다. 7시가 다 되어서였다.

그는 내게 뜻하지 않은 정치적 이벤트로 곤욕을 안겨준 데 대해 무척이나 미안해하면서 안에서 벌어졌던 해프닝을 이야기해 주었다. 군수가 중간에 (낮술로 인한) 잠에서 깼고, 식순을 본 뒤 자신이 인사말을 하지 않은 걸로 생각하고는 사회자에게서 마이크를 억지로 가져오게 한 뒤 축하 인사말을 한 번 더 했다는 것이었다.

"처음 할 때보다는 좀 낫더군."

그의 논평에도 불구하고 내가 성이 차지 않은 얼굴로 술잔을 기울이는데 일행 중 한 명이 화장실로 가면서 말 한마디를 던졌다.

"우리 사비 회만원이야."

나는 물었다. 그게 무슨 소리냐고. 각자 사비로 회를 만 원 어치씩 사 먹자는 지역 방언?

'얼리 어답터' 중의 하나가 즉각, '사비 회만원'이 무슨 뜻인지 아느냐고 회원이 전 세계에 몇 억 명이라는 SNS에 올렸다. 그 말을 한 동창이 자리에 돌아오자마자 스마트폰 액정에 답이 떴다.

"회비가 4만 원이라는 말이라는데? 맞아?"

당사자가 고개를 끄덕거렸다. 자신에게 그런 버릇이 있노라고. 자주 가는 국숫집에서 이따금 '닭은 살갗 있어요?' 하고 묻고 직장의 부하 직원들에게 '하면 된다' 대신 '되면 한다'고도 한다는 것이었다. 그런 증상에 관해 누군가 SNS에 올라온 해석을 해설했다.

"그런 걸 스푸너리즘이라고 해. 두 단어의 초성을 서로 바꿔서 발음하는 두음전환. 영국 옥스퍼드 뉴 칼리지의 학장을 지냈던 윌리엄 스푸너라는 사람이 그런 말실수를 자주 했다네."

아름다워라, 집단지성의 힘이여. 결국 나는 본전 이상을 건지고야 말았다.

자전거의 값

자칭 타칭 '자전거의 메카'를 고향으로 둔 덕분에 어릴 때부터 자전거를 배우고 중학교 때 일 년 넘게 자전거로 통학을 한 경험이 있기는 했지만 실제로 자전거를 제대로 타보려고 한 것은 마흔 살이 넘어서다. 일단 자전거가 있어야겠기에 이리저리 알아보고 살펴보다 선택한 것이 산악자전거다.

산악자전거는 흔히 'MTB'로 불리는데 이는 'Mountain bike'의 약자로 일반 자전거와 달리 산악에서 사용할 수 있도록 부품 및 장치, 프레임 등이 최적화된 자전거이다. 1970년대 초 미국 캘리포니아에서 모터사이클로 크로스컨트리(cross-country)를 즐기던 청년들이 세계 석유 파동으로 기름

값이 비싸지자 기름 한 방울 들지 않는 자전거를 튼튼하게 만들어 타면서부터 시작된 신종 스포츠라고도 한다. 산악자전거의 세부 종목으로는 험난한 산악 지대를 달리는 크로스컨트리, 경사가 급한 오르막길을 오르는 힐클라이밍, 내리막길을 내려오는 다운힐, 인공 장애물을 헤쳐 나가는 트라이얼 등이 있다. 하지만 그 어느 것도 내게는 해당되지 않았다. 자전거를 가지고 산에 갈 생각이 전혀 없었기 때문이다. 일반 자전거보다 튼튼하고 가볍고 빠르면서 운동 효과로 근육을 늘리고 살을 좀 빼주게 해주는 것이면 되었다.

다행스럽게 집 가까운 곳에 유명한 자전거 전문점이 있어서 십여 차례 방문해 산악자전거 가운데 가장 무게가 가벼운 것을 골랐다. 무게가 가벼운 걸 원하면 '사이클'로 불리는 로드바이크를 선택하는 게 맞다. 산악자전거는 튼튼하면서도 첨단 기술이 적용된 대신 부품이 복잡하고 무게가 많이 나갈 수밖에 없다. 그 산악자전거 가운데 굳이 무게가 가장 적게 나가는 것을 고집하다 보니 부품과 프레임을 가볍되 비싼 것으로 써야 했다. 고집의 대가는 돈이었다.

어쨌든 일반적인 산악자전거보다 훨씬 가벼운 8킬로그램 대의 자전거를 장만하고, 의기양양하게 타고 나가서 가장 많이 받은 질문은 "그 자전거, 얼마짜리야?" 하는 것이었다. 그럴 때는 그저 가볍게 웃어주는 것으로 충분했다. 그러면 질문 당사자들이 만져보고 들어보고 쓰다듬어본 뒤 "아, 얼마구나!"하고 알아서 가격을 매겨주었다. 고마운 사람들이었다. 이제까지 단 한 번도 내 입으로 내 자전거가 얼마짜리라고 말해본 적이 없는데 그게 다 나보다 먼저 말해주는 사람이 있었기 때문이다.

어느 날 자전거를 타고 동네를 어슬렁거리고 다니던 중에 아는 얼굴을 만났다. 그는 다짜고짜 나를 잡아끌어 자신이 앉아 있던 술집 안으로 데리고 갔는데 막 헬멧을 벗는 중에 어디선가 "저 자전거 싸구려야"라고 하는 말이 화살처럼 날아와 귀에 박히는 것이었다. 재빨리 돌아보니 자칭 타칭 '자전거 레이서'라고 하는 선배 작가 K였다. 그에게 가서 "그렇게 말하시는 분의 자전거는 얼마나 하는데요?" 하고 따져 물었다.

"나? 50만 원."

그럴 리가 없었다. 그가 타던 중고 자전거값이 내 새 자전거값보다 훨씬 더 비쌀 게 분명했다. 내가 계속 따지고 캐묻자 그는 결국 이실직고하고 말았다.

"사실은 이번에 큰마음 먹고 자전거를 새로 하나 들여놨는데, 아내가 못않아. 자전거 있는데 또 뭐하러 자전거를 샀느냐, 얼마나 줬느냐고. 그래서 50만 원을 줬다고 했더니 막 뭐라고 하는 거야. 자전거 한 대에 50만 원씩이나 주면 자기가 살림을 어떻게 하겠느냐고."

그러면서 그는 얼마 전에 자신에게 자전거 시합을 한 번 하자고 도전해온 사람이 있었다고 말했다. 그 사람이 가지고 온 자전거가 3천만 원짜리라고 해서 시합은 사양하고 그냥 한 번 타봤는데 마치 구름을 밟는 것 같았다는 것이었다.

"아아, 결국 자전거는 돈이란 말인가."

우리 두 사람은 마주 보며 깊이 탄식했다. 주변에 앉아 있던 사람들은 속도 모르고 웃고만 있었다.

그로부터 얼마 뒤 어떤 사업가가 아는 사람을 통해 소개를 받았다며 나를 찾아왔다. 취미 겸 운동 삼아 자전거를 타보고 싶은데 어떤 자전거를 사면 좋을지 몰라 내게 자문을 구하러 온 것이었다. 나 또한 아는 게 없다고 했지만 그의 부탁을 계속 거절할 수가 없어서 내 자전거를 산 가게로 그를 데려갔다. 가게 주인은 그의 체력과 나이, 경제적 수준에 맞는 것을 몇 가지 추천했는데 십여 분 만에 그가 선택한 자전거는 내 자전거 가격의 세 배가 훌쩍 넘는 것이었다.

그는 자전거값을 신용카드로 치르려고 했는데 금빛 신용카드 한 장으로는 한도가 넘는다는 말을 듣고는 또 다른 검은색 카드를 꺼내 가게 주인에게 주면서 가게 한가운데 공중에 걸려 있는 자전거를 가리키며 물었다.

"저 자전거는 얼마요?"

가게 주인은 그 자전거는 누군가 주문을 미리 해놓은 것인데 아직 가져가지 않았다고 대답했다. 그는 자전거를 좀 보여달라고 했고 그 자전거가 자신이 사려던 자전거의 두 배에 가까운 가격이라는 것을 확인하고는 갑자기 그 자전거가 마음에 든다고 했다. 원래 그 자전거를 사려고 한 사람은 급하지 않은 것 같으니 다시 주문하라고 가게 주인에게 권했다. 주인은 고개를 끄덕이며 그의 의견에 동의했다. 그의 신용카드 두 장으로 자전거 값은 빠르게 치러졌다.

"그럼 같이 시승을 해주시죠."

나는 그의 제안을 거절할 수 없었다. 나는 내 자전거를, 그는 새로 산 자신의 자전거를 타고 내가 자주 다니던 허허벌판의 자전거도로로 나갔다. 2, 3킬로미터를 달렸을까. 뒤에서 따라오던 그가 나를 불러 세웠다.

"자전거가 워낙 새 거라 그런지 제 몸에 잘 맞지를 않는 것 같네요. 바꿔서 타보는 건 어떨까요."

나는 그러라고 했고 내 자전거의 안장 높이를 맞춰서 그에게 주었다. 그가 먼저 출발했다. 그의 모습이 멀어진 뒤에 나도 곧이어 출발했다.

구름을 밟고 가는 것 같다던 선배의 말이 무슨 뜻인지 실감이 났다. 자전거 페달을 밟으면 밟는 만큼 쑥쑥 앞으로 나아갔다. 내가 투입하는 물리적 에너지가 낭비 없이 자전거를 통해 발현되는 느낌이었다. 어느새 내 몸과 자전거가 일체가 되어 자유자재로 들판을 누비고 있었다. 프로들이 출전하는 자전거 대회 중계를 보면서 어떻게 저런 속도가 가능한지 품었던 의문이 그 순간만은 해소가 되었다.

처음으로 자전거가 인간에게 얼마나 큰 축복인지 실감했

다. 마치 모든 예술이, 진실한 인간관계가 그것을 향유하는 사람의 삶을 풍요롭게 해주는 것과 같았다. 그것을 전혀 모르고 사는 사람도 있고 예술의 고급스러운 감동과 인간관계가 주는 즐거움과 진진함을 인생의 일부분으로 누리는 사람도 있는 것이다. 얼마나 시간이 흘렀을까. 얼떨떨해 있는 내게 그가 다가와 말했다.

"으와, 이 자전거 정말 마음에 드는데요. 제 몸에 딱 붙으면서 밟으면 밟는 대로 쭉쭉 나가는 게 정말 최곱니다. 정 선생님, 혹시 이 자전거, 그 멍청한 자전거하고 바꿀 생각 없으세요? 값 차이가 나면 제가 돈을 더 드리겠습니다. 괜찮으시면 당장 이 자리에서 바꿔 타고 가시죠. 어떠세요?"

나는 잠시 고민을 하다가 고개를 저었다. 나와 이 자전거는 인연이 없는 것 같다고. 그는 크게 실망했지만 결국 채 길들여지지 않은 천리마 같은 자전거를 타고 천천히 노을 속으로 사라져 갔다.

그 뒤로 다른 자전거를 여러 차례 타보았지만 다시는 그런 자전거를 만날 수 없었다. 어쨌든 그런 자전거가 세상 어디엔가 있다는 생각, 언젠가는 그런 자전거를 다시 탈 수 있을 거라는 기대만으로도 즐겁다.

90년대 초반에 중국에서 자전거를 수입해 국내 언론기업들에 사은품용으로 납품한 사람을 만난 적이 있다. 그때 자전거 한 대 값이 몇천 원 수준이었다고 해서 큰 충격을 받았다.

2013년 키르기스스탄에 갔을 때 중국산 자전거가 8만 원 정도라고 들었으니 그 가격이 전혀 근거가 없는 것 같지는 않다. 다만 그 자전거는 어디가 한 번 고장 나면 고쳐 쓰는 게 불가능한 '일회용'이라고 했었다.

시인은 말했다

어느해 초봄, 설악산 아래에서 소설을 쓰고 있던, 아니 경건하게 문학에 정진, 수도할 때였다. 수도(修道)는 풀어쓰면 '도를 닦는 것'인데 그곳에는 나 말고도 도를 닦는 사람이 여럿 있었다. 만해 한용운이 수도하던 백담사에서 문학인들을 위해 숙식을 제공하는 레지던스 프로그램을 운영했고 문학인들은 그곳에서 좋은 작품을 쓰는 것으로 보답하면 되었다. 물론 그 아름다운 보시와 보답이 순탄하게 다 이루어진다면 인류의 심금을 울리는 문학작품이 마을마다 골목마다 넘실거릴 것이나 그러지 못한 걸 보면 세상사가 의도하는 대로 다 이루어지는 건 아닌 것이다. 도를 닦는다고 다 도사가 되는 게 아닌 것처럼.

　그곳에 머물고 있는 사람은 세 가지 유형으로 나눌 수 있었다. 첫 번째는 그곳의 설립, 운영의 취지에 부합하게 독한 마음으로 세상에 길이 남을 문학작품을 쓰기 위해 용맹정진하는 사람. 두 번째는 설악산처럼 고요하고 한적한 곳에서 유유자적하며 산수 간에 노닐다가 문득 번쩍하고 번개가 치듯, 돌에 불꽃이 튀듯 하는 순간의 영감을 잡아 작품을 쓰려는 사람. 세 번째는 이도 저도 아니면서 되면 좋고 안 되면 노력해보고 그래도 안 되면 공짜 밥 얻어먹는 게 미안해서라도 하루 몇 줄 끼적거리고 주변에 맛있는 집이 어딘가, 볼만한 곳은 어딘가 돌아다니면서 재미있게 놀다 가려는 사람.

　짐작하다시피 전형적인 세 번째 유형의 인간이 바로 나였다. 첫 번째 유형의 인물들은 대체로 밥 먹을 때 말고는 보기 어렵고 밥 먹으면서 말을 붙이기도 어렵고 말을 붙인다 해도 골똘하게 뭔가에 사로잡혀 있어 대답을 하지 않는 게 보통이고 대답을 한다 해도 무슨 말인지 모를 말을 하니 더 이상 대화를 진전시키기 힘들 정도로 서로가 다르다는 것만 확인할 수 있을 뿐이었다. 세 번째 유형의 사람들이야 나와 비슷한 사람들이어서 궁금할 것도 없었다. 자주 어울려 밥 먹고 차 마시고 산책하고 가끔 산에도 올라가며 서로가 서로를 닮아갔다.

　흥미로운 건 두 번째 유형의 사람들이었다. 그들은 대부분 시를 쓰고 있었다. 이럴 때 꼭 '왕년에 시 안 써본 사람 있나?' 하고 나서는 사람들이 있는데 그렇게 말하는 사람치고 그곳에서 시를 쓰고 있던 사람에 비견할 만한, 제대로 된 성취를 이룬 사람은 아직 만나보지 못했다. 그러니까 그들은 진짜 프로였고 시인이었다.

내가 그곳에 들어간 지 얼마 안 되어서 전례에 없이 저녁 식사 후에 상견례를 겸해 '신입 (문학)도인'을 환영하는 모임이 열렸다. 그때의 신입은 물론 나 하나였고 '구입'들이 예닐곱 명이나 참석했다. 구입들이 권하는 술잔을 받다가 혼자서만 술이 취한 나머지 나는 그 자리에서 하지 말아야 할 이야기를 하고 말았다.

"여기 와서 며칠 보니까 계곡에서 낮에 돌 줍고 계신 분들이 있던데, 그분들 수석하시는 분들인가 봐요. 여러 선배 시인들이 수석을 하셨는데, 돌에 관한 시도 여러 편 쓰시고. 그런데 요새도 수석이 돈이 좀 되나요?"

시인 O가 대답했다.

"계곡에서 돌 줍던 사람이 바로 나요. 돈 벌려고 하는 건 아닙니다. 그저 마음이 답답하고 잘 안 풀릴 때 돌을 가져다가 닦다 보면 맘이 편해지지."

"설악산에 도 닦으러 오셨는데 돌을 닦고 계시군요."

내 말에 아무도 웃지 않았다. 어쩌면 그들 모두가 방에다 계곡의 돌을 몇 개쯤 가져다 두었을 수도 있었다. 나는 말을 돌렸다.

"시인들은 이런 장소에서 집중적으로 일을 몰아서 하는 게 불가능하지 않나요? 시가 닭이 알 낳듯 매일 하나씩 써지는 것도 아니고. 몇 달 버텨봐야 시집 한 권 나오기 힘들겠죠? 소설가들은 이런 데서 통조림 식으로 갇혀서 몇 달 쓰면 소설은 몇 편 나오거든요. 시인들이 여기 있는 건 소설가들에 비해서 경제적이라고 할 수 없을 것 같네요."

그때부터 나는 시인들의 공적이 되었다. 내가 내 죄를 깨닫고 철저히 반성할 때까지.

어느새 그곳 생활에 적응이 되자 친한 사람이 몇몇 생겼다. 그들은 내가 철없이 두 번째 유형의 인물들을 자극했다고 지적하면서 기회가 되는 대로 그들에게 용서를 빌고 친분을 쌓으라고 충고했다. 시인들의 복수는 대단히 시적으로, 함축적이고 돌발적이고 전에 없는 특별한 방식으로 구현되는 바 내가 혼자 몸으로 감당하기는 불가능할 것이라고. 그렇지만 시인들은 그날 그 자리 이후 내게 다가갈 틈을 주지 않았다.

계곡에 붙어 있는 주차장은 늘 십 분의 일 정도만 차 있었고 해가 잘 드는 곳이어서 나는 곧잘 그곳에 가서 약간의 추위를 무릅쓰고 돌 탁자와 의자에 앉아서 원고를 썼다. 그곳에는 설악산 인근에서 나오는 약초와 말린 산채, 버섯, 산에서 나는 열매로 담근 술 등의 특산품을 파는 노점이 있었는데 나이가 일흔쯤 되는 할머니가 하루 종일 그 앞에 앉아 있곤 했다. 그곳까지 들어오는 관광객은 거의 없는데도. 할머니는 귀마개와 목도리를 하고 앉아 있으면서도 손을 쉬지 않았다. 무엇인가를 손질하고 까고 가지런하게 묶고 보기 좋게 만들었다.

일주일이 지나도 도대체 뭘 파는 것을 보지 못하던 나는 더참지 못하고 할머니에게서 참기름을 한 병 사고 말았다. 병에는 아무런 표시가 되어 있지 않았다. 할머니가 직접 농사지어 읍내 기름집에서 짜서 팔 것이니 원산지나 제조자, 공급자가 표시된 공장 산과는 다르게 라벨이 없는 게 당연하다고 생각했다. 사는 김에 설악산 특산이라는 취나물, 참나물, 말린 버섯까지 한 봉지씩 샀다. 그때 시인 O가 어딘가를 다녀오는지 주차장에 차를 세우고 내게 다가왔다.

"걸려들었네. 소설가들은 경제를 안다느니 하면서 세상 물정 다 아는 것처럼 큰소리를 치더니만."

"뭐에 걸렸다는 거예요?"

"그거 중국산이라고. 중국산 참기름에 중국산 들기름이나 중국산 식용유 같은 게 적당히 섞인. 진짜보다는 좀 싸고 가짜보다는 많이 비싸지. 이익이 그만큼 크고. 그런 걸 '할매 장사'라고 하지. 영악한 장사치들이 아침마다 승합차를 가지고 시골 마을마다 가서 할머니들을 모셔다 주요 거점에 떨어뜨려 놓고 어리숙한 뜨내기손님 걸리면 바가지를 씌우는 거야. 그게 요새 장사가 되는 유일한 아이템이라대. 저 할머니가 다

이야기해 줬어."

할머니는 멀찌감치 앉아서 앞니가 두엇 빠진 잇몸을 보이며 웃고 있었다. 나는 어이가 없어 물었다.

"그럼 이게 다 가짜라는?"

"가짜는 아니지. 먹을 만은 할 거야. 두고두고 배는 아프겠지, 좀 비싸게 줬으니."

"그런 걸 도대체 어떻게 아셨어요?"

"계곡에서 돌 주워다 방에서 닦다 보면 다 보여."

그는 "자, 난 이제 볼 일 다 봤으니 내일 갑니다!" 하고 몸을 돌렸다. 나는 그의 등 뒤로 마지막 질문을 던졌다.

"방에서 돌만 닦으셨나요?"

그는 돌아보지도 않고 대답했다.

"아니 소설 하나 썼어. 하도 심심해서. 그럼 안녕히 계시오. 돌은 도로 갖다 두고 갈 테니까 한번 잘 닦아보시고."

나는 그의 뒷모습이 사라질 때까지 크나큰 존경심을 품고 기립한 채 서 있었다.

투 잡

———

내 작업실이 있는 곳은 산 바로 아래쪽이다. 산의 이름을 밝혀도 그만, 안 밝혀도 그만이지만 독자의 상상을 자극해보자는 차원에서, '수도권에 있는 많은 산 가운데 하나로 주말에는 지하철을 이용해 수천 명의 등산객이 몰려든다'는 정도만 알려두겠다.

그리 높지는 않지만 산세가 오목조목, 아기자기하고 물 맑고 그늘 깊은 골짜기가 곳곳에 박혀 있으며 사람이 많이 오는 탓에 길도 여러 종류로 잘 나 있고 특히 발달된 임도는 MTB족을 불러모은다. 기암괴석이 성채처럼 임립한 정상부는 가을에 다홍치마를 두른 듯 빼어난 단풍을 자랑하는데 거기까지 가는 데 막판에는 만만치 않은 힘을 쏟아야 하므로 성취감도 남다르다.

작업실이 산 밑에 있다 보니 사실 주말에는 '작업'이 불가능하다. 내 마음부터 싱숭생숭 들떠서 문장과 이야기가 공중에 둥둥 떠다니는 판이다. 또 철 따라 한 번씩 이 친구, 저 동창이 모임을 만들어서 산행을 핑계 대고 친구를 찾는지 친구를 핑계 대고 산행을 하려는 것인지는 몰라도 작업실 부근에서 거창한 술판을 벌인다. 그게 큰 방해가 되는 건 아니고 지루하고 긴 작업에 시달리던 중에 기분전환도 되므로 은근히 기다려지기도 한다.

작가라고 해서 작업이 뜻대로 되는 것은 아니니 다시 산의 신세를 진다. 산책과 등산을 겸해서 가볍게 중턱까지 다녀온다. 약간은 땀이 난 채로 시원한 바람을 쐬면서 내려올 때 눈길이 자연스럽게 가는 곳이 있으니, 언제부터 산 아래 있었는지 모를 허름한 구멍가게다.

가게는 산자락의 낡은 집에 붙은 엉성한 가건물에 슬레이트 지붕을 하고 공사판의 거푸집에 쓰는 나무판으로 벽을 삼았으며 방수천으로 지붕을 덮었다. 하얀 테두리를 한 창문은 어디서 주워온 게 틀림없었다. 가게 주인은 70세 전후의 부부로 자식들은 결혼해 떠나고 없는 듯하고 아주 헐벗은 것도 아니고 유복하지도 않으면서 삶을 즐기며 살고자 하는 의지가 엿보이는 낙천적인 사람들이다.

가게에는 간단한 과자, 음료 등이 있고 특히 국산 맥주가 튼실한 냉장고에 그득 들어 있는데 손님들이 마시는 것보다는 그들 부부가 마시는 게 많지 싶다. 과자와 포가 주된 안주이고 맥주가 사람을 극도로 취하게 하는 술이 아닌 만큼 만취한 걸 본 적은 없다. 그저 보기 좋을 정도로 불콰한 모습이 풍속화 속 시정 인물들을 연상케 한다. 적당히 인생의 신산함도 알고 전화회복의 이치도 아는 듯 목소리도 크지 않았다.

눈길이 자주 가긴 했지만 내가 그 가게를 단골로 삼지 않은 것은 맥주를 그다지 좋아하지 않는다는 취향이 크게 작용했다. 평소에 부부가 대작을 하고 앉아 있는 작은 가게 안을 자주 드나들게 되면 그들의 불필요한 관심을 끌 수 있었다. 내 딴에는 거기에 사는 사람들과는 일정한 '사회적 거리'를 유지하는 중이었다.

산 아래쪽의 집들은 지난 세기하고도 70년대, 한창 집들이 많이, 빨리도 지어지던 때에 세워진 것들이 절반쯤 된다. 그 집들은 대체로 붉은 벽돌로 외벽을 하고 있고 담벼락과 집 사이는 화분과 운동기구 하나씩을 놓으면 간신히 화장실을 다닐 수 있을 정도로 좁다. 그 화장실에서는 늘 가늘게 물이 새는 소리가 나는데 고쳐도 고쳐도 곧 고장이 난다. 마치 처음부터 잘못 설계된 장치처럼. 어떤 집은 담벼락에 덧대어 철사로 얼기설기 닭장까지 지어놓았고 닭이 그 안에서 아침마다 고고성을 뽑아 올리기도 했다. 파나 고추, 토마토가 자라는 작은 밭이 딸려 있는 경우도 있었으며 마당에 둘 수 없을 만큼의 많은 화분을 길 밖으로 내놓고 아예 화원을 일구기도 했다. 오가는 사람들의 눈과 코가 행복하도록.

이른 봄에서 늦가을까지 산책을 하거나 자전거를 타고 동네 골목을 오가며 수많은 집주인들과 그들의 가족이 집 바깥의 길에 나와 있는 것을 보았다. 그들은 개와 고양이를 놀리고 있기도 하고 라디오를 틀어놓고 노래를 따라 부르기도 했다. 허리가 거의 90도로 굽은 노인이 폐지를 작은 수레에 싣고 세상에서 가장 느린 속도로 나오기도 했다. 하지만 그들과 한 번이라도 몇 마디 이상의 대화를 나눈 적이 없었다. 그저 호기심 어린 눈길을 받고 그 호기심의 내용을 '맨날 빈둥빈둥 노는 것 같은 저 남정네는 도대체 뭘 하는 사람인가'로 해석하고 재빨리 등을 돌렸다.

단풍이 홍수를 이룬 늦가을, 다시 친구들이 작당을 해서 등산을 한다고 몰려들었다. 중년 남녀 예닐곱이 왁자하게 산을 올라가서 정상부 바로 아래의 공터에 이르렀을 때였다. 산 아래 그 가게의 주인 할머니가 플라스틱 함지-흔히 '고무 다라이'라고 하는 함지 속에 막걸리를 담아서 잔술로 팔고 있는 것을 목격했다. 함지 옆에는 휴대용 가스버너가 있었고 그 위에 놓인 큼직한 양은냄비 속에 시래기 된장국이 반쯤 담겨 끓고 있었다.

"아주머니, 그거 한 잔에 얼마예요? 안주는요?"

늦가을의 지는 해, 막걸리, 노인, 시래기 된장국의 냄새, 목젖을 간질이는 바람으로 순식간에 무장해제가 된 내가 묻자 할머니는 찬찬히 눈을 들어서 막걸리 한 양푼에 천 원, 안주 한 컵에 천 원이라고 설명했다. 나는 친구들에게 권유했다.

"우리 오늘 좋은 일 하는 셈 치고 이 아주머니 남은 술하고 안주 떨이 해드리기로 하지. 날도 추워지고 노인이 빨리 내려가셔야 할 것인데 이걸 다 팔아야 가실 게 아닌가."

친구들은 일제히 찬성을 표하며 세상에서 가장 간소한 야외 간이주점을 둘러쌌다. 할머니는 산 아래 가게에 있을 때처럼 무덤덤하게 손님을 맞아들였다. 일단 한 양푼씩 막걸리를 받아 마시고 나서 친구 하나가 무심코 할머니에게 물었다. 이 막걸리 어디서 가져온 거냐고. 그러자 할머니는 조금도 망설임 없이 그곳에서 족히 200킬로미터는 떨어져 있는 내 고향의 이름을 대는 게 아닌가. 그 자리에 있는 친구들의 고향 역시 대부분 그곳이었다. 난리법석, 야단이 났다.

"우와, 고향 떠난 지 삼십 년 만에 고향 막걸리를 여기서 마시다니! 참말로 반갑네! 할매요, 고향이 거기 어데십니까?"

할머니가 어찌어찌 대답을 하려는 것을 나는 한사코 가로막으면서 질문을 한 사람과 할머니 사이를 술살로 생긴 큰 배로 차단했다. 그러고 나서 할머니가 딴생각을 못 하게 "시래기된장국이 정말 맛있네요. 된장을 어떻게 담으면 이런 맛이 나죠? 시래기는 어디서 어떻게 말렸길래 이리도 시원해요? 정말 궁금해서 그러는데 이 무거운 것들을 도대체 어떻게 가지고 올라오셨어요?"하고 연속해 물었다. 야당 국회의원이 대정부 질의하듯 길고 길게. 그러자 할머니는 잠자코 내 어깨 너머로 고갯짓을 했다.

돌아보자 기울어 가는 햇살을 가장 잘 받는 임도에 낡은 오토바이가 한 대 있었다. 거기에 가게의 또 하나의 주인, 할아버지가 멋진 포즈로 기대서 있었다. 화려한 머플러와 헬멧에 커다란 선글라스를 쓴 채 여유작작하게. 내가 눈으로 인사를 하자 할아버지는 손바닥을 활짝 펴서 위로 쳐들어 보였다. 마치 세상에서 가장 아름다운 나의 공주에게 헛수작 붙일 생각은 아예 하지도 말라고 포고하듯.

예쁜 누나 동창생

그 여자와는 애초부터 기분 나쁘게 마주친 셈이었다. 서울에 살고 있는 재경(在京) 낙양초등학교 동창들의 모임이 열리는 식당 입구는 커다란 유리문 두 쪽으로 만들어져 있었는데 안에 들어와 있던 이영호가 잠깐 밖에 다녀오려고 문손잡이를 잡는 순간, 그 여자가 바깥에서 문을 향해 걸어왔다. 오른손잡이인 이영호는 오른쪽 유리문 손잡이를 잡았는데 하필 그 여자가 자신의 왼쪽에 있는 문을 향해 손을 뻗었다. 이영호는 문을 당겼고 여자는 문을 민 꼴이 되었고 이영호가 문손잡이를 놓고 나서도 그 여자가 문을 계속 미는 바람에 이영호는 미끄러지면서 유리문에 코를 살짝 받았다.

"아이코코코!"

놀라자빠질 뻔했다는 것을 외마디 소리로 표현하는 이영호에게 여자는 뭘 그런 걸 가지고 그리 호들갑을 떠느냐는 식으로 눈을 살짝 흘기며 지나갔다. 자신보다 대충 봐도 열 살은 젊어 보이는 것 같아서 이영호는 '새파랗게 젊은 사람이 미안하다고 말 한마디 하면 어디가 덧나나' 하면서 씁쓰레한 침을 삼켰다.

모임은 예정된 7시보다 30분은 더 지나서야 겨우 시작될 수 있었다. 회장단에서는 계속해서 전화를 하며 늦게 오는 회원들에게 빨리 올 것을 독촉했다. 늦게 오는 사람들도 왜 하필 가장 사람이 붐비는 금요일 퇴근 시간에 모임을 여느냐고 주최 측을 원망했다. 이래저래 자리는 시끄럽고 분위기는 산만함 그 자체라서 이영호는 웬만하면 출석 눈도장만 찍고는 빨리, 제일 먼저 자리를 빠져나갈 셈이었다. 그가 그 자리에 온 것은 동창회 회장이 된 김영기의 부탁 때문이었다.

"내가 이번에 낙양 29회 재경동기회 회장 맡은 게 다 너 때문이야. 그러니까 넌 무조건 와야 돼."

"내가 왜? 난 암 말도 안 했는데."

"네가 요새 본업인 그림은 제대로 안 그리고 허접한 티브이 프로 같은 데나 출연해가지고 헛소리하면서 껍적대고 있다고 소문이 파다한데, 여학생들이 그게 사실인지 아닌지 확인하려고 한다니까."

"아니 남이야 전봇대로 이를 쑤시든 말든…. 그냥 놀기도 심심해서 과외 활동을 한다는 건데 그게 왜?"

"암튼 너한테 직접 확인을 해보는 건 그렇고 만만한 나를 재경동기회장 시켜서는 너를 끌어내자는 작전인 거지."

그런 내용의 통화 끝에 이영호는 결국 '낙양초등학교 제29회 동창회 재경동기회 춘계 정기모임'에 나갈 것을 승낙하고 말았다. 김영기의 말대로라면 참석 예정 인원은 서른 명쯤이었다. 한 층에 백오십 명은 들어갈 대형 식당에는 간이 칸막이가 쳐져서 모임의 규모에 따라 자리를 정하도록 되어 있었다. 이영호는 김영기가 손을 들어 보이는 곳을 향해 걸어갔다. 그런데 김영기의 바로 앞에 아까의 그 여자가 다소곳이 앉아 있는 것이었다.

'동기생의 동생쯤 되나?' 하는 생각을 하면서 이영호는 여자와 한 다리 건너에 있는 빈자리에 앉았다. 거기가 문에서 가장 가까워서 일찍 도망치기도 쉬웠다.

"자 앞에 있는 잔들 채우시고, 바깥의 저 푸른 나무들처럼 우리의 인생도 청춘도 활짝 피어나도록 빌며, 건배!"

김영기의 선창으로 얼떨결에 앞에 있는 잔에 들어 있는 맥주를 반쯤 마시고 난 뒤에 김영기가 두 사람을 인사하게 했다.

"여기는 유인숙이고 이번에 처음 모임에 나왔어. 신평3리 살았지. 인숙아, 이영호 알지? 우리 동기 중에서 제일 유명하신 분이니까. 작품이 교과서에도 실리고 말이야. 나하고는 1

학년 때부터 6학년까지 내리 한 반이었어. 집도 바로 이웃
이고."

"알아."

유인숙이라고 불린 여자는 간단하게 대답한 뒤 잔에 남은
맥주를 시원스레 비우고 나서 이영호에게 말했다.

"너, 나하고 3, 4학년 때 한 반이었잖아. 넌 읍내에서 제일
큰 제재소 뒤 이쁜 양옥집에 살았고."

이영호는 적잖이 당황했다.

"그랬어? 난 잘 몰랐는데."

김영기가 거들었다.

"그래, 이 녀석이 그때는 일 년에 몇 번 씻지도 않아서 방귀
냄새가 풀풀 나는 데다가 꺼벙이처럼 부스스해가지고 맨 뒤
에서 맨날 잠만 잤지. 우리 인숙이 같은 미인에게 감히 가까
이 갈 수나 있었겠냐. 너 그때도 그렇더니 지금 보니까 완전
히 연예인이다, 연예인."

그러자 유인숙이 아름다운 눈을 가늘게 뜨고 김영기가 아
닌 이영호에게 물었다.

"야, 너 지금 몇 살이야? 72년생? 맞지? 쥐띠? 느네 둘 다?"

"그렇지. 뭐가 잘못 됐냐? 그러는 너는 무슨 띠야?'"

이영호가 퉁명스럽게 대꾸하자 유인숙이 대답했다.

"나 너희들보다 한참 위 누나야."

"웃기시네. 생긴 거 보면 완전히 막내동생 하고도 까마득하

게 더 어려 보이는데."

유인숙이 핸드백에서 지갑을 꺼냈다. 그러고는 서슴없이 운전면허증을 보여주는 것이었다. 동기생들의 눈이 일제히 그들이 앉은 자리로 쏠렸다.

"여기 면허증 사진 찍은 지 십 년 된 거고, 여기 나와 있는 생년월일대로 내가 너희보다 세 살 많아. 너희들 이제부터 나한테 깍듯이 누나라고 불러. 알겠니?"

김영기가 놀랍다는 듯이 "그런데 너 정말 하나도 안 늙었다, 아니 십년 전 그대로네. 어디 병원서 손댄 거 아니지? 아는 데 있으면 우리 마누라한테 소개 좀 시켜주든지"했다.

유인숙이 촉촉이 젖은 목소리로 말했다.

"나 우리 집 1남 5녀 중 다섯째야. 막내가 아들이고. 우리 신평리, 아이들이 학교 가다가 멧돼지 만나서 결석하고 비가 많이 오면 다리가 떠내려가서 십 리를 돌아가던 동네였어. 집이 찢어지게 가난한데 애들은 많고 해서 학교 갈 나이가 돼도 집에서 일 거들어야 한다고 아버지가 학교에 잘 안 보내줬지. 나는 그나마 3년 늦게라도 학교에 간 거야. 그러다가 언니들이 공장 취직해서 보내준 돈으로 중학교 졸업하고서 집안일 거들던 중에 중매가 들어와서 시집을 갔지. 남편은 동대문 금은방에서 기술을 배워서 나중에 돈을 많이 벌었어. 나는 신혼 때부터 미장원에서 일 배우다가 솜씨 좋다고 소문나서 따로 미장원을 냈는데 그게 또 남편 금은방보다 더 잘 된 거야. 체인점을 마흔 개나 냈지. 그때부터 손에 물 한 방울 묻히지를 않고 고등학교 검정고시 패스하고 대학교, 대학원 다니면서 공부만 하고 살아서 그런가? 내 눈에는 늙수그레한 너희가 다 오빠 같다. 오빠가 있어 본 적도 없지만."

그러면서 유인숙은 다시 한번 분명한 어조로 이영호에게 말하는 것이었다.

"이제 너, 나한테 꼭 누나라고 해라. 아까처럼 소 닭 보듯 하지 말고."

김영기가 "아이고 우리 예쁜 누님, 이따 갈 때 회비 찬조 좀 많이 부탁해요!" 하고 코맹맹이 소리를 냈다.

그러고 나서는 이영호에게 눈을 끔쩍대면서 "쟤가 진짜 너를 좋아했나보다, 네가 어디 살았는지 저리 자세히 아는 걸 보면 하교 길에 미행이라도 한 것 같은데?" 했다. 이영호는 은근히 좋으면서도 딴소리를 했다.

"턱도 없는 소리. 누나는 무슨 누나야, 동기끼리."

유인숙은 다른 사람들에게 둘러싸인 채로도 이영호의 목소리를 알아듣고는 식당 안 사람들에게 다 들리도록 큰소리로 외쳤다.

"야, 나 너희보다 분명 세 살 위라니까! 내가 너희 누나라고! 알아들었니, 이놈들아!"

다른 동기들이 "알았어, 누나!" 하고 외치는 소리를 들으며 이영호는 속으로 '사실은 나 너보다 네 살 아래인데. 히힛, 내

가 한 살 이익 봤다'고 중얼거렸다. 그는 또래들보다 한 해 일
찍 학교에 들어갔던 것이었다.

내 정신은 어디에

어학연수를 간 아들이 현지의 대학에 입학하기 위해서는 생소한 서류가 꽤 필요했다. 그 정도는 해줘야 아비 된 도리일 것이라고 스스로를 다독이며 단골 은행 지점으로 향했다.

"손님, 필요하신 서류가 영문으로 은행 계좌 예금 잔고를 확인해 달라는 것인가요? 손님 명의로 된 우리 은행 계좌 전부를요? 아니면 잔고가 있는 계좌만 해드려도 될까요?"

새로 온 지 얼마 안 되는 듯한 직원이 내게 물었다. 창구 앞에 앉은 손님이 워낙 많았고 번호표를 뽑고도 30분 이상을 기다렸던 터라 '손님'이라는 호칭이 나를 향한 것임을 깨닫는 데는 적잖은 시간이 필요했다. 그러니까 그녀의 질문에 즉시 대답하지 못하고 약 2, 3초간은 어물쩍거렸다는 뜻이다.

"어떤 손님은 아드님이 학생 비자를 낼 때 잔고가 있는 주
거래계좌의 잔고증명서만 떼어가기도 하셨거든요. 어느 서류
가 필요한지 다시 한번 확인해 보시겠어요?"

이미 확인을 해본 터였지만 직원의 친절함과 정확한 일 처
리에 답하는 의미에서 나는 전화기를 꺼내어서 한창 단잠에
빠져 있을 아들에게 문자 메시지를 보냈다. 그 절차를 밟는
사이에 내 뒤에서 "아니 무슨 놈의 은행이 자기 집 안방이야,
전세를 낸 거야?" 하고 투덜거리는 사람의 목소리가, 조그맣
게 들려왔다. 나는 즉시 뒷사람에게 자리를 양보하고 다시 번
호표를 뽑은 뒤에 은행 앞에 세워둔 자전거를 살펴보러 밖에
나갔다. 언젠가 뉴스에서 자물쇠를 채우고 길가에 세워놓은
자전거를 훔쳐 가는 데, 그 쇠사슬을 커터로 끊고 자전거를
길가에 세운 트럭 짐칸에 집어 던져 올리고 도망가는 데 단
1분 밖에 안 걸리는 걸 보고부터 수시로 자전거를 확인하는
버릇이 생겨 있었다. 자전거는 무사했다.

문자 메시지를 보낸 지 3분 만에 삑, 하고 잠들어 있을 줄
알았던 아들에게서 문자가 도착했다.

"당연히 잔고가 있는 계좌만 필요하죠, 아빠. 그리고 세무
서에 가서서 최소 3년 동안의 소득금액증명서를 영문으로 떼
어달라고 하시고 동사무소에 가서서 영문 가족관계증명서도
떼 달라고 하셔요."

어느새 내 입술이 안에서 흘러나오는 공기로 들썩거리고 있었다. 물론 남들에게 들리지 않을 정도로 조그맣게.

"아니 무슨 대학 연수 코스 하나 하는 데 해달라는 서류가 이리도 많아. 모르는 사람이 보면 무슨 박사 과정이라도 들어가는 줄 알겠네. 아님 노벨상이라도 주려고 이러나?"

알았다고 답 문자를 보내고 나서 은행 창구로 돌아간 나는, 다시 내 차례가 되려면 아직 20분은 더 기다려야 한다는 것을 확인했다. 즉각 자전거로 3분 거리에 있는 동사무소로 가서 영문 가족관계증명서를 떼었고 다시 5분 거리에 있는 세무서에 들렀다 은행으로 헉헉거리며 돌아왔다. 아슬아슬하게 내 차례가 되어 내 명의로 된 그 은행 계좌 셋 중에 정기예금과 주거래계좌의 예금 잔고 영문 증명서를 떼어달라고 요청했다. 직원은 내 신분증을 받고 나서 잔고를 확인하더니 예금 계좌의 인감도장을 달라고 했다.

"도장 안 가져왔는데요? 자기 계좌의 잔고증명을 받는 데 꼭 도장이 필요한가요?"

"예금자 정보 보호 지침이 강화되어서 그렇습니다. 죄송합니다, 손님. 정기예금 계좌는 거래인감이 사인인데 주거래계좌는 오래되어서 그런지 인감이 도장으로 되어 있네요. 그 도장이 있어야 증명서를 떼 드릴 수 있습니다."

"아, 진작 이야기를 하시죠. 아까 제가 집에서 전화로 미리 물어봤을 때는 그런 말 안 했다고요."

"계좌를 확인하기 전에는 거래인감이 도장인지 사인인지 알 수가 없어서 그랬던 것 같습니다. 죄송합니다, 손님."

상대의 지나친 공손함에 질린 나는 "알았다, 가지고 오겠다"고 하고는 다시 자전거를 타고 집으로 돌아왔다. 한참을 뒤져서 도장지갑에 든 도장을 찾았고 다시 집을 나섰다. 우체국에 가서 서류를 부치려면 업무시간 종료까지는 시간이 빠듯할 듯했다.

은행 지점에 돌아가니 그나마 사람이 많이 줄어 있었다. 10여 분 뒤에 내 차례가 되어 도장을 내주었고 드디어 영문으로 된 계좌잔고 증명서 두 장을 받을 수 있었다. 초등학교 졸업식에서 개근상 받을 때보다도 더 보람찬 기분이 들었다. 은행 직원이 내 도장과 신분증을 돌려주고 나서 다음 손님을 맞으려 하기 직전까지는. 나는 감격을 억누르고 직원에게 물었다.

"제 도장지갑은요?"

"네? 도장지갑은 저한테 안 주셨는데요? 손님 주머니에 없으신가요?"

오전부터 그때까지 이런저런 사소하고 귀찮고 숱한 일 때문에 생긴 스트레스가 그 도장지갑을 계기로 폭발해 버렸다.

"왜 찾아보지도 않고 안 줬다고 하는 거예요? 분명히 내가 도장을 도장지갑째 그쪽에 넘겨 드렸는데. 그게 남들한테는 별것 아닌 싸구려처럼 보일지 몰라도 나한테는 오래전부터 사연이 있는 거예요. 빨리 찾아보세요."

직원은 자리에서 벌떡 일어섰다. 내게 고개를 숙이며 "죄송합니다, 손님. 저는 도장지갑을 받지 않았습니다. 한번 잘 찾아보세요, 손님. 죄송합니다" 하는 것이었다. 나는 말로만 듣던 '분노조절장애'가 이런 것이구나 싶으면서도 더욱 열을 올렸다.

"아, 왜 자꾸 나만 찾아보라고 그러고 그쪽 책상은 안 찾아보는 건데요? 또 본인이 잘못하지도 않았다면 왜 자꾸 죄송하다고 그러는 거예요!"

직원은 계속해서 죄송하다고 하면서 자신은 도장지갑을 받지도 않았고 보시다시피 책상 위에 도장지갑은 있지 않다고 했다. 서류를 부쳐야 할 우체국 업무 마감 시간이 다 된 데다 창구 뒤쪽에 앉은 나이 든 간부 직원이 일어서서 소란을 수습하러 앞으로 나오길래 나는 "아, 됐어요!" 하고 밖으로 나와 버렸다. 생각할수록 화가 났다. 자전거를 광속으로(역시 생각일 뿐 시속 20킬로미터 이하였으리라) 몰아 우체국으로 가서는 겨우 시간에 맞춰 서류를 부쳤다.

집으로 돌아오는 길에 문방구에 들러서 도장지갑을 파는지 물었더니 없다고 했다.

"요새는 도장을 쓰는 일이 거의 없어서 도장지갑을 안 갖다 놨어요."

주인은 파리채를 흔들며 말했다. 제집도 안방도 없이 인주를 코에 묻힌 채 안주머니에 혼자 들어있을 도장이 안쓰러워 졌다. 다시 자전거에 올라 집으로 오던 중에 나는 무심코 안 주머니에 손을 넣었다. 그랬더니 도장 말고도 손가락 굵기의 가죽으로 된 뭔가가 만져지는 것이었다.

"아고고! 이게 어따 쓰는 물건이래?"

나는 자전거를 세우고 안주머니의 물건을 모두 꺼냈다. 갈 색 가죽에 검은 지퍼가 달려 있는 도장지갑이, 수많은 풍상에 도 불구하고 수십 년 간 내 소중한 도장을 지켜온 도장지갑 이 멀쩡하게 거기 있었다.

"아이구, 참. 이거 미안해서 어쩌나….."

나는 멀찌감치 보이는 은행의 간판을 바라보며, 이미 그 은 행의 정문에 셔터가 내려진 것을 확인하고는 앞으로 그 지점 에 그 도장지갑 들고는 창피해서 못 가겠다는 생각을 했다.

며칠 뒤 아들에게서 문자가 왔다. 우편물을 잘 받아서 필요 한 서류를 제때 제출했다는 말과 함께 '아빠, 영문으로 된 은 행 예금잔고증명 중에 정기예금 말고 한 계좌는 잔고가 전혀 없던데 굳이 왜 보내셨어요? 업무착오 아니에요?'라는 질문 이 적혀 있었다. 이미 그 은행 지점 앞을 지날 때마다 그 직 원의 눈에 띨까 싶어 쏜살같이 지나가는 게 버릇이 되어 버 린 다음이었다.

운 좋은 사람

대학 입시를 보러 가는 날, 택시를 잡아탔다. 묵주를 쥔 어머니, 보온물통과 도시락을 챙겨 든 누나와 함께였다. 버스를 탄다 해도 늦을 염려는 없었지만 굳이 택시를 탄 것은 3년 동안 매일 새벽밥을 해서 나를 학교로 보내던 어머니가 끼니 때마다 쌀을 한줌씩 덜어내 저축한 돈을 그날 써야 한다고 해서였다.

그게 내게는 엄청난 부담이 되고 있음을 모두 알고 있었다. 나는 물론 버스를 타고 가겠노라고 주장했지만, 어머니의 완강한 고집에다 이미 대학을 졸업한 지 2년이 되었으며 직장까지 하루 쉬고 따라나선 누나의 협공까지 받아 간단히 제압

당하고 말았다.

택시 기사는 사뭇 노련하고 여유가 있어 보이는 사람이었다. 그는 각기 복잡한 심사를 안고 있는 세 승객의 관심을 끌기에 충분할 정도로 이야기를, 말을 잘했다. 하지만 시작은 남들과 크게 다르지 않았다.

"학생, 오늘 대입 시험 보러 가는 길인가보네?"

"네…."

"내가 택시를 철저하게 안전 운전해서 무사히 시험장에 들어가게 해줄게. 이래 봬도 내가 무사고 운전 경력 30년이야."

나는 '예, 신경 써주시니 고맙네요'라고 대답할 여유조차 없어 그냥 가만히 앉아 있었다. 그는 내가 어떤 상황인지 전혀 아랑곳하지 않고 자기 하고 싶은 말을 계속했다.

"난 학생이 머리에 털이 나기도 전부터 운전을 했지. 지금은 택시를 몰고 있지만 군대에서는 부대장 운전병으로 지프를 운전했고 제대해서는 화물트럭, 승용차, 관광버스에 고속버스며 중동 건설현장의 중장비까지 운전이란 운전은 다 해봤어. 그런데 학생, 내가 어떻게 지금까지 한 번도 사고를 안낼 수 있었는지 알아맞혀보겠나? 뒷자리의 젊은 사모님과 아가씨도 한번 맞혀보시죠."

머릿속이 복잡한 나나 그런 나를 안쓰럽게 지켜보고 있는 누나와 어머니가 난데없는 그의 퀴즈에 답을 할 수 있을 리 없었다. 그는 잠시 뜸을 들였다가 다시 말하기 시작했다.

"나는 이제까지 급브레이크를 밟은 적이 거의 없어. 운전은 나 혼자 하는 게 아니어서 상대가 곧 사고를 낼 것처럼 달려들면 급정거를 하지 않을 수가 없지만, 그래봐야 몇 년에 한 두 번 될까 말까 하지. 급브레이크를 안 밟으려면 평소에 신중하게 운전을 하고 좌우 앞뒤를 잘 살펴서 유사시에 어떤 일에도 대응할 수 있는 준비를 하고 있어야 해. 그게 뭐가 좋으냐. 일단 사고가 안 나지. 몸과 마음이 편안하고. 손님들도 놀라거나 사고 나서 다치거나 할 일이 없으니까 내가 모는 택시를 한번 타고 나면 그 뒤로는 택시에 대해서 좋은 인상을 가지게 되겠지."

'급브레이크를 밟지 않는 인생, 그게 제대로 된 인생이지' 하는 식의 교훈으로 결론을 지을 거라고 나는 예측했다. 그러나 그는 소싯적에 소설이라도 좀 써봤는지 그런 실수를 하지 않았다. 계속해서 반말 투로 말하는 것만 빼면.

"학생은 지금 내 이야기가 귀에 거의 들어오지 않을 거야. 하지만 언젠가는 내가 한 말을 꼭 되새겨보게 될 걸세. 지금 학생이 내 차를 탄 건 보통의 인연이 아니야. 학생에게는 앞으로 좋은 일이 엄청나게 많이 생길 거야. 왜냐하면 내가 남들에게 그런 운을 가져다주는 사람이니까."

그때 내가 "푸흐흐" 하고 소리 내어 웃지 않았다면 그때의 내가 아니다. 그는 그런 나를 아랑곳하지 않고 자신만만하게 말을 이었다.

"학생이 오늘 치르는 시험에는 무조건 합격하게 돼. 왜냐? 운 좋게 내가 모는 택시를 탔기 때문이지. 앞으로도 하는 일마다 잘될거야. 왜? 세상에서 가장 운 좋은 사람, 바로 나를 만났기 때문이지."

참다 못해 나는 따지는 어조로 물었다.

"거기에 무슨 과학적인 근거라도 있는 겁니까?"

"없지. 전혀 없어요."

그는 웃으면서 대답했다. 웃는 사람과 논쟁을 할 수 없었다. 하긴 그의 이야기는 맞든 틀리든 별다른 손해나 이익이 없는 이야기였다.

"내가 어디를 가든 거기에는 운이 따라붙어. 기사식당에 내가 한번 발을 들여놓으면 맨날 파리를 날리던 식당도 사람들이 빈 자리가 없이 꽉꽉 차게 돼. 하다 못해 구멍가게에 가서 음료수를 사서 들고 나오다보면 바로 뒤에 손님이 줄줄 따라 들어오는 거야. 택시도 손님이 내리면 타고 내리면 타고 해서 손님이 끊기는 적이 없어. 이유는 나도 몰라. 점쟁이한테 찾아가본 적도 없고. 자아, 이제 대학교 정문이 보이니까 거의 다 온 셈이군."

어머니가 깊은 한숨을 쉬며 말했다.

"아이구, 기사 양반 말씀대로 얘가 대학에 합격만 한다면 오죽 좋겠어요? 3년 동안 맨날 탱탱 놀기만 하고 땡땡이만 쳤는데. 말씀이라도 그렇게 해주시니 고맙네요."

택시에서 내리기 전, 어머니와 티격태격하던 누나가 자신의 월급 봉투에서 택시비를 꺼내 지불했다. 내가 눈에 불을 켜고 그 돈이 택시 미터기에 나온 금액과 정확하게 맞는지 확인하는 동안 누나와 어머니는 택시에서 내려 문을 닫았다. 그때 갑자기 운전기사가 내 눈을 똑바로 바라보면서 말했다.

"지금부터 내가 하는 말을 잘 들어. 이제 학생은 지금까지의 나하고 같은 운을 갖게 된 거야. 앞으로 학생은 언제 어디를 가나 학생이 어떻게 하느냐에 따라서 어떤 가게, 어떤 집안, 어떤 사람이 잘되고 못 되는 걸 숱하게 보게 될 걸. 그러면 자연스럽게 학생도 여러 사람들에게 인기를 얻고 귀신처럼 재수 좋은 사람이라는 말을 듣게 되겠지. 마치 운을 몰고 다니는 사람이라도 되는 양. 그런다고 너무 좋아하지는 말게. 나 또한 그런 운수를 믿고 내 일을 게을리 해서 여직 평범한 삶의 범주를 벗어나지 못하고 있으니까. 그건 자신에게 주어진 운을 자신도 모르는 사이 발설하는 바람에 생기는 치명적인 부작용 같은 걸세. 그러고 말고는 자네 자신에게 달렸네. 잘 가게. 언젠가 또 보겠지."

문을 닫으며 돌아보자 그는 세상만사 희로애락을 모두 초월한 듯한 표정으로 손을 흔들고 있었다. 그러더니 내연기관이 폭발하는 것 같은 무시무시한 소리와 함께 시커먼 연기를 뿜으면서 택시가 출발했다. 이어서 택시는 포탄처럼 대학 한가운데로 난 도로를 질주해서 순식간에 사라져버렸다. 누나와 어머니는 물론 지나가던 사람들 모두 그렇게 난폭하게 돌진하는 택시는 처음 본 듯 어안이 벙벙해했다. 어쨌든 나는 그날의 대학 입학시험에 합격했다.

그 뒤로 30여 년이 흘렀다. 나는 이제까지 한 번도 이런 이야기를 해본 적이 없었다. 나는 남다른 노력파도 아니고 누구의 도움도 마다한 채 미래를 스스로 개척해온 사람이 아니라 그저 운 좋은 사람이었다는 비밀을 발설해버린 지금, 무척 홀가분하다. 지금 이 글을 읽은 당신도 사람들이 꼬리에 꼬리를 물고 당신을 뒤따르는 운을 가지게 되기를. 가능하다면 오래오래.

진정 난 몰랐었네

집 안에서 개를 기르기 시작한 지가 햇수로 5년, 이제는 '개아빠'라는 호칭이 그리 낯설지 않은 '개바보'가 되어버렸다. 내가 초등학생 시절 읽은 조흔파의 역사소설 〈대한백년〉에 "이런 개아들놈 같으니라고!" 하는 대사가 나와서 그 옛날 한양 사람들은 시정잡배들도 참 점잖게 욕을 하는구나 하고 믿었더랬다. 내게도 그 '개아들놈'이 생겼다. '개아들놈 같은' 것도 아니고.

아이들이 집에 들어오며 "밖이 개추워요" 했을 때 "밖에 개가 있어? 개가 왜 춥대? 제 털은 누굴 빌려줬나?" 하고 반문하던 시절이 내게도 있었다. '개춥다'의 '개'는 수식어 '몹시,

매우'의 변형이다. 우리말 어법에는 맞지 않지만 '개싸다' '개 맛있다' 하는 식으로 젊은 층 사이에 전방위적으로 쓰이고 있는 유행어. 원래 접두어 '개'는 원래 것보다 못한 아류에 붙이거나 (사전에는 '참 것이나 좋은 것이 아니고 함부로 된 것이라는 뜻'으로 개꿈, 개떡 같은 예를 들고 있다) '정도가 심함'의 뜻을 더하는 말(개망신, 개망나니)로 쓰였다.

내가 개에게 관심을 두기 전에 개를 키워본 사람들에게서 으레 들었던 이야기는 이런 것이었다.

"개 한 마리 건사하기가 아이 하나 키우는 것만큼이나 힘들어요. 천륜으로 맺어진 아이하고 다르게 개는 안 키워도 되는데 왜 굳이 키우느냐 하면, 내가 개에게 들이는 정성이며 해주는 것보다 개가 내게 훨씬 더 큰 보상을 주니까 그러는 것 같아요."

그런 경우를 두고 '개이득'이라고 하겠다. 이때의 '개'는 '이득'을 안겨주는 주체가 될 수도 있겠다.

실제로 개가 삶에 큰 이득을 안겨주는 경우는 많다. 근래에는 영국에서 특수 훈련을 받은 의료진단견(Medical Detection Dogs)을 이용해 전립선암을 진단하는 실험이 영국의 건강보험에 해당하는 국가보건서비스(NHS)의 승인을 받았다. 실험 결과가 신뢰할 만하면 일선 병원에도 이 진단법이 도입될 것이라고 한다. 이탈리아에서의 실험 결과 전립선암 환자의 경우 '개의사'의 진단이 90퍼센트 이상의 정확도를 보였다.

내가 아는 상식으로 인류는 약 1만 5천 년 전부터 가축 가운데 가장 먼저 개를 길들이고 개 또한 사람들을 길들여왔다는 것이다. 그런 과정에서 얼굴이 사람처럼 넓고 표정이 풍부하며 애교와 재롱을 부릴 줄 아는 견종이 많은 사람들의 선택을 받게 되었다.

우리 주변에 가장 흔한 개는 '애완용'이라고 부르다 '반려동물'로 호칭이 바뀌고 있는 소형종이 대부분이다. 지금은 개가 가족 같은 '동반자 관계'가 되어 가고 있고 국내의 다섯 가구 가운데 한 가구가 애완동물을 키운다는 여론조사 결과도 나와 있다. 요즘은 이사하러 집을 보러 다닐 때 이웃이나 아랫집 윗집에서 개를 키우는지 문의하는 사람도 종종 있다고 한다. 그처럼 개가 우리 삶에서 일정한 몫을 차지하게 되었다.

아파트 같은 공동주택이 보편적인 주거형태로 바뀌면서 개도 공동주택, 그것도 집 안에서 키우는 게 보편화하고 있다. 내가 사는 아파트에도 낮에 개만 집 안에 두고 일하러 가는 사람들이 많다. 반려자인 주인의 애정을 일정 수준 이상 필요로 하는 개들은 부족분의 애정을 울음소리로 표현하게 되는데, 그것이 그리도 다채롭고 고저장단이 제각각일 줄은 창문을 열어두고 사는 여름이 오기 전까지는 진정 몰랐다. 마치 전 세계 77억 인구 가운데 단 한 사람도 같은 사람이 없는 것처럼 개들 또한 모두 제 나름의 울음소리와 음색을 갖고 있었다.

한밤중부터 새벽까지 시도 때도 없이 개가 울어서 잠을 설친 이웃(주로 개를 키우지 않는 사람들이다)의 원성이 자자하다 못해 개주인이 경찰에 신고를 당하기까지 한 경우가 있다. 개주인이 사료와 물만 남겨둔 채 휴가를 떠나는 바람에 외로움과 서러움에 며칠씩 줄기차게 우는 개도 있다.

오늘날에는 개를 휴가 때 데리고 간다 해도 개가 마냥 좋아할 수 없는 것이, 휴가지에 버려지는 개가 심심찮게 있는 까닭이다. 바닷가에서 또는 시골 들판에서 주인이 돌아오기를 하염없이 기다리며 서 있는 개를 보면 내 일이 아닌 데도 "이런 개만도 못한 짓을!" 하는 규탄과 함께 주먹이 허공을 쉭쉭 가르다가도 가슴이 미어진다. 공연히 옆에 있는 우리 집 개를 향해 "주인 잘 만난 네 팔자가 정말 개좋은 팔자다" 하고 공치사를 하기도 한다.

우리 집 강아지는 몸집이 작고 갈색 털이 북실북실한 포메라니안종이다. 영국의 빅토리아 여왕(재위 1837~1901)이 각별히 총애한 뒤로 널리 키워졌다고 전해진다. 원래는 추운 지방에서 썰매를 끌던 개의 후손인데 빅토리아 여왕 당시 몸집이 절반 크기로 개량되었다고 한다.

처음 녀석을 집으로 데려왔을 때는 코와 얼굴 부분의 털이 까만 게 일단 내 눈에는 '개귀여워' 보였다. 애견센터의 수많은 강아지 가운데 이 녀석을 고른 아들은 "제일 과묵해 보여서"라고 했다. 그런데 막상 식구가 되고 나서 보니 그리 과묵한 편은 아니었고 제법 강경하게 자신의 지배 영역을 짖는 소리로 표현했다.

강아지를 본 딸이 코와 얼굴이 탄소(炭素)처럼 까맣다고 해서 이름이 탄소가 될 뻔했다가 아슬아슬하게 산소 같은 존재가 되라는 의미에서 산소로 바뀌었다. 무심한 사람들이 산에 있는 무덤을 왜 개 이름으로 지었는지 물을 때마다 "우리가 마시는 공기 속에 21퍼센트쯤 들어 있는 바로 그 산소, 화학식으로는 오투(O_2)를 지칭하는 이름입니다"라고 해명하면서 시간을 낭비하고 있다.

같은 반려동물인 고양이와 달리 개는 산책 같은 옥외활동을 필요로 하는데 산소는 산책을 '개좋아'한다. 사람의 산책은 걷고 보고 듣고 느끼고 생각하는 총체적 활동이지만, 산소의 산책은 관심이 있는 냄새를 맡고 근원을 추적하는 것이 대부분이고 주인을 썰매처럼 끌어당기고 때로는 엉덩이에 뿔난 송아지처럼 콧김을 뿜으며 멋대로 달리는 것이 일부를 차지한다.

개의 감각에서 후각이 차지하는 비중은 절대적이다. 개의 콧속에서 냄새 분자를 지각하는 '후각 수용체'는 대략 2억 5천만 개로 인간의 6백만 개와 비교가 되지 않고, 후각 수용체가 퍼져 있는 전체 면적이 개의 뇌의 절반 정도를 차지하고 있다고 한다. 또 구조적으로 개의 콧속에는 공기가 오래 머물기 때문에 냄새의 정체를 정확하게 분별해낼 수 있다.

산소에게 냄새는 내게 음악과 같은지도 모른다. 내가 길을 가다 마음에 드는 선율이 들려오면 덮어놓고 그쪽으로 가서 어떤 곡인지, 연주자가 어떤 사람인지 알아내려고 집중해서 귀를 기울이는 것처럼 산소는 고도의 집중력으로 냄새를 탐색하고 평가하고 감상한다. 내게 모차르트의 음악이 차지하는 비중처럼 중요하고도 좋아하는 냄새가 산소에게도 있을 것이다. 산소가 모차르트를 모르듯 나도 산소가 좋아하는 냄새가 뭔지 전혀 모른다.

산소는 사람은 덮어놓고 좋아하지만 어떤 상황이 마음에 들지 않으면 기분 나쁘다는 의사를 강력하게 표출한다. 천둥이 치거나 벼락이 떨어지면 몸을 사시나무 떨듯 하면서도 입으로는 사납게 짖어대는 게 전형적인 예다. 집 근처의 종합시민운동장에서 축제나 공연이 열리면 마지막에 폭죽을 쏘아대는데 산소가 어렸을 때에는 어깨 위에 무동을 태워 구경까지 시켜주었다. 그러면서 저렇게 허망하게 공중으로 세금을 허비하는 게 도대체 우리의 문화적, 정서적 삶과 시민의 복지며 권리에 무슨 상관이 있을까 싶었다.

그런 내 생각을 알아챘는지 산소는 마치 규탄 성명을 발표하는 대변인처럼 밤하늘에 터지는 불꽃을 향해 짖어대기 시작했다. 폭죽과는 상관없이 사회자의 목소리가 스피커로 울려 퍼지기만 해도 천둥처럼 짖어댔다. 손, 아니 제 발에 달걀이 있었다면 던지기라도 할 기세였다. 내심 흐뭇하긴 했지만 당사자들에게 들릴 리도 없고 들린다고 해도 무슨 말인지 알아듣지 못할 것이니 폭죽 소리나 개 소리나 그게 그거였다.

산소는 집안에 있는 것보다 산책 나가는 것을 '개좋아'한다. 밖으로 나가자마자 어디서 누구에게서 배웠는지 한쪽 발을 들고 오줌을 눈 뒤 의기양양하게 사방을 둘러본다.

'내가 좀 살펴봤어. 별일 없군. 여기는 내 지배영역이야. 어제도 내 땅이었고 내일도 내 땅일 거라고.'

아마도 말을 했으면 그 정도였으리라. 그 뒤로도 가는 곳마다 슬쩍슬쩍 영역표시를 한다. 나와 함께하는 산책은 노선에 일관성이 없고 범위가 넓어서 오줌의 양이 충분할까 싶은데 가만히 보니 그저 오줌을 누는 시늉을 하는 것만으로도 만족해하는 것 같다. 수능 모의고사도 시험은 시험인 것처럼.

산소는 산책 중에 만나는 대부분의 사람들에게 인사를 건넨다. 제 맘에 드는 사람이 있으면 달려가서 제 키보다 훨씬 높은 그 사람의 무릎으로 폴짝폴짝 뛰어오르며 냄새를 맡고는 입을 들이미는 행동을 되풀이한다. 줄을 최대한 짧게 하고 원치 않는 사람에게는 절대 닿지 않게 거리를 유지하고 있는데도 "그건 당신이 할 일이고 나는 내가 좋아 하는 게 있거든!"하듯 결국 대부분의 사람들을 제 편으로 만들고 만다.

"저 개(심하면 자식, 새끼도 따라붙는다) 좀 제대로 데리고 다니세요!"하고 질타를 받은 적도 있다. "미안합니다, 죄송합니

다" 하고 굽신거리면서도 비굴하다는 생각이 들지 않았다. 그
날 또다시 식구들에게 "진짜로 개아빠 다 됐다"는 칭찬을 받
았다.

산소는 새에 관심이 많다. 한때 조류를 사냥하던 조상의 피
를 물려받아서 그런 건지도 모른다. 제가 죽으라 하고 쫓아
가봐야 닭보다 훨씬 날렵하고 비행 능력이 뛰어난 까치, 요
즘 하도 살이 쪄서 '닭둘기'로 불리는 모욕을 당하고 있지만
어쨌든 날 줄 아는 비둘기, 나무 위의 참새나 동고비(참새처럼
생긴 청색빛 도는 회색의 텃새)들이 사정권 안에 들어올 리 없다.
그 허망한 도로(徒勞)의 추적을 집 밖으로 나갈 때마다 되풀이
하는 것이 인간세의 무지개 같은 감동과 공명을 찾아 소설을
써온 나와 비슷한 게 아닌가 싶기도 하다.

나 역시 한때 사냥을 다녔을 때 야생의 조류들, 꿩·비둘
기·오리를 따라다닌 적이 있지만 내 손으로 직접 새를 잡아
본 적은 없다. 어차피 내 총에 맞을 새들이 아니었다. 남이 잡
은 걸 먹어본 적은 있다.

우리는 둘 다 닭고기를 좋아한다. 쇠고기, 돼지고기는 찾아
서 먹을 정도는 아니지만 조류인 닭고기만은 스스로 찾거나
빼앗아 먹을 정도로 광적으로 사랑한다. 그것도 프라이드 치
킨, 통닭이 아닌 백숙의 흰 살코기다. 제사나 차례를 지내고
나서 음복을 할 때 우리는 둘 다 다른 건 거들떠보지도 않고
닭고기부터 찾는다.

식은 닭고기는 쭉쭉 잘 찢어진다. 칼국수처럼 가늘게 찢은 닭고기를 산소의 눈앞에 내미는 순간 블랙홀로 빨려 들어가듯 고기는 순식간에 사라진다. 산소의 혀만 남아 닭고기는 구경도 해보지 못한 것처럼 제 입을 핥고 있다.

산소는 아주 어릴 적부터 어미와 떨어져 집안에서 인간과 함께 생활해온 반려견이 대부분 그런 것처럼 스스로를 주인과 같은 호모 사피엔스, 혹은 동격이라고 생각하는 듯하다. 다른 개가 나타나면 '저건 어떤 종자의 네발짐승인가?' 하는 의문이 담긴 눈으로 아주 잠깐 바라봐준다. 그러고는 곧 관심을 그 개의 주인에게 돌린다. 그 개를 데리고 다니는 사람(대부분은 여성이다)을 짧은 순간이라도 나보다 더 좋아하는 것 같다.

나는 상대편 '개와 사람'의 한 팀에서 개에게 관심이 많고 산소는 개주인에게 관심이 많다. 상대편 개는 존재증명을 하듯 산소를 향해 으르렁거리거나 친해보려고 가까이 다가온다. 산소는 처음에는 그 개에 무관심한 척 무시하다가 개가 일정한 범위 이상으로 다가오면 도망가버린다. 상대가 이성이든 아니든 간에.

그러고 보면 산소는 이성에 대한 관심이 별로 없다. 열심히 다른 개가 남겼을 냄새를 맡고 나무둥치에든 전봇대에든 코를 들이밀면서 집착에 가까운 표정으로 탐색하는 걸 보면 좋아하는 어떤 존재가 있는 건 분명하다. 속내를 감추고 있는 것일까. 그건 나와 닮았다. 방랑과 무작정 떠나는 것을 좋아하고 호기심이 많은 것 역시.

산소와 나의 결정적인 공통점은 서로의 말을 알아듣지 못한다는 것이다. 그게 불편하지는 않다. 오히려 그게 서로를 좋아하고 존중할 수 있는 계기를 만드는 경우가 많다.

지구상의 어떤 종족보다 언어를 발달시킨 호모 사피엔스들은 말한다. '개는 입이 있어도 말을 하지 않기 때문에 사랑스럽다'고. 말 때문에 오해가 생기고 상처를 입고 평생토록 가슴에 못이 박히는 일이 얼마나 많은가. 하지만 개한테서 단 한 번이라도 그런 말을 들어본 적이 있는가. 사람은 말로 기뻐하고 슬퍼하고 칭찬하고 존중받으며 상처 입고 상처를 입히고 살아간다. 개에게는 그런 일이 없다. 그것이 개의 중요한 미덕이다.

글을 쓰는 동안 산소가 쩍쩍 하품을 해대더니 어느새 코를 골고 있다. 잘 때 살짝 코를 고는 것까지 산소와 나는 서로 닮았다. 그렇게 하라고 가르친 적이 없는데도.

그러고 보면 나는 산소를 특별히 길들인 게 없다. '앉아' '일어서'는 물론이고 '발'을 달라는 명령에 산소는 말을 듣기는커녕 아예 무관심하다. 산소의 유일한, 다른 개에게서는 볼 수 없는 무시무시한 개인기는 자신의 입을 향해 살짝 입김을 뿜는 사람에게 달려들어 귀를 핥아주는 것이다. 물론 그런 걸 가르치지도 않았고 그런 주특기가 있다는 것도 몰랐다.

오히려 산소가 나를 길들인 게 있다. 자기 전에 앞발을 내밀어 내 팔을 긁으며 집요하게 손을 내놓으라고 하는 것이다. 그 손으로 마지못해 산소를 쓰다듬다 보면 어느새 산소가 내 손을 핥아주고 있는 게 느껴진다. 집요하다 싶을 정도로 성의 있고 애정 어린 그 동작에 가슴 한구석이 뭉클해져 온다.

같이 살아가는 동안 우리는 서로를 닮아간다. 서로에게 거울이 되어주고 무언의 대화 상대가 되며 미처 생각하지 못했던 깨달음을 준다. 삶에서 얼마 되지 않을 '개좋은' 만남을 놓치지 말고 누리라는 것을, 살아 있는 동안 사랑할 수 있는 존재를 사랑하라는 것을, 길드는 게 길들이는 것임을. 산소를 만나기 전까지, 진정 난 그걸 몰랐었다.

2부

생각의 주산지

오늘의 당신은 오직 어제까지만 가졌을 뿐

2010년 여름 한철을 나는 독일의 베를린에서 보냈다. 한국 문학번역원에서 시행하던 〈작가 해외 레지던스 프로그램〉에 운좋게 '당첨'되어 6월 초부터 8월 말까지 3개월간, 베를린의 남쪽 지역에 있는 라우바흐 슈트라세의 원룸 아파트에서 숙식을 하게 되었기 때문이다.

문제는 내가 아는 독일어라는 게 간단한 인사말 정도밖에 안 된다는 것이었다. 고등학교 때 독일어를 배우기는 했지만 대학 입시 시험과목에 들지 않는 독일어 시간은 수업이 제대로 이루어지지도 않았다. 그나마 까마득한 옛적의 일이었다.

독일 사람들이 영어를 모국어로 쓰는 나라를 제외하고는

세계에서 가장 영어를 잘하는 민족이라고 듣기는 했다. 내가 영어를 능숙하게 구사할 수 없으니 그래 봐야 크게 다행스러울 것도 없었다. 식당이나 카페, 슈퍼마켓 같은 데서 짧은 '여행자 영어'와 눈치로 통할 수 있는 의사소통은 가능했지만 '은행계좌 없이 월세 송금하기'처럼 복잡한 일에는 현지 사람들의 도움을 받아야 했다. 심도 있는 대화는 불가능했다.

아파트 관리인은 나와 나이가 비슷한 여성이었다. 금발에 큰 몸집을 하고 있었고 원칙에 있어서는 게르만 전사처럼 철저했다. 그녀는 내가 독일어를 거의 모르는 것과 마찬가지로 한국어는 물론 영어도 거의 할 줄 몰랐다. 6월 2일 공항에 도착했을 때 마중을 나와 준 독일인 번역자의 통역으로 그녀로부터 현관문 열고닫는 것부터 쓰레기 처리나 세탁에 관한 것을 들어서 알게 되었지만 그게 3개월 동안 나눈 대화의 대부분이었다.

그녀는 금속과 종이, 타는 것과 음식물을 엄격히 구분해서 버리게 했고 쓰레기통이 있는 자리가 조금만 지저분해져도 조자룡의 헌 칼처럼 생긴 빗자루를 뽑아들었다. 어쩌다 아파트 입구에서 마주치면 '안녕하세요' 정도의 말만 교환했다. 성실하지만 무뚝뚝한 그녀의 얼굴을 보노라면 나 자신도 과묵해졌다. 남자 혼자 타국의 원룸 아파트에서 생활하려니 질문할 게 꽤 많이 생성되었음에도 불구하고 그냥 묻지도 따지지도 않고 석 달을 지냈다.

사람들은 흔히 작가들이 언어로 창작을 하는 사람들이니 외국어도 쉽게 익히는 줄 안다. 하지만 내가 만나본 시인, 소설가 등의 문인들 대부분은 일반인에 비해서도 외국어가 서툴렀다. 대학에서 영문학 등의 외국문학을 전공하고 가르치는 일을 하거나 번역을 겸하는 사람들은 예외로 하고.

문학은 모국어를 근간으로 한다. 그만큼 문인은 모국어에 시간과 관심, 노력을 기울이고 감각을 예민하게 단련하기 때문에 다른 나라의 언어를 배우고 익히며 쓰는 데 투입할 자원이 부족하다. 외국문학 작품을 비롯해 외국의 저자가 쓴 책을 일반인보다 많이 읽긴 한다. 단 그것이 모국어로 번역된 경우에.

원룸에는 한 달 가까이 인터넷이 개통되지 않았고 23인치 브라운관 티비에서 방영되는 프로그램의 99퍼센트가 독일어 방송이었다. 그런 나를 달래준 건 우연히 구입하게 된 만 원짜리 라디오였다. 베토벤을 낳은 클래식 음악의 종주국답게 종일 클래식 음악만 흘러나오는 라디오 채널이 여럿 있었다.

내가 고정해서 듣던 채널은 한 시간에 한 번 시보처럼 굵은 남자 목소리로 "쿨투르 라디오!" 하고 자신의 정체를 알렸는데 적응이 되니까 그 남자의 목소리가 나오기 직전에 내 입에서 "쿨투르 라디오"라는 소리가 자동으로 먼저 흘러나왔다. 시계를 볼 것도 없었다.

일은 많이 할 수 있었다. 말은 할 수 없지만 글은 쓸 수 있었으니까. 누군가와 소통하고 싶다는 절실한 갈망은 원고를 쓰는 것으로 어느 정도는 해소되었다. 외로움의 괴로움을 극복하기 위해 소설을 쓰면서 처음으로 느꼈다. 알타미라 동굴의 벽에 정성스럽게 그림을 그려 넣은 사람의 마음을.

그렇게 3개월의 시간이 지나갔다. 나는 원래 6월 1일부터 8월 31일까지 아파트에 거주하는 것으로 아파트 관리회사와 계약이 되어 있었다. 귀국 항공편은 9월 2일 오후에 있었으므로 아파트 관리회사에 지인을 통해 연락을 취했다.

거기서는 월세를 더 부담하지 않고 이틀 정도 더 있어도 된다고 양해를 해주었다. 그런데 그 사실이 아파트 관리인에게는 제대로 통보되지 않은 것 같았다.

9월 1일 오전 11시, 마지막으로 대청소를 하고 쓰레기를 버리러 갔더니 관리실 안에서 그녀가 나를 불렀다. 뭔가 단단히 벼른 표정이었다. 그녀는 마치 고등학교 다닐 때 배운 영어를 젖 먹던 힘을 다해 되살려낸 듯 떠듬거리며 말했다.

"당신은 오늘 여기에 존재하지 않는다!(유 아 낫 히어 투데이!)"

그 정도는 알아들을 수 있었으므로 나는 대답했다.

"아니다, 나는 아직 여기에 있다(노, 아임 스틸 히어)."

그녀는 칸트와 헤겔의 조국 독일 출신다운 의미심장한 말을 했다. 그녀가 말한 영어는 더 이상 기억이 나지 않으니 알아서 짐작하기 바란다.

"오늘의 당신은 오직 어제까지만 가졌을 뿐이다. 그러므로 지금 여기 당신은 존재해서는 안 된다."

과연 오늘의 나는 어제까지의 내가 없었으면 존재할 수 없었다. 그렇지만 멀쩡하게 있는 내가 오늘 존재하면 안 된다니 그게 무슨 날벼락 같은 소리인가. 나는 반박했다.

"오늘 여기에 있는 나는 어제와 똑같다. 오늘의 나에 관해서는 내일의 나와 만나서 이야기를 하자."

그녀는 고통스러운 표정으로 같은 말을 되풀이할 뿐이었다. 나의 현존을 부인하는 아파트 관리인의 말을 나 또한 인정할 수 없었다. 그리하여 우리는 20여 분간 마주 서서 수준 높은 철학적 대화를 주고받았다. 마침내 그녀가 대화를 포기하고 가슴을 두드리더니 누군가에게 전화를 걸었고 그녀의 아들이 나타났다.

나는 그에게 아파트 관리회사에 전화를 해보라고 말했다. 그는 통화를 하고 난 뒤 아파트 관리인에게 사정 설명을 해주었다. 그러자 그녀는 몹시 수줍고 미안한 표정으로 "오케이, 오케이" 하고 말했다.

드디어 그녀와 뭔가 소통이 되었다는 생각이 들자 갑자기 가슴이 찡해져 왔다. 비로소 그녀에게서 친절하고 정다운 이웃의 느낌이 들었다. 다음 날 아침 일찍 여행 가방을 끌고 떠나는 나를 전송하러 그녀는 아파트 밖까지 따라 나왔다.

"안녕히, 당신은 언제나 지금처럼 있어 주시기를."

택시 안에서 나는 우리말로 인사했다. 그녀는 알아들은 게

분명했다. 악수한 손을 놓는 사이 눈물이 살짝 비쳐 보이는
것 같기도 했으니까. 잘못 봤겠지만.

똑딱이의 최후

내게는 '똑딱이'라고 불리는 고장 난 콤팩트 카메라가 하나 있다. 콤팩트 카메라는 자동 필름 카메라처럼 셔터만 누르면 사진이 찍히는데 실제로 나는 셔터 소리는 '똑딱'도 '찰칵'도 아니고 '삑' 하는 전자음이다. 그런데 '삑 카메라'가 아니고 똑딱이라는 이름이 붙은 데는 어떤 이유가 있을까. 도깨비의 요술방망이처럼 셔터만 누르면 '뚝딱' 사진이 찍혀서? 똑딱은 뚝딱의 작은말이기도 하고, 내 등산복 바지에 달린 '똑딱에 가장 근접한 소리를 내는 단추'를 말하기도 한다.

아무튼 2009년의 어느 날, 나는 바로 그 똑딱이를 휴대하고 똑딱이 단추가 달린 바지를 입은 채 아랍에미리트에 다큐멘터리를 촬영하러 갔다. 사실 촬영을 하는 사람은 촬영감독으로 지상파 방송사에서 20년 가까이 근무하다 명퇴해서 프리랜서가 된 지 얼마 안 되는 베테랑이었고 그에게는 조수가 한 사람 딸려 있었다. 조수 역시 다른 데서는 엄연히 촬영감독으로 인정받는 30대 초반 사내였는데 한때 촬영감독 밑에서 촬영을 배운 바가 있었고 그 인연으로 일행에 합류한 것이었다.

이씨 성의 촬영감독(줄여서 '이 감독'이라고 하겠다)은 몸이 작고 호리호리한 대신 동작이 재빠르고 머리 회전도 빨랐으며 무척 낙천적인 성격이었다. 조수는 무거운 카메라 렌즈와 녹음 장비, 여분의 배터리 등을 한꺼번에 거뜬히 짊어지고 다닐 정도로 체구가 크고 기운이 장사였다. 내 역할은 시청자를 대신해 아랍에미리트 이곳저곳을 여행하고 다니며 설명을 해주는 '프리젠터(진행자)'였다.

이 감독은 당시로서는 최신형이자 최고화질, 최고가의 'ENG 카메라(휴대용 방송카메라)'와 부대 장비를 가지고 왔다. 다큐멘터리 제작사에서는 자체 예산만으로는 제작비가 충분하지 않아서 어떤 전자회사와 별도의 영상을 촬영, 납품하기로 계약을 맺었다. 그 회사에서 일반적인 사막 풍경과는 비교할 수 없는 고화질, 고품질의 영상을 요구했기 때문에 그 비싼 카메라를 가지고 온 것이었다. 문제는 그 카메라와 부대 장비를 외국에 가지고 가서 일할 때의 위험성이 너무 크다는 이유로 손해보험회사에서 보험 가입을 거부했다는 데 있었다. 촬영 중에 카메라를 파손하거나 분실하면 엄청난 비용을 감독 스스로 물어내야 한다는 뜻이었다.

오전 10시만 되면 곳곳에 시계탑처럼 서 있는 온도계 탑의 숫자는 40도에 육박했다. 뙤약볕에 나가서 촬영을 하노라면 몇 분 되지 않아 땀이 쏟아졌다. 프리젠터는 사람이라 촬영을 못 하겠다고 나자빠질 수도, 그늘로 도망갈 수도 있지만 쇳덩이인 카메라는 별다른 대책이 없었다. 사막 체험을 하러 모래밭으로 나갔을 때는 그늘 속의 온도가 46도였고 사륜오토바이의 손잡이가 부젓가락처럼 뜨겁게 느껴졌다. 이 감독은 화로 같은 카메라를 어깨에 메고 새카맣게 탄 얼굴로 나를 쫓아다녔다.

그런대로 촬영은 순조롭게 진행되었고 후반부인 오아시스 탐승에 들어갔다. 아랍에미리트의 내륙 동쪽에 있는 토후국 알 아인은 불모의 산을 사이에 두고 오만과 국경을 맞대고 있었다. 오만의 물이 산허리를 뚫고 알 아인으로 넘어와 샘으로 용출하면서 초록의 오아시스 지대를 만들어냈다. 두바이 사람들에게 휴가지로 손꼽히는 곳이라는데 내게는 불화살처럼 쏟아지는 햇볕이 검고 싯누런 산록을 이글이글 달구고 있는 모양이 〈서유기〉에 나오는 화염산처럼 보였다.

오아시스의 수원지를 찾아 바위산 깊숙한 골짜기로 차를 타고 들어갔다. 물이 흘러나오는 동굴 가까운 곳에 지름이

10미터쯤 되는 웅덩이가 만들어져 있었고 거기에 수영복을 입은 남녀가 헤엄을 치며 더위를 식히고 있었다.

"여기가 좋을 것 같네요."

자리를 잡은 프로듀서(PD)는 먼저 내게 웅덩이 속에 있는 사람들처럼 물속에 들어갈 용의가 있느냐고 물었다. 나는 삼복더위에도 의관을 함부로 풀어헤치지 않는 조선시대 양반의 14대손(13대 이하의 내 직계조상은 내내 농사를 지으며 유전자를 존속시켜 온 것 같고 따라서 나는 사실상 농부의 후손이라고 생각하지만)임을 내세워 바지를 걷고 무릎 아래까지만 살짝 물에 담그겠다고 대답했다. 수영을 하던 사람들은 물속은 지상낙원이라고 웅덩이에 들어오라고 연방 손짓을 보냈다. 하지만 나는 헤엄을 치지 못했으며 어린 시절 동네 저수지에서 익사할 뻔한 사건을 겪은 이후 공중목욕탕 냉탕에도 잘 들어가지 않던 터라 계속 양반 행세를 하고 있었다.

이 감독은 단조로운 화면에 변화를 주기 위해 카메라의 위치를 바꿔보려는 듯 웅덩이 위쪽의 바위에 올라갔다. 그는 조수가 올려준 카메라를 이용해 웅덩이와 동굴, 매부리코 형상의 산 정상부를 두루 촬영했다. 촬영을 마친 이 감독은 아래로 내려오기 위해 카메라를 먼저 아래로 내려보내려 했는데 조수의 팔이 카메라에 닿지 않자 카메라를 들고 중간쯤에 난간처럼 돌출한 바위에 발을 내디뎠다. 그러다 갑자기 그는 바위에서 미끄러지며 웅덩이로 떨어져 내렸다. 푸덩덩, 하는 소리가 났다. 이 감독은 떨어지면서도 본능적으로 무릎을 굽히지 않으려 했고 웅덩이 속에서도 오뚝이처럼 몸을 빳빳이 세웠다. 두 팔로 필사적으로 카메라를 떠받친 채였다.

하지만 이미 카메라는 물에 한 번 들어갔다 나온 뒤였다. 그 사실을 확인한 이 감독은 비탄과 고뇌가 응결된 신음을 내지르며 물 밖으로 뛰쳐나와서는 최대한 빨리 카메라에서 배터리를 분리했다. 그러고는 작열하는 햇볕 속 허옇게 달아오른 판판한 돌 위에 카메라를 올려놓았다. 그는 카메라가 제대로 말라서 다시 작동하기를 빌며 간절히 두 손바닥을 비벼댔다. 조수 또한 눈을 감고 무슨 기도인지 주문인지를 중얼거리고 있었다. 카메라가 고장 나면 수리도 수리지만 새 카메라가 올 때까지 촬영 일정이 전면 중단될 수밖에 없으므로 "우리는 쫄딱 망한 것이나 다름없다"고 PD가 걱정스럽게 말했다.

나는 카메라가 물에 빠질 때 나도 모르는 새 비명을 지르며 웅덩이 속으로 뛰쳐 들어갔다. 바지 주머니에 똑딱이가 들어 있었는데 전혀 의식하지 못했다. 똑딱이는 물에 빠지자 지잉, 하는 외마디 신음을 마지막으로 전원이 꺼져 버렸다. 하지만 이 감독의 카메라에 비하면 내 피해는 말을 꺼낼 수도 없이 경미한 것이라 나는 똑딱이에서 배터리만 분리하고는 사람들 눈에 띄지 않는 그늘에 두었다.

침묵 속에 시간이 흘러갔다. 카메라에서 단 한 분자의 물기도 없음을 확인한 뒤 이 감독은 신중하게 배터리를 카메라에 장착했다. 전원 스위치를 켜자 '삐빗' 하는 소리와 함께 화면에 불이 들어왔다. 정상적으로 작동이 된다는 의미였다. 그걸 확인하자마자 이 감독은 카메라를 제단처럼 생긴 편편한 바위 위에 올려놓았다. 이 감독과 그의 조수는 그 앞에 나란히 서서 평영선수처럼 두 팔을 앞으로 뻗더니 무릎을 바닥에 꿇고 "고맙습니다, 감사합니다" 하면서 넙죽넙죽 큰절을 올렸다. 누가 시켜서라거나 제안하거나 약속한 건 결코 아니었다. 모든 게 자발적, 자동적이었다.

내 똑딱이는 그때 이후 작동을 멈추었다. 귀국해서 침수 수리에 대해 문의했더니 새로 사는 것만큼 돈이 들 거라고 했다. 고칠까 새로 살까 망설이는 사이에 스마트폰 카메라의 화질이 똑딱이를 넘어서 버렸다.

원한다면 달려주마

비행기를 탈 수 있게 된 덕분에 나는 내게 유전자를 물려준 모든 조상들이 이동한 거리 이상을 돌아다닐 수 있게 된 것 같다. 그러다 보니 비행기와 관련해 벌어진 사건이 꽤 된다. 최근 누군가 내 이야기를 듣고는 "아예 그걸 가지고 책을 한 권 써보는 게 어떻겠어요?" 하고 말할 정도였다. 지금부터 하려는 이야기는 그런 시도의 시금석이라 할 만하다.

2013년 가을, 나는 두 차례의 장거리 해외여행을 하게 되었다. 어느 방송국에서 제작하는 다큐멘터리 3부작에 프리젠터로 참여하게 되었던 것이다. 두 달 가까운 기나긴 여정의 첫 단추는 인천국제공항에서 프랑스 파리로 향하는 것으로 끼워졌다.

짐작하기에 프랑스 국적 항공사 비행기를 타고 간 건 일행의 애국심이 약해서가 아니라 가지고 갈 장비가 워낙 많고 무거운데 다른 항공사에 비해 프랑스 국적 항공사에서 실어주는 화물이 가장 많아서였다. 그 항공사(에어프랑스)는 한 사람당 실을 수 있는 화물이 다른 항공사의 두 배 가까이 되었다. 비슷한 가격의 항공권이라고 할진대 짐 많이 실어주는 항공사를 선택한 건 제작비를 아끼려는 충정에서 나온 것이고, 이것이야말로 국민이 낸 세금을 한 푼이라도 아끼려는 애국심의 발로라고 할 수 있었다.

어쩌다 다큐멘터리를 찍을 때마다 방송 장비는 혁명적으로 발전하는 것 같았다. 화질은 약간 향상된 데 비해(텔레비전이 바뀌지 않았으니 내게는 좋아져봐야 큰 차이가 나지 않았다) 가격은 대폭 올라갔으며 짐은 무거워졌다. 예나 지금이나 달라지지 않은 건 제작진(주로 PD와 촬영감독)은 항상 이전에는 없던 새로운 시각, 참신한 전개, 인상적이고 멋진 장면을 원한다는 것이었다. 공통점이 또 있는데 그게 생각만큼 쉽게 만들어지는 게 아니라는 것이었다.

하지만 다큐멘터리를 촬영하기 직전의 흥분과 두근거림, 기대를 내가 앞장서 깨뜨리려 한 적은 없었고 잘 깨지지도 않았다. 어쨌든 그때의 장비는 국내에서 거의 사용하지 않은 최신의 장비였고 초고화질의 영상을 구현할 것이라고 했으며 그에 부수되는 짐도 가장 많았다.

몇 번을 해외에서 찍어오는 다큐멘터리 제작에 참여하면서도 내가 잘 몰랐던 게 있었는데 방송 장비 같은 고가의 물건은 출국 시 우리의 세관당국에 미리 신고를 하고 가지고 나가야 하고, 귀국할 때에도 현지의 세관당국에 '그 물건을 그 나라에서 새로 구입한 것이 아니라는 것'을 확인받아서 들어와야만 관세를 물지 않는다는 것이었다. 당연히 그에 따르는 별도의 절차, 시간이 소요되었다. 세상만사가 다 그렇듯 확인 서류를 작성할 때 담당자의 기분과 몸 상태에 따라서 얼마든지 시간이 늘어질 수도 있는 것이었다.

어쨌든 내 겨레가 사는 내 조국에서는 별다른 문제없이 짐을 부치고 출입국관리소의 검색대를 통과해 비행기 탑승을 기다리게 되었다. 제작진은 화물운송비를 절약하려고 일인당 각자 두 개씩의 가방을 손에 들거나 어깨에 메는 방식으로 지참하고 있었는데 내가 그중 하나를 들으려 해보니 마치 대장간의 쇠모루라도 집어넣은 듯 꼼짝도 하지 않았다. 나는 노트북컴퓨터와 수첩이 든 작은 배낭 하나를 등에 메고 갈아입을 옷과 일용품이 든 가벼운 트렁크 하나만 들고 갔을 뿐이어서 내 몫으로 할당된(중량, 크기, 개수 면에서) 화물은 제작진에게 양보한 참이었다.

탑승구 앞에서 심심해서 혼자 놀던 중에 내 트렁크에 달린 구형 자물쇠가 눈에 띄었다. 청동기시대에 만들어진 듯한 번호 자물쇠가 제대로 작동을 할 것 같지 않아서 이리저리 조작을 해보는데 갑자기 덜컥, 하고 잠겨버렸다. 열쇠는 없고 잠금번호는 처음부터 뭔지도 몰랐다. 자칫하다가는 여행기간 내내 단벌 속옷에 똑같은 옷만 입고 진행자 노릇을 하게 생겼다. 내가 그런 사정을 이야기하자 장비를 많이 다뤄본 촬영감독과 조수가 모두 달려들어 자물쇠를 열어보려고 시도했다. 하지만 하는 족족 실패였다.

남정네들이 솥뚜껑 같은 손으로 조그만 잠금장치 하나 어쩌지 못하고 절절매는 것을 보고만 있던 여성 PD가 가방을 달라고 했다. 그녀는 세 자리 숫자로 된 비밀번호를 이리저리 조작하다가 어느 순간 '열려라 참깨' 주문처럼 "됐어요!" 하고 외쳤다. 생각해 보니 나도 알 만한 번호였다.

콜럼부스의 달걀처럼 어떤 난제도 알고 나면 쉬운 법이다. 그 자물쇠의 비밀번호는 그 가방과 닮은 어떤 사람의 이름에서 연상되는 '009'였다. 어떻게 그 번호를 그녀가 알게 됐는지는 지금도 모르겠다. 어떻든 그녀의 재치와 총명함에 대해 전폭적인 신뢰가 솟아났고 속으로 그녀의 별명을 '그지없이 영민하고 재기가 뛰어나다'는 의미에서 '총명한 PD'로 지어두었다. 물론 마음속으로만 그렇게 짓고 불렀을 뿐 섣불리 발설하지는 않았다.

그로부터 열다섯 시간 뒤 비행기는 우리 일행을 파리의 샤를 드골 공항에 내려놓았다. 장비 가운데 길쭉한 모양의 삼각대가 있었다. 그건 일반 화물과 달리 특수화물을 취급하는 곳에 맡기고 찾아야 했으므로 다른 것보다 시간이 조금씩 더 걸렸다. 삼각대라고 무시할 수 없는 것이 가격이 천만 원이 넘는 고가인데다 그 또한 최신의 카메라에 최적화된 것이어서 그게 없이는 아무리 좋은 카메라, 감독도 솜씨를 발휘할수 없었다. 일반 화물을 다 찾고 나서도 남들처럼 밖으로 나가지 못하고 삼각대가 나오기를 기다리자니 어쩐지 학습지진아가 된 것 같았고 삼각대가 나오자 절로 입에서 환성이 터지는 게 역시 얼간이처럼 느껴졌다. 어쨌든 프랑스에 무사히 입국하는 데는 큰 문제가 없었고 다음 날 즉시 현장을 찾아촬영에 나섰다.

다큐멘터리 3부작의 첫 촬영은 프랑스를 대표하는 사상가 장 자크 루소의 생가에서 이루어졌다. 프랑스의 연극배우가 루소 역을 하도록 섭외가 되어 있었고 한국에서 가지고 간소품과 현지에서 조달한 의상 등으로 루소와 비슷하게 보이도록 분장을 마쳤다.

루소의 생가는 생각보다는 작았지만 옛날의 정취가 남아 있는 정원, 맑은 햇빛이 편안한 느낌을 주었다. 다큐멘터리 촬영을 하기 위한 본격적인 일정이 시작됐고 PD가 분장을 마친 배우와 내부촬영을 진행하는 동안 나는 바깥에서 들고 온 책을 보며 어정거리고 있었다.

장 자크 루소(1712~1778)는 〈인간 불평등 기원론〉을 발표해서 엄청난 명성을 얻었지만 그 속에 담긴 혁명적인 생각으로 인해 조국 프랑스에서 추방을 당했다. 그는 스위스와 영국을 전전하며 교양소설 〈에밀〉을 지었다. 이 책에서 루소는 외적 환경이나 습관과 편견의 영향에서 어린이를 보호해서 자연의 싹을 될 수 있는 대로 자유롭고 크게 뻗어나가게 하자고 설파했다. 주입식 교육에 반대하고 가장 순수한 자연성을 간직하고 있는 어린이에게 본래의 자연과 자유를 되돌려줄 것을 주장했던 것이다.

그의 사상은 형식적인 교육에 맞서 근대적인 인간교육의 이념을 제공한 것으로 교육사상사·철학사상사에 커다란 영향을 주었다. 하지만 인간만사, 세상 이야기가 그렇게 간단하게 모범답안처럼 끝나는 건 절대 아니다.

그토록 '인간의, 인간에 의한, 인간적인 교육'의 중요성을 설파한 루소는 정작 다섯 명의 자기 자식을 모두 고아원으로 보냈다. 루소는 〈고백록〉에 '이 나라에서는 관행적으로 여러 사람이 그렇게 하고 있어 나도 그들을 따라서 한 것이다'고 적고 있다. 그렇지만 남 먼저 자식을 버린 위선자라는 혹독한 비판을 면할 수는 없었다. 그가 친구에게 보낸 편지에 이런 내용이 들어 있었다.

"부인, 저는 하루 벌어서 하루를 힘겹게 살고 있는데 어떻게 제대로 가족을 부양할 수 있겠습니까? 또 소소한 집안일과 소란스러운 아이들이 제가 일하는 데 꼭 필요한 정신의 평안을 앗아간다면 어떻게 작가라는 직업을 계속 유지할 수 있겠습니까? 배고픔을 면하기 위해 쓴 글로는 밥벌이가 되지 않습니다. 아이들은 악한을 아버지로 두느니 차라리 고아인 편이 낫습니다."

배고픔을 면하기 위해 쓴 글로는 밥벌이가 되지 않는다니, 그 무렵의 프랑스 독자들은 얼마나 눈이 밝았더란 말인가. 책을 읽으며 감탄을 거듭하고 있는데 루소로 분장한 배우가 밖으로 나왔다. 다큐멘터리 각본에 의하면 나는 그와 바깥의 돌의자에 앉아서 짧은 대화를 나누게 되어 있었다.

루소는 "인간의 일반의지는 언제나 올바르고 일반의지가 표현된 것이 바로 법!"이라는 그의 논리를 주창하고 나는 "법 앞에선 모두가 평등하다는 것이 루소 사상의 핵심이며 이 사상이 근대시민혁명의 불씨가 됐다"라고 부연하면 되었다. 30초면 끝날 장면이었다.

카메라는 준비되고 대사는 모두 외운 상태, PD는 "레디"를 외쳤다. 그때 갑자기 근처의 샤를 드골 국제공항에서 비행기가 굉음을 내며 이륙했다. 초음속기 콩코르드처럼 요란하지는 않았지만 유리창이 흔들릴 정도의 소음이었다. 루소가 살던 시절에 비행기가 있을 리 없었으므로 촬영은 자동적으로 중단됐다.

그때부터 거의 2, 3분 간격으로 비행기는 이륙과 착륙을 거듭했다. 어쩌다 5분쯤 비행기 소리가 나지 않을 때가 두어 번 있었는데 그때는 배우와 내가 대사를 까먹거나 갑자기 구름이 끼는 바람에 조도가 맞지 않아 촬영은 실패로 돌아갔다. 30초짜리 한 장면을 찍는 데 무려 세 시간이 소요되었고 결국 촬영을 마쳤을 때 모두 기진맥진, 녹초가 되었다.

호텔에서 촬영감독(이후 감독 씨라고 호칭)은 조수(조수 군이라 하겠다)와 한 방을 썼는데 그들은 저녁마다 그날 찍은 내용에 문제가 없는지 모니터로 보며 검증하고 노트북컴퓨터에 그날의 촬영분을 파일로 저장했다. 조수 군은 메모리카드를 노트북컴퓨터에 꽂고 파일을 전송한 뒤 밤늦게 잠이 들었는데 그 일이 제대로 되지 않았다는 것을 뒤늦게, 그러니까 다음 날 아침 먹기 직전에 알게 되었다. 뭔가 이상하다는 것을 직감한 감독 씨는 그 메모리카드를 따로 보관하게 하고 예비로 가져간 메모리카드를 가지고 촬영에 나섰다.

나중에 밝혀진 바로는 그날 루소의 집에서 엄청난 노력으로 촬영한 내용은 전문용어로 '노이즈'가 너무 많아서 화질이 좋지 않았다. 재야의 고수까지 동원한 여러 차례의 보정 과정 끝에 극히 조금만 쓸 수가 있었다. 그렇게 촬영은 불안하게 출발했다.

총명한 PD는 비용을 조금이라도 아끼려고 한국에서 큰 가방 두 개분의 분장 소품을 준비해갔다. 프랑스에서의 촬영을 마친 뒤에도 두 개의 크고 무거운 가방은 초고도 비만의 과묵한 수행원처럼 일행을 따라다녔다. 두 번째 촬영지인 영국으로 가기 위해 샤를 드골 공항으로 가서는 짐을 잘 꾸린 덕분에 추가 비용 없이 대부분의 짐가방을 모두 비행기에 실을 수 있었다. 그 대신 감독 씨와 조수 군은 기내 휴대가 허용된 두 개의 가방에 카메라 렌즈처럼 무게가 많이 나가는 물건을 꽉꽉 채워서 넣고는 각자 양어깨에 메고, 전혀 안 무거운 척하면서 검색대를 통과해야 했다.

그날따라 검색대 앞에 선 줄이 아주 길었다. 촬영감독은 틈이 나자 가방 하나를 조수 군에게 맡기고 화장실로 향했다. 조수 군은 황제펭귄이 알을 품듯 그 가방을 발 사이에 놓고 서 있었는데 공항 직원이 그에게 오더니 "왜 휴대하고 있는 가방이 세 개냐"고 질문했다. 이미 검색대를 통과한 PD와 나는 아무런 도움을 줄 수 없었다. 조수 군이 대답을 하지 못하고 머뭇거리자 직원은 그의 발 사이에 놓여 있던 가방에 손을 뻗었다. 하지만 그는 가방 끈밖에 들어 올릴 수 없었다. 그 가방은 대장간의 모루, 아니 대장간을 통째 집어넣은 것처럼 무거웠던 것이다. 감독 씨가 오자 직원은 휴대용 가방 네 개 중 무거운 순서대로 두 개는 화물로 부쳐야 한다고 선언했다. 물론 그에 상당하는 비용을 물고. 감독 씨가 가방을 두 개 들고 항공사 접수대로 갔다. 이미 시간이 많이 지난 터여서 감독 씨는 결국 화물 접수를 하지 못했고 다음 비행기를 타게 되었다.

런던의 공항에는 영국의 촬영 일정을 도와줄 코디네이터가 나와 있었다. 그는 그날 오후 런던 시내 대학에서의 중요한 인터뷰와 촬영 일정을 마련해두고 있었다. 감독 씨가 비행기를 놓쳤다고 하니까 임시로 자신의 장비로라도 촬영을 진행해야겠다고 했다.

다행히 첫 번째 인터뷰 대상자는 경험이 많은 사람이어서 코디네이터의 장비로도 촬영을 진행할 수 있었다. 다시 공항으로 가서 다음 비행기로 오는 감독 씨를 기다렸다. 한 시간쯤 있다가 감독 씨가 도착했는데 어찌 된 일인지 그 전 비행기에 실려 왔어야 할 삼각대가 나오지 않는 것이었다. 여러 차례, 여러 사람의 노고를 거쳐 삼각대는 감독 씨가 타고 온 비행기의 다음 편에 실려 밤 열 시가 넘어 런던에 도착했다.

코디네이터가 가지고 온 차량은 7인승 밴이었으나 장비와 가방 일부를 실자 공간이 턱없이 모자랐다. 다섯 사람 가운데 운전자를 제외한 네 사람은 무릎에 얹을 수 있는 최대한의 짐을 올려놓고 끌어안았다. 그나마 연장자인 나는 대접을 받느라 자리가 넓은 조수석에 앉았다. 가장 덩치가 크면서 많은 짐을 떠안은 조수 군이 온순한 소 같은 큰 눈망울을 끔벅거리며 뒷좌석 가운데에 앉아 있었다.

중간에 휴게소에 들어가서 저녁을 먹었고 새벽 한 시가 다 되어서야 호텔에 도착했다. 각자 방에다 짐을 놓고는 호텔 로비로 네 사내가 약속도 없이 모여들었다.

"정 선생님, 지난번에 촬영 오셨을 때도 새벽 한 시에 호텔에 도착하셨는데. 기억하시죠, 콜브룩데일?"

코디네이터가 말하는 바람에 생각이 났다.

"맞아요. 그때도 호텔 로비의 맥줏집에서 그 지역에서 생산한 맥주를 마셨죠. 그 맥주가 영국에서 마셔본 맥주 중에 단연 최고였어요."

"여기도 동네 맥주 있을 거예요. 드시겠어요?"

"그럼요. 내가 무엇 때문에 여기까지 왔겠어요?"

호텔 접수대의 남자는 우리의 주문에 얼른 거품이 풍성한 생맥주를 따라서 한잔씩 돌렸다. 멀고도 힘들게 와서 마시게 된 생맥주는 '영국에서 마신 가장 맛있는 맥주 1위' 자리를 간단하게 접수했다. 나는 그 맛이 얼마나 대단한 것인지를 이렇게 에둘러 표현했다.

"여긴 몇 시까지 문을 연대요?"

코디네이터가 통역을 하지도 않았는데 접수대의 남자가 한 말을 신기하게도 모두가 다 알아들었다.

"손님들이 원하신다면, 언제까지라도 합니다."

그날 나는 결정적으로 영국을 좋아하게 되었다.

미국은 촬영 분량이 상당히 많았고 그에 따라 미국에서의 일정 역시 유럽 3개국의 두 배는 되게 길었다. 미국 일정의 첫 단추는 당연히 인천국제공항에서 끼워지게 되어 있었다. 그런데 비행기가 출발할 시간이 넘었는데도 단추는 끼워지지 않았다. 승객들은 이유를 전혀 알지 못했다. 누구도 설명을 해주지 않았으니까.

본업인 다큐멘터리 제작보다는 비용 절감과 영수증 처리에 더 신경을 써야 하는 상황이 된 PD는 미국을 오가는 항공권을 가장 값싼, 미국 국내에서의 항공권 가격까지 합쳐도 인천에서 뉴욕까지 왕복하는 항공권의 절반 정도밖에 되지 않는 미국 국적 항공사의 것으로 예매했다. 총명한 데다 영어에 능통한 PD에게 그런 건 전혀 문제가 되지 않은 듯했다.

문제는 출발 예정 시간이 한 시간이 넘었는데도 비행기에 사람을 태울 기색조차 없고 나와는 말이 전혀 통하지 않게 생긴 마사이족, 아파치족, 바이킹족 전사를 연상시키는 항공사 직원들만 코끝을 들고 접수대에 버티고 있다는 것이었다.

"가서 오늘 안에 출발을 할 건지나 물어봐주세요. 아님 그냥 집에 가게."

내 말에 PD가 그들에게 다가가서 한참인가 뭔가를 이야기하더니 돌아왔다.

"자기들 예상으로는 앞으로 네 시간 이내에 비행기가 출발할 확률이 50퍼센트가 넘는답니다."

"도대체 늦는 이유가 뭔데? 늦게 출발해서 시간 허비할 승객들에게 뭘 어떻게 보상해줄 거래요?"

내 질문이 끝나기도 전에 갑자기 안쪽에서 피켓을 든 항공사 직원이 나와서 권투 경기장의 라운드 걸처럼 승객 사이를 돌아다니기 시작했다. 피켓에는 '오늘 버팔로행 항공편 탑승을 포기하는 승객에게 우리 항공사 마일리지 10만 마일을 드립니다'라는 문장이 씌어 있었고 '선착순 30명'이라는 꼬리도 달려 있었다.

10만 마일의 마일리지를 받고 하루쯤 일정을 미뤄도 되는 승객 30명이 추려지는 데는 한 시간 가까이 걸렸고 그 사이 항공사 무료 제공 마일리지는 20만 마일까지 올라갔다. 결국 원래 출발시간보다 세 시간이나 늦게 비행기에 올라 보니 전체 좌석의 절반에 범죄현장을 수사하는 것처럼 노란 띠가 둘러져 있었고 출입금지 표시가 되어 있었다.

"뭐 때문인지는 몰라도 미국연방항공국에서 이 항공사에게 벌칙을 부과해서 승객 탑승 숫자가 제한된 것 같아요."

무슨 일에든 문리가 터져 있는 듯 PD가 말했다. 비행기가 이륙하고 나서 곧바로 제공된 기내식은 식어버린 비지떡 같았고 직원들은 친절과는 거리가 멀었으며 면세품 판매에조차 열성을 보이지 않았다. 그때까지 내가 타본 국제선 비행기 가운데 끝에서 두 번째로 마음에 들지 않는 비행기였다. 학교 성적으로 환산하면 한 반 40명 중 39등.

어쨌든 비행기는 미국 중북부의 도시 버팔로의 국제공항에 착륙했다. 거기서 우리가 갈아타야 할 보스톤행 비행기는 이미 떠나버린 뒤였다. 우리는, 아니 우리를 대표한 PD는 항공사에 다음 비행 편을 마련해달라고 강력히 요구했다. 항공사는 그다음 비행 편에 세 자리의 좌석이 나고 다음다음 비행 편에 두 자리가 난다고 했다. 일행은 둘로 나뉘었고 나는 뒤편에 속해 자정 가까운 시간에 비행기 맨 끝자리에 앉아 잠이라도 자보려고 공짜로 주는 미국산 맥주를 마시기 시작했다.

그런데 맛없는 맥주 한 병에 예기치 않은 부작용이 생겼다. 옆자리에 앉은 미국인과 대화를 하게 된 것이었다. 내가 사약을 먹기라도 하듯 잔뜩 얼굴을 찌푸리고 맥주를 마시는 모습이 그녀를 자극한 모양이었다. 영어로 미국산 맥주를 그토록 악평을 해본 것은 처음이었다. 불운하게도 그녀는 조국의 맥주를 광적으로 좋아했고 엄청나게 빠른 속도로 문장을 조립하는 능력을 지니고 있어서(보스톤에 있는 하버드대나 MIT 공대에 다니는 학생 또는 교수이었을 수도) 내 뇌세포를 총가동해야 했으며 그 결과로 머리에 쥐가 나는 기이한 현상을 경험할 수 있었다.

촬영과 인터뷰를 진행하면서 줄기차게 차로 이동해 보스톤, 필라델피아, 볼티모어, 워싱턴, 뉴욕, 리치먼드, 샬롯빌, 애틀란타를 찍고서야 20일이 훌쩍 넘는 일정이 비로소 끝났다. 미국에서의 마지막 밤은 공항 바로 곁에 있는 호텔에 투숙했고 아침에 넉넉하게 여유를 두고 공항으로 향했다.

그런데 애틀란타 공항이 1996년의 올림픽을 계기로 엄청난 크기로 확장되면서 우리가 수속을 해야 할 항공사(델타항공) 카운터가 어디에 박혀 있는지 보이지 않는 것이었다. 우왕좌왕하며 시간을 허비하던 끝에 겨우 찾아내기는 했으나 항공사 직원들은 인천공항에서와 마찬가지로 별다른 설명도 하지 않으면서 탑승 수속을 하지 않는 것이었다. 현지사정에 훤한 코디네이터도 이유를 알 수 없다고, 이런 일은 난생 처음이라는 말만 되풀이했다.

결국 한 시간 가까이 지체한 끝에 알아낸 건 우리가 미국에 들어왔을 때, 버팔로에서 보스턴 가는 비행기를 갈아타는 과정에서 '매우 강력하게' 항의를 한 것 때문에 '문제가 있는 승객'으로 분류된 것 '같다'는, '같잖은' 이유였다. 애초에 문제를 야기한 건 우리가 아니라 항공사가 아닌가.

다시 PD가 가서 '초초초강력' 항의를 하자 카운터의 직원은 '항공사의 컴퓨터는 항공사 해당 직원이 입력하는 대로의 결과를 보여줄 뿐이며 왜 당신들이 문제 승객이 됐는지에 대한 해명을 해줄 사람은 버뮤다 혹은 바하마에서 휴가 중'이라는 것이었다.

그런 와중에도 어찌어찌 오해를 풀고 절차를 끝낸 뒤 보안 검사를 거쳐 면세구역으로 입장을 하고 보니, 오호라, 그리도 똑똑하고 영민하고 총명하고 재빠르게 일 처리를 해가며 모든 일정을 주도하던 PD가 보이지 않았다. 먼저 갔나 싶어 공항 내부를 오가는 기차를 타고 탑승구로 이동하는 중에 PD로부터 전화가 걸려왔다.

"제발 나 좀 들여보내 줘요."

카운터에서 수속을 밟는 동안 지루해진 PD가 잠시 바깥으로 나갔는데 국제선과 국내선 공항 사이를 왕복하는 버스가 바로 앞에 와서 섰고 무심결에 그 버스를 타버렸다는 것이었다. 그녀의 탑승권을 조연출이 가지고 있었으므로 조연출이 밖으로 나가야 했고 얼마 지나지 않아 PD가 생글생글 웃으면서 들어왔다. 그런데 이번에는 조연출이 출입국관리국의 제지를 받아 승강이를 벌이는 중이라는 비보를 문자로 보내왔다. 비행기 탑승시간까지는 30분도 남지 않았다.

"아, 이제는 틀렸네. 우리가 이 비행기를 놓칠 확률은 97퍼센트야."

나의 말에 모두들 고개를 끄덕거렸다. 애틀란타에서 버팔로로 가는 비행기를 제시간에 못 타면 버팔로에서 인천으로 가는 비행기 역시 놓칠 수밖에 없다. 추가 요금은? 출근은? 출장 보고는? 편집은? 연재 원고 마감은? 저마다 생각에 잠겨 있는데 조연출이 숨이 턱에 닿은 채 뛰어왔다.

"어차피 늦은 것 같으니까 어디 가서 맘 편하게 자리잡고 앉아서 밥이나 제대로 먹고 갑시다."

나의 제안으로 탑승구 앞도 아닌 식당에서 음식을 주문하고 나오기를 기다리고 있는데 갑자기 PD의 얼굴에 화색이 돌았다.

"지금 공항 구내방송이 나왔는데, 우리가 타고 갈 비행기가 두 시간 늦게 출발한대요. 버팔로에서 한국 가는 비행 편도

자동으로 늦춰진다는데요?"

갑자기 흥분이 되면서 밥맛이 뚝 떨어졌다. 하지만 우리는 느긋하게 식사를 하기로 했다. 값이 쌌으니까. 이유는 그뿐이었다.

"내 다시는 이 항공사 비행기 타나 봐라."

말은 했지만 나중 일은 알 수 없었다. 쌌으니까.

비둘기는 새다

칠봉산은 이름 그대로 봉우리를 일곱 개나 거느리고 있는 산치고는 높이가 낮아 해발 500미터밖에 되지 않는다. 그럼에도 주말이면 등산을 하는 사람들로 줄을 서서 가야 할 정도로 붐빈다. 특히 여름에 칠봉산의 계곡들은 가족 단위로 피서를 온 사람들로 북적북적해서 빈자리를 찾기 힘들 정도다.

더워지기 전에 아침 일찍부터 간단히 먹을 것과 자리 등을 배낭에 집어넣고 자전거에 올랐다. 오전 열 시가 되기도 전에 산자락으로 들어섰더니 숲에서 뿜어져 나온 공기는 시원하고 물 또한 차가웠다. 하지만 입구의 주차장이 꽉 찬 것마냥 웬만한 곳은 이미 사람들로 가득했다.

"이건 뭐 아침부터 산 반 사람 반이네. 사람들이 그렇게 갈 데가 없나."

누군가 내 마음을 대변하듯 말하는가 싶더니 또 누군가 받았다.

"야, 집 근처에 이런 산이라도 하나 있는 게 어디야? 이거 없었으면 근처 신도시 사람들 다 쪄죽었다."

"이 산이 한 3, 400미터만 높았으면 좋았을걸. 강원도나 충청도 가서 이름 없는 산이라도 해발 1000미터짜리 하나 이 근처로 빌려올 수 있으면 그 산이 최고의 명산이 되었을 텐데. 땅값 집값은 또 얼마나 올랐을 것이며…."

일찌감치 계곡에 들어앉아 최대한 자리를 넓게 펴고 드러누워서는 공상과 현실을 뒤섞어 미래를 설계하는 사람도 있었다. 그 사람은 커다란 배와 굵다란 허벅지를 시원스럽게 내놓고 허연 발을 계곡물에 담근 채 수박을 먹고 있는 중이었다. 지자체장 명의의 '음식 배달 절대 금지'라는 팻말이 '자연보호'라는 구호보다 훨씬 더 많이 붙어 있었다.

"저 사람들, 오늘 얼마나 있을까? 저러다 먹을 거 떨어지고 배고파지면 가겠지?"

내가 동행한 제이에게 묻자 그는 고개를 흔들었다.

"형님, 저 위쪽에 취사시설 완벽하게 해놓은 거 안 보이십니까? 여기서 저녁까지 다 해드시고 갈 기셉니다."

작가인 제이의 눈은 날카로우면서도 정확했다. 우리가 거기서 멀리 가지 못한 건 위로 올라갈수록 계곡은 좁아지고 물이 줄어들 것임을 잘 알고 있어서였다.

"형님, 일단 여기다가 짐 풀고 자리 잡아놓은 뒤에 생각하시죠."

제이의 제안에 따라 우리는 '퍽이나 굵은 허벅지' 씨 가족의 약간 아래쪽에 있는 좁은 공터에 배낭을 내려놓음으로써 '여기는 우리 땅'이라는 표시를 했다.

"자, 일단 산에 왔으니 산신령님한테 경의와 성의를 표해야지. 이런 더위에 이렇게 좋은 데를 마련해준 것을 감사하는 의미에서라도 한 판 열심히 뛰어보자고."

우리 두 사람은 다시 자전거에 올라 칠봉산의 9부 능선에 있는 칠봉사를 향해 원기왕성하게 달리기 시작했다. 실제로 달린 것은 100미터 정도였고 대부분은 오르막길을 걷는 것과 비슷한 속도밖에 내지 못했다. 어쨌든 총연장 5킬로미터쯤 되는 칠봉사 임도 코스는 수도권에서 자전거로 올라갈 수 있는 오르막길 가운데서도 사납기로는 제법 이름이 나 있는 터였다.

"헉헉, 형님, 여기가, 헉헉, 작년에 미시령에 오를 때보다, 핵핵, 더 힘든, 헉, 거 같아요."

"말 걸지마. 헥헥헥. 그때는 바람이나 불었지. 헥헥, 바닷바람, 산바람 해서 앞뒤로 얼마나, 헥, 불었느냐고, 헥헥헥."

그런 식으로 30여 분을 죽자고 올라가고 있는데 길가 바위

앞에 세워진 낡은 목판이 보였다. 검은 페인트로 쓰인 '망해정'이라는 표지였다. 갑자기 제이가 웃음을 터뜨렸다.

"아니, 하하, 무슨, 하, 정자가, 하핫, 올라가면 망한다고, 정자에 가면 망해, 하하하…"

"이 사람아, 그 무슨 망발인가. 바랄 망, 바다 해 해서 바다가 바라다보이는 정자라는 뜻일 텐데."

그렇게 우리 두 사람은 웃다 말다 하다가 자전거를 탄 채 그만 쓰러지고 말았다. 온몸이 땀투성이가 되어 쓰러진 채로도 할 말이 많았다.

"사나이가 한 번 칼을 뽑았으면 끝장을 봐야지 이게 무슨 꼴이야. 고지가 바로 저긴데 끝까지 가지도 못하고 나자빠지고."

"형님 자전거는 산악자전거고 제 거는 도로용인데 산에서는 원래부터 게임이 안 되는 거죠. 형님 칼이 소 잡는 칼이면 제 칼은 펜싱 검인 거예요."

결국 두 사람은 누운 김에 한참을 더 숨을 고르고 난 뒤 일어서서 망해정이라는 곳을 찾아갔다. 사방을 조망하기 좋은 바위와 자그마한 정자가 있었고 전망이 좋을 때는 서해가 충분히 보일 것 같았다. 주변에 물이라고는 한 방울도 보이지 않도록 메마른 게 흠이었다. 그럼에도 망해정 주변은 바위와 소나무가 잘 어울려 그림 같은 풍경을 만들어내고 있었다. 때마침 바람이 슬슬 불면서 땀을 식혀 주었다.

"자연은 꼭 찾아간 보답을 해주는 것 같애. 힘들면 힘든 만큼. 난 지금이 올 여름 들어 제일 좋은 때 같아."

"저는 지난번 농수산물시장 횟집에서 감성돔 먹을 때가 제일 좋았어요. 뭐, 지금도 좋네요."

두 사람은 거기까지 올라온 보람을 가볍게 찾은 뒤 자전거를 타고 신나게 아래로 달려내려 갔다. 그 새 우리가 짐을 두고 온 계곡에는 사람이 두 배쯤으로 불어나 있었다.

우리가 배낭을 놔둔 바로 그 자리에도 한 가족이 들어왔고 우리 배낭은 꿔다놓은 보릿자루처럼 어정쩡하게 계곡 한가운데로 밀려나와 있었다. 그들은 바닥에 자리를 깔고 그 옆에다 모기장이 딸린 텐트를 쳤다. 계곡물에는 상어 모양의 물풍선을 든 아이가 흙탕물을 일으키고 있었다. 우리가 배낭 있던 데에 비집고 앉으려 하자 부부와 아이 둘로 이루어진 그들 가족은 일제히 새우눈을 하고 우리를 바라보았다. 새치기를 한 것처럼 무안한 건 우리였다.

"여기 말고 딴 계곡으로 갑시다, 형님. 칠봉산에 계곡이 어디 한둘이우?"

"가만 있어 봐. 나도 본전 좀 뽑자."

나는 부러 멀리 가지 않고 근처 바위 아래에 옹색하게나마 자리를 잡았다. 쫄쫄거리며 흘러내리는 미지근한 물에 발을 담그고 배낭에서 복숭아를 꺼내 깎았다. 껍질을 조심해서 비닐봉지에 집어넣고 있는데 어떤 가족의 말소리가 내 귀의 안

테나에 포착되었다. '퍽이나 굵은 허벅지 씨' 가족 중 네댓 살 쯤 되는 사내아이가 아버지와 토론을 벌이고 있었던 것이다.

"아빠, 저 새 이름이 뭐야?"

"아, 그거 꿩, 아니 아니 비둘기다."

"왜 비둘기라고 하는데?"

"꿩은 꿩꿩 소리를 내면서 우니까 꿩인데. 비둘기는 비둘, 비둘 하니까 비둘기인가? 산에 사니까 산비둘기?"

"비둘기 아냐. 산에 사는 새잖아."

"그래, 산에 사니까 산비둘기!"

아이는 지지 않았다.

"아빠! 저건 새라니까! 새! 새!"

"그럼… 산새?"

아버지가 한발 물러서는 듯했다. 제이가 세수를 마치고 오며 내게 영문을 묻는 듯 눈을 껌벅거렸다. 하지만 나는 뭔가 결정타가 나오기를 기다리며 귀를 기울이고 있었다.

역시 아이는 내 기대를 배신하지 않았다. 아버지가 비둘기에게 줘보라고 과자를 주자 아이가 외친 것이다.

"그니까 저건 비둘기가 아니고… 아니고… 비둘새야. 비, 둘, 새! 비둘새!"

내 입에서 계곡을 떠나보낼 듯한 웃음이 터져나왔다. 그 바람에 더위도 비둘기도 다 날아가 버렸다.

바흐의 선물

요한 세바스찬 바흐(1685~1750) 때문에 라이프치히를 간 건 아니었다. 그저 지나는 길에 우연히 들르게 된 것이었다. 음악이라는 관점에서 내게 라이프치히는 '라이프치히 게반트하우스 교향악단'이 있는 도시였다. '서양 고전음악의 아버지' 바흐가 안중에 없었다기보다는 다른 곳에 바흐의 삶과 음악의 흔적을 담은 자취가 있을 줄 알았다. 그런데 무덤이 있는 성토마스 교회를 포함해 바흐에 관한 거의 모든 것이 '바흐 박물관'이라는 웅장한 규모로 라이프치히에 존재하고 있었던 것이다.

바흐는 라이프치히에서 서쪽으로 약 200킬로미터(이하 거리는 구글 지도로 측정) 떨어진 작은 도시 아이제나흐 출신이다. '서양 고전음악의 어머니'로 불리는 헨델과는 동갑이다. 바흐 집안은 200년에 걸쳐 50명 이상의 음악가를 배출한 유럽 최대의 음악 가계인데 바흐는 열 살이 되던 때를 전후해 부모를 차례로 잃고 무려 마흔 살 위인 맏형 요한 크리스토프 바흐에게 맡겨져서 교육을 받았다. 요한은 아이제나흐에서 50킬로미터쯤 떨어진 오흐드르프의 오르간 주자였다.

바흐는 오흐드르프에서 북쪽으로 380킬로미터 떨어진 뤼네부르크에서 학업과 음악공부를 계속하다 남동쪽으로 390킬로미터 떨어진 바이마르의 궁정 바이올리니스트로 첫 취업을 하게 되는데 그때 나이는 18세였다. 또한 바이마르에서 40킬로미터쯤 떨어진 아른스트의 교회 오르가니스트 겸 지휘자로 음악 활동을 시작했다. 여기까지의 행로를 살펴보면, 당시의 교통수단이며 도로 여건을 감안할 때 바흐는 '서양 고전음악의 김삿갓', 아니 '홍길동'이라고 할 수도 있을 것 같다.

바흐는 22세에 아른스트에서 서쪽으로 438킬로미터 거리에 있는 뮐하우젠의 교회 오르가니스트로 취임한다. 이어 6촌(4촌이라는 설도 있다)인 마리아 바르바라와 결혼을 했다. 그런데 실험정신과 창작력이 왕성하던 젊은 바흐는 가장으로서의 책임도 아랑곳하지 않고 교회 음악의 개혁을 적극적으로 추진하다가 실직을 하고 만다. 그래서 23세이던 1708년에 동쪽으로 464킬로미터 떨어진 바이마르의 궁정으로 일자리를 찾아가게 된다. 다행히 이곳에서 영주 빌헬름 에른스트의 전폭적인 지원을 받아서 1717년까지의 10년간 바흐의 음악적 역량이 만개할 수 있었다. 아내와의 사이에 바흐의 재능을 그대로 물려받은 것으로 평가되는 장남 프리데만과 차남 엠마뉴엘을 비롯한 5명의 아이가 태어났다. 바이마르를 떠난 바흐는 북동쪽으로 170킬로미터 떨어진 쾨텐의 궁정악장으로 취임했다.

1720년(35세)에 갑자기 아내 마리 바르바라가 사망했고 이듬해에 안나 막달레나와 재혼을 했다. 두 사람 사이에는 막내 크리스티안을 포함한 13명의 아이가 태어난다. 바흐는 총 스무 명이나 되는 자식을 두었는데('서양 고전음악의 아버지'는 하나뿐이지만 '자식 스무 명의 아버지'가 흔한 것도 아니다) 아이들 교육 때문에라도 대학이 있는 큰 도시로 이주하기를 바라게 되었다. 그리하여 마침내, 드디어, 결국 1723년(38세)에 문화와 교육의 중심지인 자유도시 라이프치히(쾨텐에서 40킬로미터)의 성토마스 교회로 이직을 하게 된다.

성토마스 교회는 부속 음악 고등학교를 갖고 있었는데 바흐는 이 학교의 칸토르(합창단장)에 임명되고, 교회와 학교 모두의 음악에 관해 총체적 책임을 지게 되었다. 그는 학생들에게는 인기가 있었지만 라이프치히 시 당국과 교회, 대학이라는 체재와 반목하는 바람에 자신의 뜻대로 활동을 하지 못하는 때가 많았다. 라이프치히에서의 창작은 걸작 〈마태 수난

곡)을 완성한 1729년(44세)을 정점으로 해서 쇠퇴해 갔고 그의 음악이 너무 기교적이어서 자연스럽지 않다는 비판에도 직면했다. 1736년(51세)부터는 방대한 자신의 작품을 정리, 개정, 출판하는 것이 주된 일이 되었고 대를 이어 음악가가 된 네 아들의 성공을 지켜보는 게 낙이었다('자식이 넷이나 음악가가 된 아버지'도 극히 드물다).

1747년(62세) 프로이센의 프리드리히 왕의 전속 음악가가 된 아들 엠마뉴엘을 찾아갔다가 포츠담의 상수시 궁전(라이프치히에서 169킬로미터)에서 즉흥 연주를 했다. 돌아가는 길에 이를 〈음악의 헌정〉이라는 곡으로 완성해 왕에게 바쳤다. 이후 그는 오로지 생애 최고의 걸작인 〈푸가의 기법〉에 심혈을 쏟아 대위법 음악의 정수를 나타내려 힘썼다. 그러나 시력과 체력의 약화로 이 대작은 완성되지 못했고 바흐는 1750년, 65세의 나이에 뇌졸중으로 사망했다.

라이프치히 중앙역 앞, 사람으로 혼잡한 버스 정류장에 서서 두리번거리는 내게 꾀죄죄한 몰골의 노인이 다가와 헌 지폐가 몇 장 든 모자를 내밀었다. 내가 적선할 의사가 전혀 없다는 의미로 고개를 흔들자 노인은 "바흐를 찾아왔느냐"고 영어로 물었다. 고개를 끄덕거렸더니 노인은 다시 모자를 내밀었고 나는 다시 고개를 좌우로 힘차게 흔들었다. 노인은 그런 나를 물끄러미 보고 있다가, "지금 오고 있는 버스를 타면 바흐박물관에 곧바로 갈 수 있다"고 말하고는 다른 사람에게

2부 생각의 주산지

121

다가갔다. 나는 노인의 말대로 버스에 올라 그에게 주었을 수도 있는 돈을 차비로 치렀다.

그런데 버스가 진행하는 방향으로는 사람들의 움직임이 별로 없었다. 내내 바깥을 살피다가 교회 같은 큰 건물이 보여서 무조건 버스에서 내렸다. 골목에 요리사 복장을 한 청년들이 있기에 다가가서 "바흐! 요한 세바스찬 바흐!"하고 외치니까 그들은 내가 바흐박물관의 반대 방향으로 잘못 왔다고 남동쪽을 손가락질하면서, 걸어가도 된다고 말했다. 그 덕분에, 그 바람에, 그 때문에 나는 라이프치히 남북을 가로질러 가며 두 발로 바흐에게 다가가는 사람만이 맛볼 수 있는 흥분과 기대감, 설렘과 두근거림을 맛볼 수 있었다.

성토마스 교회 앞에 있는 바흐박물관의 입장료는 내 예상보다 훨씬 비싸서 버스비의 세 배나 되었다. 거기까지 가서 안 들어가볼 수는 없는 노릇이라 투덜거리며 표를 사서 안으로 들어서는데 갑자기 웅장한 오르간 소리가 울려 퍼지는 바람에 깜짝 놀랐다. 입구에 입장하는 관람객을 인식하는 센서가 있는 모양이었다.

박물관 내부 시설은 잘 갖춰져 있었고 유품도 많았으며 바흐에 관련된 영화까지 볼 수 있게 되어 있었다. 설렁설렁 구경을 한 뒤에 바깥으로 나서려던 중, 이층 복도에서 박물관 안으로 들어오는 관람객들을 보게 되었다. 입구에서 오르간 소리가 울려 퍼지면 깜짝 놀라는 사람이 대부분이었다. 놀라는 모습이 각양각색이어서 한참 동안 배를 잡고 웃었다. 입장료가 더 이상 아깝게 여겨지지 않았다.

막 밖으로 나가려는 참에 동양에서 온 것으로 추정되는 기품 있는 두 여성이 안으로 들어서는 것을 보게 되었다. 수수한 무늬의 흰옷을 입고 비슷한 모양의 모자를 쓰고 있는 것이 모녀 아니면 나이 차이가 한 세대 이상 나는 자매 같았다. 입구에서 장중한 오르간 소리가 울려 퍼지자 두 여성은 놀라기는커녕 약속이나 한 듯이 핸드백을 열고는 손수건을 꺼냈다. 두 사람은 싱크로나이즈드 수영을 하는 선수들처럼 동시에 각자의 손수건으로 눈에 맺힌 눈물을 닦았다.

한순간 내 가슴이 뭉클해지면서 목이 메어왔다. 요한 세바스찬 바흐는 죽어서도 그의 음악을 듣는 우리가 다 같이 예술을 향유하는 '현생인류'라는 지각을, 한순간 가슴이 먹먹해지는 인류애를 선사하고 있었던 것이다.

서시의 계산

───────

중국의 5천년 역사에서 13개 나라의 수도였다는 뤄양(洛陽).
이시우는 본적지가 '낙양리(洛陽里)'였던 까닭에 언젠가는 한번
낙양리의 어원이 된 그 뤄양을 가보고 싶어 했다. 어릴 적 그
는 할아버지에게 왜 자신의 본적지가 '낙양'인지 물어본 적이
있었다.

"원래 거기가 옛적에는 중국 한나라의 도읍지인 낙양처럼
번화하고 문물이 번성해서 그런 이름이 붙었느니라. 그 낙양
을 가운데로 하여 동쪽 지역을 낙동, 서쪽 지역을 낙서라고
불렀지. 낙동강의 이름이 그렇게 해서 지어졌단다."

"그럼 낙남이나 낙북은 어딘데요?"

"없다."

"왜 없는데요?"

"없는 것을 있다고 지어내기라도 하랴? 정 그리 궁금하거
든 네가 커서 알아 보거라."

할아버지가 돌아가시고 이십여 년이 지난 뒤에야 이시우
는 낙양의 원래 뜻을 알아냈다. 낙양은 낙수(洛水)라는 강의 북
쪽에 있는 도시를 말한다. 중국의 강은 대체로 서에서 동으로
흐르는데 남쪽에서 북쪽의 강변을 바라볼 때는 그곳이 늘 볕
(陽)이 잘 드는 것처럼 보인다. 그래서 '낙수 북쪽의 볕 잘 드
는 지역'의 뜻으로 이름이 낙양이 된 것이었다.

어쨌든 이시우와 그의 선배 송기호는 어느 겨울 오후, 당나
라 수도였던 시안을 거쳐 고속열차로 뤼양에 도착했고 다음
날 아침 일찍 호텔을 나섰다. 뤼양에 가는 사람이라면 반드시
들른다는 룽먼석굴에 가기 위해서였다. 호텔에서 룽먼석굴까
지는 10킬로미터 정도 되었다. 호텔 입구에서 버스 정류장까
지는 꽤 먼 거리였고 미세먼지 때문에 시정거리가 30미터 정
도밖에 되지 않았다. 이시우가 택시를 찾고 있는데 송기호가
어느 노인이 모는 인력거를 끌고 왔다.

"이 털털이가 룽먼석굴까지 간대. 이거 타고 가자."

송기호가 '털털이'라고 명명한 인력거는 오토바이와 수레,
운전자를 결합한 형태의 지역 맞춤형 승용수단이었다. 어쨌
든 오지도 않는 택시를 기다리느니 그걸 타고서라도 룽먼석

굴에 가는 편이 나았다. 털털거리는 엔진소리가 정겹기도 하고 예상보다 훨씬 빨랐으며 무엇보다 값이 쌌다. 5위안, 그러니까 850원 정도였다.

두 사람은 약 두 시간가량 룽먼석굴을 살펴보고 강 건너편에 있는 시인 백거이의 묘로 향했다. 이시우가 20대에 문학을 접하면서 가장 먼저 좋아하게 된 시(詩) 〈비파행〉의 작자 백거이는 만년을 그곳에서 보내며 바로 곁에 있는 절의 이름을 따서 호를 '향산거사'로 짓기도 했다. 그의 인간적인 면모가 가슴 뭉클하게 느껴지는 묘역을 거닐면서 이시우는 뤄양에 온 본전을 뽑고도 남았다고 내심 무척이나 흐뭇해했다.

뤄양의 역사와 문화를 한눈에 접할 수 있는 뤄양박물관으로 가기 위해 두 사람은 택시를 잡아탔다. 가는 도중 두 사람은 동시에 심한 허기를 느꼈고 '금강산도 식후경'이니 점심부터 먹고 가자는 데 순식간에 합의했다. 택시 기사가 그들을 내려준 곳은 외국인 관광객이 일 년에 몇 명 올까말까 한, 이시우의 본적지 '낙양리'를 방불케 하는 허름한 구시가지였다. 당연히 두 사람의 입맛에 맞을 만한 음식을 하는 식당은 잘 보이지 않았다. 그러다 이시우가 중국 춘추시대의 절대미인 서시(西施)의 이름을 간판으로 내건 식당을 발견했다.

"형, 저기로 가봅시다. 식당 이름이 심상치 않은데요."

"그래, 어차피 어딜 가나 마찬가지 같은데 이름이라도 그럴싸한 데로 가지."

두 사람이 들어간 식당에는 좌석이 스무 개쯤 되었고 그 자리는 대부분 중고생들이 차지하고 있었다. 벽에 붙어 있는 식단을 보며 고심을 하던 끝에 이시우는 '닭고기 쌀국수(鷄肉米線)'를, 탐구욕과 모험심이 강한 송기호는 정체가 알쏭달쏭한 토속음식을 골랐다. 서시는 잠시 어디를 갔는지 보이지 않았다. 식당 여주인은 푸짐한 몸매에 귀엽고 순박한 인상이었는데 이시우에게 각 15위안 미만의 음식 두 그릇을 주문받고는 자리로 돌아갔다.

"저 학생들이 먹는 건 뭐 같아? 저기 찐빵 같은 건?"

송기호의 호기심은 끝이 없었고 이시우는 스마트폰의 번역 앱과 자신의 지능을 총동원하여 그의 질문에 대한 답을 만들어냈다.

"저건 중고생들이 많이 먹는 닭다리(鷄腿)고요, 5위안이랍니다. 그리고 찐빵은 '모우(饃)'라고 하는 토속음식인데 두꺼운 만두피에 다진 야채랑 고기 넣고 굽는 것 같네요. 3위안이래요. 하나씩 주문할게요."

음식은 대체로 맛있었고 두 사람의 입에도 맞았다. 송기호의 앞에 놓인 국밥인지 수제비인지 잘 모를 토속음식은 절반가량만 비워졌다. 그들이 식사를 하는 동안 여주인은 물론이고 식당 안 손님들 모두 두 사람을 깊은 관심을 가지고 지켜보고 있었다.

"모우가 너무 맛있는데. 하나 더 구워달라고 해서 싸달래

자. 나중에 호텔서 간식으로 먹게."

이시우는 계산을 하러 가서 송기호의 주문을 여주인에게 전달했다.

"그거까지 합쳐서 모두 얼마예요?"

이시우가 번역 앱을 통해 묻자 식당 주인은 전자계산기를 꺼내 '33'이라는 숫자를 찍었다. 그녀가 주문서의 뒷면에 뭔가를 힘겹게 쓰는 동안 이시우는 '33'을 지우고 '38'이라고 썼고 여주인에게 "계산 잘못했어요"라고 말했다. 그러자 여주인은 통통한 손가락으로 계산기의 숫자를 재빠르게 지우고는 다시 '33'이라고 썼다. 이시우가 또 '38'이라고 고쳐 쓰자 여주인은 고개를 강하게 가로저으며 뭐라고 빠르게 말했다. 두 사람 사이에 긴장감이 높아지면서 손님들이 일제히 한마디씩 논평을 보태기 시작했고 주방에서 기골이 장대한 남자가 오랜세월 써와서 반 토막만 남은 부엌칼을 들고 나타났다. 그 순간 송기호가 끼어들었다.

"서시가 지금 뭐라는데?"

"모르겠어요. 우리가 잔뜩 먹은 거 생각하면 분명히 계산이 틀린 것 같은데 자꾸 자기 계산이 맞다고 우기는 거 같아요."

"그냥 달라는 대로 줘. 바가지 안 씌우는 게 어디야. 저기 우리가 주문한 모우 다 탄다. 연기 나네."

그 순간 이시우는 자신의 계산이 틀렸다는 것을 깨달았다. 이시우가 돈을 꺼내 계산을 마치고 나자 여주인은 수줍게 미소를 지으며 자신이 주문서 뒷면에 애써 썼던 글씨를 가리켰다.

"또 뭐래?"

송기호의 물음에 이시우는 도저히 알아볼 수 없을 만큼 삐뚤빼뚤한 여주인의 손글씨를 오로지 직관의 힘으로 번역해냈다.

"음식 맛이 어땠었느냐고 묻네요."

그러자 송기호가 즉시 두 손의 엄지를 치켜들며 외쳤다.

"띵하오!"

그러자 식당 안에 있던 모든 사람이 웃음을 터뜨렸다. 그 때문에 식당 분위기는 순식간에 화기애애하고 훈훈한 분위기로 변했다. 식당 밖으로 나와서 이시우는 송기호에게 물었다.

"형, 언제 중국어 배운 적 있어요?"

"그럼. 회사 다닐 때 초급 중국어 코스를 끝냈지."

"그런데 이때까지 왜 띵하오 말고 중국어를 한마디도 안 했어요? 나만 죽어라 고생했잖아."

"아, 그게 언제 적 얘긴데. 벌써 다 까먹었지."

"서시와 동시대에 동시(東施)라고 불리던 사람도 있었대요. 가슴앓이가 있는 서시 흉내를 내서 맨날 얼굴을 찡그리고 다니다가 빈축(嚬蹙)이라는 말을 만들어내게 된 사람."

"그 얘기는 갑자기 왜 해?"

"아까 그 부엌칼 든 남자가 동시의 후손 같아서요. 그 사람이 서시의 남편인가?"

동무 생각 1

∽ 초음파 모기퇴치기 ∽

    대학에서 기계공학을 전공하고 대기업에 취직해 무난히 십수년 간 직장 생활을 하다가 10여 년 전 귀농해서 농사를 짓고 있는 P는 좀처럼 안 하던 '짓'을 했다고 털어놨다. 인터넷 장터에 들어가 어떤 '물건'을 주문했다는 것이다.

    그가 내 눈앞에 꺼내 보인 그 물건은 바로 '초음파 모기 퇴치기'였고 가격은 1만 원 선이었다. 그는 공학도다운 논리에 입각해 각기 다른 회사에서 생산된, 그 업계에서는 나름대로 유명한 기기를 두 개 샀다. 세상의 모든 모기를 박멸해버릴 듯한 요란한 광고 문안이 들어맞기는 어려울 것이니 둘 중의 하나라도 제대로 작동하기를 바라서였다.

초음파 모기 퇴치기를 산 건, 물론 모기를 쫓기 위해서일 것이다. 나는 그가 본격적으로 이야기를 시작하기 전, 재빨리 모기의 종류를 분류해버렸다.

"한국 모기에는 가정집 모기, 화장실 모기, 전염병(뇌염, 말라리아 같은 병을 옮기는) 모기, 산모기, 숲모기, 해수욕장 모기, 섬모기, 논모기 등등이 있지. 일반적으로 다른 모기들이 가정집 모기보다는 독하지. 가장 지독한 모기는 툰드라 지역에 사는 초원 모기인데 건강한 순록 수놈도 이놈들을 만나면 빈혈로 사망할 정도야. 이놈들을 피해서 물속에 들어가 있다가 지쳐서 익사하기도 하고. 하지만 내가 겪어보기로는 한반도에서 어떤 모기보다 강력하고 사람에게 고통을 주는 모기는 군대 모기더라고."

갖가지 허브가 자라는 그의 밭은 정상 높이가 700미터쯤 되는 산 바로 아래에 있었다. 수시로 산에서 날아온 풀씨가 싹을 틔우고 아까시나 도토리나무가 뿌리를 내린다. 쑥처럼 작은 풀도 그냥 내버려두면 사람 키가 넘을 정도까지 자라서 밭에 심어놓은 작물이고 과수나무고 가리지 않고 덮어버린다. 물론 그런 풀을 뿌리째 말려 죽이는 농약을 치라는 이웃 농사꾼의 권유인지 강요인지를 받지 않은 건 아니지만 그건 그가 농사에 투신한 이유에 정면으로 위배되기 때문에 고려 대상조차 될 수 없었다.

철저하게 유기농 방식의 농법을 고집하는 그도 풀을 벨 때는 예초기를 사용한다. 되도록이면 화석연료로 작동되는 기계를 쓰지 않고 사람과 자연의 힘을 빌려 농사를 짓는다는 게 P의 신조지만 워낙 풀숲이 광대하고 풀이 웬만한 나무마냥 억세기까지 하니 도리가 없다는 것이다. 시험 삼아 예초기를 가지고 풀숲으로 가서 몇 번 가동을 해본 결과, 그는 몇 가지 과제를 먼저 해결해야 할 필요를 느꼈다.

풀을 베려면 풀잎이나 가시에 피부가 긁힐 수도 있고 뱀이나 벌집을 건드릴 수 있다는 것도 고려해야 한다. 발바닥부터 머리끝까지 가릴, 예컨대 반도체 회사 연구원처럼 방진복 차림을 하면 좋은데 농촌에 그런 게 있을 리 없다. 어쨌든 그는 장화를 신고 비옷을 입고 망사로 얼굴을 가렸으며 테이프로 망사와 비옷 사이 틈새를 단단히 막은 뒤 색안경을 끼고 밀짚모자를 쓴 채로(제법 안드로메다에서 온 우주인 티가 난다고 했다) 아주 이른 아침이나 해 지기 직전, 더위가 좀 수긋해질 때를 타서 풀을 베러 나갔다.

실전에 나가보니 예상치 못한 변수가 있었다. 모기가 시야가 흐려질 정도로 대단히 많았다. 그것도 가정집 모기가 아닌 숲모기의 암모기가 상대였다.

산란을 앞둔 숲 속의 암모기는 생명체의 본성인 유전자 번식이라는 절대적 과제를 수행하기 위해 일생에 한두 번밖에 주어지지 않을 기회를 기다려왔을 것이다. 밭에서 풀 한 번 베려면 수십 수백 마리의 모기들한테 피를 빨릴 각오를 해야 했다. 그래서 그가 초음파 모기 퇴치기, 줄여서 '초모퇴'를 주문한 것이었다.

요즘 인기 만점인 초모퇴는 암모기가 가장 싫어하는 초음파를 발생시키는데 그 소리의 정체는 놀랍게도 수모기의 울음소리라고 했다. 암모기에게 수모기는 그저 귀찮은 정도가 아니었다. 수모기가 근처에 있다는 신호가 발생하면 암모기는 번식에 필요불가결한 영양을 지닌 포유류의 혈액을 포기하고 딴 데로 가버릴 정도라고 한다. 그만큼 모기 수놈은 암놈에게 혐오스러운 존재인 것이다. 초모퇴는 생물이 가진 자체적 역량(구애의 울음소리)을 퇴치 대상(암모기)에게 사용한다는 데서 현대 과학기술의 정수를 보여준다고 할 수 있겠다. 어쨌든 P는 초모퇴 두 개를 쌍권총처럼 양 허리에 장착하고는 장화를 신고 예초기를 든 채 풀을 베러 나섰다. 나중에 생각해 보니 두꺼운 고무 잠수복 슈트에 물안경 정도는 썼어야 했을 거라고 그는 술회했다. 그만큼 그는 초모퇴의 위력을(정확하게는 인터넷에 나온 광고문안을) 믿고 있었던 것이다.

거대한 풀숲의 장벽 앞에 선 그는 예초기의 엔진을 가동시키고 칼날을 풀의 밑동에 가져다댔다. 풀이 잘려나가며 풋내가 코를 찔렀고 흙먼지가 일어났다. 걱정했던 것과 달리 모기는 별로 반응하지 않는 듯했다. 아니면 초모퇴가 제대로 효과를 발휘했거나.

순조롭게 풀숲 전체의 10퍼센트쯤 깎은 뒤에 그는 잠시 땀을 닦고 숨을 돌렸다. 그런데 전과 달리 풀숲 내부의 움직임이 심상치 않았다. 숲모기들이 뒤늦게 그의 존재를 알아차린 것이었다! 산에서만 살아오며 아주 드물게 땀 냄새 나는 등산객이나 먼발치에서 구경할 수 있었던 숲모기들은 그가 풀을 깎는 동안 사람이 산짐승에 비해 털 같은 보호막이 없고 침을 박기에 훨씬 용이한 살결을 가진 데다 정맥과 피부의 거리가 상대적으로 가깝다는 정보를 입수해서 재빨리 교환했던 듯했다. 그가 다시 예초기를 메고 키를 넘는 풀숲에 접근하자 허기진 암모기 수천 마리가 "으우웨에에엥"하는 공습 사이렌 소리를 내며 일제히 출격했다.

그는 얼른 양쪽 초모퇴의 스위치를 눌렀지만 이미 때는 늦었다. 허술한 비옷과 망사를 뚫고 그의 몸에 달라붙어 '빨대'를 박은 모기들은 맞아 죽으면 죽었지 떨어질 줄을 몰랐다. 후손을 위한 성스럽고 초인적인(?) 자기희생이라고 할까. 그는 감탄은 뒷전이고 예초기를 벗어 던진 채 전력을 다해 도망치기 시작했다. 그 바람에 밀짚모자와 망사가 벗겨져 달아나며 모기들 눈에 먹음직스러운 호모 사피엔스의 연약한 피부가 더욱 훤하게 드러났다. 둔탁한 장화는 자꾸만 그의 발을 잡아끄는 듯했다. 그는 필사적으로 팔을 휘저어 모기를 막으면서도 어느 순간 자신이 모기에게 피를 빨려서 죽는 최초의 인류가 될지도 모른다는 공포를 느꼈다고 했다.

그런데 모기의 공격이 갑자기 멈췄다. 초모퇴 덕분일까. 그

건 아닌 것 같았다. 초모퇴는 작동이 되는지 안 되는지 알 수도 없게 멀리서 덜덜거리고 있을 뿐이었다. 그는 고개를 들었다.

지는 해를 배경으로 작은 전투비행체들이 빠르게 다가오고 있었다. 그건 바로 잠자리 떼였다. 곤충계 먹이사슬의 최상위에 위치한 포식자, 특히 모기에게는 공포의 암살자이며 숙생의 원수인 최강의 군단. 그들 또한 모기가 풀숲에서 모습을 드러내기를 기다리며 오래도록 공중에서 정찰을 계속해오고 있다가 기회를 포착, 사냥을 시작한 것이었다.

잠자리 유충은 물속에 있을 때부터 모기의 유충인 장구벌레를 하루 3천 마리씩이나 잡아먹는다. 변신을 한 후에도 잠자리는 모기를 하루 천 마리 이상 사냥한다. 잠자리는 유충일 때부터 죽을 때까지 사람에게 이로운 역할을 하는 익충이다. 모기에게는 저승사자나 다름없겠지만.

내려오는 길에 P와 함께 막 벼가 익어가는 황금빛 논 위에서 날고 있는 잠자리를 보았다. 잠자리들은 '비행만을 위한 비행'을 즐기는 헬리콥터처럼 수평으로 떠서 평온하게 날개를 흔들고 있었다. 문득 잠자리를 좋아하는 천적은 없을지 궁금해져서 더 높은 하늘을 바라보았다. 제비들이 집으로 돌아가고 있었다.

동무 생각 2

∽ 퇴비 소믈리에 ∽

　P는 혹심한 가뭄이 지나고 난 뒤에 농장의 밭에 김장배추를 심었다. 그 밭은 애초에는 사과 과수원이었던 자리에 만들어졌다.

　그의 아버지는 20여 년 전 농사가 힘에 부치게 되자 '도지(임대료)'를 받고 자신의 과수원을 과일 농사를 전문으로 하는 '업자'에게 빌려주었다. 업자는 빌린 땅과 나무에 농약과 화학비료를 퍼부어 최단기간에 최대한의 수확을 뽑아냈다. 건강하던 사과나무들은 십몇 년의 임대 기간 동안 '사과 생산기계'로 학대 당하고 착취를 겪은 뒤 나이보다 훨씬 빨리 늙어버렸고 농약과 화학비료를 들이붓다시피 하는데도 소출은 줄어만 갔다. 땅 또한 콘크리트처럼 딱딱해지고 지력이 쇠할 대로 쇠해서 그저 나무를 세워두는 기능만 할 뿐이었다.

아버지가 돌아가시고 나서 과수원을 업자에게 돌려받은 P는 눈물을 머금고 속이 텅 비어버린 사과나무를 베어냈다. 그 자리에 갖가지 허브와 약초, 채소를 심어서 유기농으로 재배할 계획이었지만 토질이 워낙 나빠져서 무엇을 심든 잘 자라지 않았다. 그는 그로부터 몇년간 땅을 쉬게 하고 좋은 퇴비를 찾아다녔다.

좋은 땅만큼 귀한 게 좋은 퇴비라고 한다. 대부분의 퇴비는 음식쓰레기, 축분(가축 배설물), 톱밥을 혼합해서 발효시킨 것이다. 가축이 먹는 사료에는 성장촉진제나 항생제가 포함되어 있을 수 있고 그건 배설물에도 섞여 들게 된다. 예컨대 소가 먹는 짚만 해도 유기농 볏짚을 먹이고 유기농 사료를 먹인 건강한 소의 배설물이라야만 유기농 비료의 원료가 될 수 있는 자격이 생긴다. 목재를 가공하는 과정에서 나오는 톱밥 또한 수입산이 대부분이고 수입 목재는 바다에 띄워놓는 경우가 많아서 갖가지 화학물질에 소금기가 들어 있다. 퇴비에 가축 배설물에 들어 있는 소금기까지 합쳐져 들어가면 작물이 자라는 데 큰 문제가 생긴다.

그는 어디에 좋은 퇴비가 있다는 소리를 들으면 천리가 멀다 하지 않고 찾아갔다. 하지만 좀처럼 좋은 퇴비는 구해지지 않고 좋은 퇴비를 알아보는 감식안만 늘었다. 등잔 밑이 어둡

다던가. 어느 날 그는 농장에서 그리 멀지 않은 곳에 있는 퇴비 공장에 대해 들었다. 큰길에서 흙길을 따라 안으로 들어가야 나오는 퇴비 공장은 외양이 꽤나 우중충해 보였고 안에 들어가자 어두컴컴하기까지 했다. 하지만 거기서 그는 희망을 보았다. 공장 내부가 어두운 이유는 초파리처럼 건강한 먹이를 좋아하는 생명체가 많아서였다. 사람이 움직이자 파리들이 일제히 날아올랐고 내부는 훤히 밝아졌다. 그의 코에 발효가 잘된 퇴비의 냄새가 맡아졌다. 그는 서슴없이 한때 가축의 배 속에 들어 있던 성분을 다량 포함한 퇴비를 입에 집어넣었다. 그러고는 와인 소믈리에처럼 신중하게 맛을 음미했다. 예상대로 소금의 짠맛은 거의 느껴지지 않았다. 그는 입속으로 조용히 만세를 불렀다.

그로부터 트럭 수백 대분의 퇴비가 농장에 뿌려졌고 거름기는 땅속으로 스며들었다. 그렇게 서너 해가 지나고 나서 땅은 차츰 제 모습을 찾기 시작했다. 땅속에는 수많은 미생물과 지렁이, 땅강아지, 애벌레 등속이 살기 시작했고 땅 위로는 자연 퇴비의 원료가 될 잡초가 우거졌다. 그때부터 그는 조금씩 작물을 심어 철저하게 유기농법으로 가꾸었고 많지 않으나마 소중한 수확을 맛보기 시작했다. 배추를 심을 무렵에 땅은 완전히 지력을 회복했고 주변의 어떤 땅보다 생명력이 넘치는 곳으로 변해 있었다.

그의 주변 논밭에서 농사를 짓는 농부들은 여전히 '관행농

법', 그러니까 농약과 화학비료를 사용하며 지어오던 농사 방식을 고수하고 있었다. 그들은 그의 땅에서 번성한 잡초와 벌레들이 혹 자신들의 농지에 들어와 해를 끼치지는 않을까 은근히 신경을 쓰고 있었다. 몰래 그의 농장으로 들어와 자신의 밭에 뿌리고 남은 제초제며 살충제를 치려 한 사람까지 있었다.

그런데 그가 배추 농사를 지으면서 가장 속을 끓인 상대는 이름도 생소한 야도충(夜盜蟲)이었다. 야도충은 거세미나방의 애벌레로 주로 땅속에 살면서 농부들이 활동하는 낮에는 잠을 자다가 밤중에 도둑처럼 올라와서는 주로 어린 싹을 싹둑 잘라서 먹어버린다. 해가 뜨면 땅속으로 사라져버리기 때문에 도둑벌레라고도 하는데 영어로는 '밤에 기어다니는 녀석(Night Crawler)', '잘라먹기 전문 벌레(Cut Worm)'란다.

야도충이 싹을 잘라서 먹어버리면 싹을 다시 심는 방법밖에 없다. 새로 심는다 해도 그걸 밤새 지키고 있을 수도 없고 지킨다 해도 어둡고 넓은 배추밭을 모두 살필 수가 없으니 열 사람이 도둑 하나 못 잡는다는 격으로 속수무책 야도충에게 당하기만 하고 있었다. 철두철미한 유기농 농법으로 생명력이 넘치는 그의 밭은 야도충에게도 더할 나위 없이 쾌적한 환경이었을 것이다.

그러던 어느 날 그는 해가 떴는데도 미처 땅속 집으로 돌아가지 못한 야도충을 발견했다. 너무 방심한 탓인지, 아니면 먹이를 잔뜩 먹고 배가 불러 잠이 드는 바람에 해 뜨는 것도 몰랐는지 저희가 먹어치운 배추 잎 옆에 벌러덩 홀러덩 나자빠져 있었다. 여름 새벽이라도 추우니까 몸을 반지처럼 돌돌 말고 있더란다. 그는 야도충을 차마 죽이지는 못하고 배추벌레와 함께 비닐봉지에 담아 집으로 가져갔다. "너도 먹고 나도 먹고, 우리 다 같이 좀 먹고 살자, 응?" 하는 교육을 시키고 나서 도로 놔줬는데 알아들었는지 모르겠단다.

어쨌든 그는 배추를 무난히 잘 키워서 수확을 하기에 이르렀다. 어느 정도는 두더지 덕분인 것 같다고 했다. 땅속 먹이사슬의 최상위 포식자인 두더지가 가장 좋아하는 먹이가 야도충이다. 두더지는 부드럽고 물기가 있는 땅속에 사는 것을 좋아하는데 그의 밭이 바로 그런 곳이었다. 두더지는 밤에만 가끔 땅 위에 나타날 뿐이고 대부분 지하에서 생활한다. 먹이는 주로 야도충 같은 애벌레와 번데기, 거미, 지렁이이고 풍뎅이, 달팽이에 지네, 개구리까지 잡아먹는다고 한다.

하지만 두더지가 늘 고맙기만 한 건 아니다. 두더지가 땅굴을 파면 작물의 뿌리가 들뜨게 되어 말라죽을 수도 있고 굴이 싱크홀처럼 꺼지면서 작물이 뿌리째 뽑혀 떠내려갈 수도 있다. 두더지의 주요 먹이인 지렁이는 끊임없이 흙을 삼키고 배출하면서 땅을 부드럽고 비옥하게 만드는 주역이기도 하다. 그래도 두더지의 피해는 야도충 숫자를 줄여주는 이득을 생각하면 견딜 만하다고 했다. 두더지가 지나치게 많아지지만 않는다면. 두더지는 겨울에는 땅속 깊은 곳에 있는 먹이를 찾기 위해 굴을 깊이 파고 여름에는 상대적으로 얕게 굴을 판다. 그의 밭은 완만하게 경사가 져있어서 두더지가 판 굴의 입구가 노출되는 경우가 가끔 있다.

어느 날 그는 두더지 굴 앞을 지나다가 입구에 있는 것을 보고는 기겁을 했다. 뱀이 똬리를 튼 채 혀를 날름거리면서 두더지가 고개를 내밀기를 학수고대하고 있었던 것이다. 그는 한참이나 뱀을 바라보고 있다가 뱀이라면 천리 길도 마다하지 않고 달려오는 이웃의 농부가 관심을 가질까 싶어 천천히 발을 뗐다고 한다.

존경하고 친애하는 벗이여, 내내 안녕하신지? 밝은 달을 쳐다보며 그대를 그리워 한답니다.

마그마가 끓인 라면

　아이슬란드 여행 나흘째, H선배와 나에게는 여전히 알토란 같은 컵라면 2개, 햇반 3개, 그리고 김치 한 봉지가 남아 있었다. 아이슬란드에서의 세 번째 밤을 동남쪽 도시 회픈에서 지냈는데 그곳은 아이슬란드를 일주하는 링로드(순환도로)를 따라 여행을 하려는 사람에게는 마지막 만찬이 차려진 식탁이나 다를 바 없는 곳이었다. 우리 두 사람은 누가 먼저라 할 것 없이 "여기까지 와서 그 유명한 바닷가재 랑구스틴 요리를 먹지 않을 수는 없다"는 데 의견이 일치했다.

　랑구스틴은 우리의 대게보다는 작고 꽃게보다는 큰데 맛은 대게에 가까우면서도 내장에서는 꽃게 수컷처럼 쓰고 찝질한 맛이 났다. 구이로 먼저 나오고 발라먹기 힘든 부분은 튀김으로 조리해 주었는데 일인당 5만 원쯤 되는 가격이었다. 이미 며칠 새 아이슬란드의 살인적인 물가에 단련된 사람들로서 비명을 지를 일까지는 없었다. 문제는 어릴 때부터 '사나이다움'을 강요받아온 결과 쓸데없이 커진 '허세' 때문에 일어났다.

식당 안 손님들 중에는 유난히 혀를 많이 굴리고 턱을 많이 움직이는 데다('talk'를 '토어얼크'로 발음하는 식) 뾰족한 음색의 영어를 구사하는 커플이 여럿 있었는데 나이는 대략 쉰에서 여든 사이였고 식사 중에도 찰싹 달라붙어서 열정과 사랑을 과시하는 일을 게을리하지 않았다. 그들은 큰 소리로 몇 있지도 않은 종업원을 각기 여러 차례씩 불러서 별것도 아닌 서비스를 주문했다. 그들은 대부분 화이트 와인을 한 잔씩 앞에 놓고 수십 차례 입에 댔다 뗐다 하며 혀끝으로 찍어 먹는 것처럼 마시고 있었다.

"저렇게 아주 식당 전세 낸 것처럼 떠들어대면서 싸구려 하우스 와인이나 마시고 계시네들."

내가 말을 꺼낸 게 화근이었다.

"우리 오늘 기분도 그렇고 한데 아예 와인을 병으로 시킬까?"

H선배의 말에 회계를 맡고 있던 나는 충동적으로 "그래요, 까짓 한 병에 얼마나 한다고" 하면서 하우스 와인이 아닌 특제 와인 한 병을 주문해 버렸다.

와인이 오는 동안 빙하 같은 냉정함이 돌아와서 따져보니 와인 한 병이 750밀리리터이고 한 잔이 100밀리리터라면 일곱 잔 반인데 가격은 하우스 와인 한 잔에 비해 열 배쯤 되었다. 물론 '전적으로 고객의 책임 하에 자발적으로 주문을 한 것'이었으며 '대한민국 대장부의 호연지기'가 시킨 일이라고 해봐야 알아줄 사람은 하나 없을 터였다.

"형, 기왕 이리된 거 생일 축하라도 할까요?"

"난 얼마 전에 지났잖아. 자네 생일이 더 가깝지 않아?"

그래서 두 달 가까이 남은 내 생일이 미리 호출을 받았다. 축하 노래 따위는 하지 않았다.

어쨌든 식당에서 예정에 없이 과잉 지출을 하고 나니 예산에 맞추자면 앞으로는 경비를 최대한 아껴 쓸 수밖에 없었다. 그에 따라 다음 날 아침은 가지고 있던 컵라면으로 해결하기로 했다.

가는 곳마다 바가지를 쓰는 악몽을 꾸면서 자는 둥 마는 둥 하다 일어나 보니 숙소에 뜨거운 물을 끓일 수 있는 전기포트 같은 설비가 보이지 않았다. 아이슬란드의 물은 세계 어느 나라의 생수보다도 더 깨끗해서 끓여 마실 필요조차도 없다고 했다. 그러니 한국에서는 그리도 흔한 냉온 정수기가 거기에서는 유형문화재처럼 귀했다. 고민 끝에 일찍 출발해서 가장 먼저 만나는 식당이나 가게에서 뜨거운 물을 얻어 컵라면을 익혀먹자고 결정하고 차를 출발시켰다.

그때 시각이 새벽 4시, 백야가 시작되고 있어서 자동차의 헤드라이트를 켤 필요조차 없었다. 컵라면을 익힐 뜨거운 물을 찾아서 100여 킬로미터를 쏜살같이 달리자 마을이 하나 나왔다. 듀피보구르라는 표지판이 바닷가 마을 앞에 서 있었고 교회의 첨탑이 있는 것으로 보아 꽤 규모가 큰 마을이지 싶었다. 하지만 그때 마을은 닭 울음 소리 하나 들리지 않는 침묵 속에 고요히 잠들어 있었다. 우리가 탄 자동차의 엔진 소리가 미안해질 정도로.

지도를 펴고 숙의를 거듭한 결과 거기서 가장 가까운 도회지인 레이다르피오르디르까지 직행하기로 결론이 났다. 바다가 나오고 어린 시절 지리 시간에 배웠던 '피요르드(fjord)' 지형이 나타났다. 금강산도 식후경이라지만 그 압도적인 풍광 앞에서는 차를 멈추지 않을 수 없었다.

뱃속에서 천둥 소리가 나는 것을 들으며 사진을 수십 장 찍었다. 그로부터 한 시간 반 이상을 곁눈질 한 번 하지 않고 달리고 달려 마침내 레이다르피요르디르에 도착했다. 일요일 하고도 아침 7시도 되기 전인 그 시간에 문을 연 가게는 주유소와 주유소에 딸린 매점뿐이었다. 매점에서는 샌드위치와 차를 팔고 있었다. 차를 우려먹을 수 있는 온수가 나오고 있었지만 온도는 우리나라 대중목욕탕의 온탕 수준으로 미지근했다. 나는 '펄펄 끓인 열수'에 익힌 컵라면을 먹으려고 허기를 참고 참았다.

아득한 빙원을 무인지경으로 달린 뒤 마침내 거대한 온천탕에 도착한 것은 점심시간이 다 되어서였다. 뮈바튼이 그 온천탕의 이름이었다. 탕 속에 들어 있는 사람들이 지구 내부에서 뿜어져 나온 열기를 마음껏 즐기고 있었다. 노천온천이었으니까. 사람만 없었으면 그 온천수를 그대로 컵라면에 넣고 먹을 수도 있지 않을까 싶게 온천은 깨끗했다. 우리가 자리를 잡은 곳에서 5미터쯤 되는 곳에 거대한 냉각탑이 있었고 거기에서 바람에 밀려오는 증기에 스치기라도 하면 '앗 뜨거!' 소리가 절로 났다. 지하에서 올라오는 온천수가 너무 뜨거워서 식히기 위한 장치라고 했다.

온천에는 식당이 있었고 많은 사람들이 식당의 식권을 구입해 식사를 하고 있었다. 하지만 우리는 어떻게든 컵라면을 먹어야 했고 예산상 뷔페의 식권에 지출할 여유가 없었다. 문제는 뜨거운 물을 어떻게 구하느냐 하는 것이었는데, 식권을 산 사람들에게만 뜨거운 물을 받아먹을 수 있도록 컵이 주어지고 있었다. 물론 눈 딱 감고 우리가 가지고 다니는 티타늄제 컵을 가지고 가서 물을 받아올 수는 있었다. 그러려고 했다. 컵을 들고 가다 중국인 가족 세 사람이 컵라면을 먹고 있는 것을 보지 않았다면. 자세히 보니 그들은 컵라면과 뜨거운 물이 든 보온물통을 같이 가지고 다니고 있었다.

나는 자리로 돌아가서 컵라면 두 개의 뚜껑을 열고 수프를 털어 넣었다. H선배의 의아해하는 눈길을 뒤로하고 당당히 걸어서 뜨거운 물이 나오는 곳까지 거의 다 갔다가 90도로 방향을 틀었다. 남자 화장실이 있었고 화장실 안 세면대에는 얼음처럼 차가운 생수와 섭씨 90도에 가까운 온천수가 그대로 나오는 수도꼭지가 따로 있었다. 나는 컵라면 안에 온수, 아니 열수, 아니 지구 내부의 열탕에서 나온 뜨거운 물을 부어가지고 공손하게 떠받든 채 자리로 다시 돌아왔다.

라면이 익은 것을 확인하고 나서 나는 먹기 시작했다. 내내 무슨 책인가를 읽고 있던 H선배도 곧 합류했다. 우리는 말없이 식사를 마쳤고 전에 없이 국물까지 모조리 마심으로써 쓰레기를 줄였다. 국물에서는 유황 맛이 좀 나는 듯했다.

"나도 알고 있었어. 그게 어떤 물인지."

여행에서 다녀온 뒤 H선배는 웃으며 말했다. 하기는 마그마가 끓인 물로 익힌 라면 먹기가 어디 쉬운가.

생각의 주산지

타이완 중부 아리산 중턱에 있는 전망대에서 제이는 일행에게 퀴즈를 냈다.

"생강이 가장 많이 나는 곳이 어디 같아?"

제이는 화장실에 다녀오다 휴게소의 매점에서 '야생 생강'이라는 딱지가 붙은 생강 피클을 발견하고 한 병을 사서 자랑스레 들고 온 참이었다. 값은 오천 원 정도였다. 생강 피클을 본 휘가 먼저 대답했다.

"산? 지리책에서 아리산이라고 본 것 같은데?"

"땡! 학교에 도로 입학해서 제대로 배우고 오시오."

석우는 제이가 들고 있는 병의 작은 글자를 용케 읽고는

"야생!"이라고 외쳤다.

"야생에서 생강이 자라는 건 줄은 나도 여기 와서 처음 알았어요. 하기는 사람이 먹는 모든 식물이 야생에 근원을 두고 있긴 하겠지. 그렇지만 정답이 아니오."

다른 사람이 잠자코 있자 제이가 "문제가 너무 어려웠나? 옛날 노래에 정답이 있는데. 우리가 기타 처음 배울 때 부르던 노래" 했다. 그러자 철훈이 "너의 침묵에 메마른 나의 입술을" 하고 읊조리다가 "침묵? 입술!" 하고 외쳤다. 소싯적에 기타깨나 쳐봤다는 사람들이 한 마디씩 거들었다.

"아니야. 눈물이야."

"돌아서는 내 발길? 생강 원산지가?"

제이는 정답에 가까이 갔다면서도 "아니 기타 배울 때 양희은 노래로만 배웠나? 나는 존 덴버 노래로 배웠는데. 칸츄리 로드 테익 미 홈이라는" 했다.

잠자코 있던 후배 홍재가 비로소 입을 열었다.

"조금 있으면 저절로 생각날 거예요."

그래서 일행은 나중에 퀴즈를 다시 진행하기로 합의했다.

제이와 친우, 선후배 합하여 다섯 사람 전원이 초행길인 타이완에 도착한 때는 오전 열한 시쯤이었다. 타이완(臺灣)은 통상적으로 부르는 명칭이고 타이완에서 사용하는 공식 국호는 중화민국이며 중국의 '하나의 중국' 원칙에 따라서 'Chinese Taipei'로 호칭되기도 한다는 것 등 타이완에 대해 기본적인 사항을 미리 '학습'을 해온 사람이 거의 없었고 하다못해 안내 책자조차 가지고 온 사람이 없었다. 타이완 여행을 주선한 홍재가 여행사에서 프린트해 준 몇 장의 안내문을 가지고 있을 뿐이었다.

공항에서 시내로 들어갈 때 버스를 탈지 지하철을 탈지도 몰라 헤매던 그들에게 공항의 공안이 다가왔다. 덩치 큰 중년 사내 다섯이 갈 곳을 몰라 우왕좌왕하는 게 공공치안에 문제를 일으킨다고 판단했을 수도 있었다. 어쨌든 30대 중반으로 보이는 여성 공안은 친절하게도 그들이 탈 버스 정류장 매표소 앞까지 안내를 해주었다. 일행은 일단 일제히 감동했다.

"세상 어느 공항에서 이렇게 친절하게 해주겠어?"

석우가 말하자 제이가 받았다.

"우리가 이때까지 어떤 공항에도 이렇게 무지몽매한 상태로 준비 없이 가지는 않았고 길을 전혀 모르면서도 누구 하나 물어볼 생각을 하지 않았지."

타고난 까칠한 성격 때문에 말은 그리했어도 제이 역시 고마움을 느끼고는 있었다.

일행을 태운 버스가 시내 한가운데 멈췄을 때 일행은 제이의 신호에 따라 급급히 내렸다. 비가 오고 있었고 호텔까지 남은 거리는 1킬로미터 남짓했다. 택시를 타고 가기도 그렇고 짐을 끌고 우산도 없이 빗길을 걸어가기도 애매모호했다. 일행은 일단 점심을 먹으면서 생각을 해보기로 했다.

그때 그들의 시야를 막아선 것은 1층부터 7층까지가 모두 하나의 음식점으로 보이는 거대한 해물 전문식당이었다. 덮어놓고 안으로 들어간 그들은 안쪽의 맞춤한 자리를 배정받았고 저렴한 물가에 놀라면서 주문을 마쳤다. 음식을 기다리는 동안 식당 출입구 근처 거대한 원탁을 둘러싸고 벌어지는 행사에 일행의 이목이 쏠렸다.

"무슨 전통복장을 입고 춤까지 추네. 환갑잔치를 하나?"

"환갑이 뭐 대단한 벼슬이라고 이 나라에서도 환갑잔치를? 아이들 재롱잔치면 몰라도."

환갑이 살짝 넘은 철훈이 대꾸했다. 마침 화장실에 가려던 제이가 잔치 자리에 슬그머니 가까이 갔다. '양안(兩岸) 화해협력'을 표방하는 무슨 친선협회에서 주최하는 행사로 타이완 사람 반, 중국 사람 반쯤 되어 보였다. 전통춤을 추며 축하공연을 하는 사람들은 타이완의 고산에 사는 부족들의 옷차림을 하고 있었다. 반주곡으로 흘러나오는 곡 또한 타이완의 고산족 민요 〈까오산칭(高山靑)〉이었다. 제이가 고등학생 때 레크레이션 시간에 우연히 배운.

〈까오산칭〉은 원래 영화 〈아리산 풍운〉(1949년)이라는 영화의 주제곡으로 중국과 타이완의 많은 가수들이 이 노래를 불렀다고 한다.

'높은 산 푸르고 골짜기의 물은 쪽빛이네. 아리산의 아가씨는 물처럼 아름다워라, 아리산의 소년은 산처럼 씩씩하네. 아가씨와 소년은 영원히 헤어지지 않으리. 아아 높은 산은 푸르고 골짜기의 물은 쪽빛, 푸른 물 길게 둘러 있고 산의 빛깔은 바뀌어가네.'

민요 특유의 애상적이고 반복적인 멜로디와 단순한 가사에 제이는 흠뻑 도취되고 말았다. 화장실에 서둘러 다녀와서도 음식이 다 나오고 난 다음까지 한참이나 그들의 춤과 노래에 매료되어 있었다.

여행 일정 사흘째 마침 그 노래의 무대가 된 아리산에 가게 된 제이는 깊은 골짜기와 구름에 싸인 봉우리 어딘가에서 노래의 주인공인 소년과 소녀가 검은 머리가 파뿌리 되도록 해로하며 살고 있을 거라 상상했다. 그만큼 아리산은 원시상태의 숲과 풍광을 그대로 간직하고 있었다. 하지만 그가 목격한 것은 호호백발의 소년과 소녀가 아니라 나이가 2300살이나 되었다는 거대한 편백나무였다. 수십 그루의 편백나무 거목이 숲을 이루고 있었고 아리산은 언제나 안개와 구름에 싸여 나무가 빨리 크게 자라도록 충분한 수분을 공급했다. 그곳 사람들이 '신의 나무(神木)'라고 부르는 나무 앞에서 제이는 그 노래를 다시 생각했다. 청아하고 애수에 찬, 그리하여 한 번 들으면 쉽게 잊히지 않는.

제이가 정신을 차려보니 휴게소 곁 상가에서 철훈이 고산 차를 사고 있었다. 제이가 상가 밖에서 '세상 제일의 좋은 차를 저렴하게 공급한다'는 안내문을 떠듬떠듬 읽고 있는데 철훈은 소년처럼 맑게 웃으며 반의 반 값 정도로 흥정을 끝낸 차를 들고 밖으로 나오고 있었다. 가게 안에는 약간은 당황한, 그러면서도 순수한 웃음을 잃지 않은 고산족 소녀가 서 있었다.

"결국 나는 생강 피클 하나 들고 귀국하게 생겼네."

제이의 말에 다시 사람들 사이에 생강의 원산지가 어디인가에 대한 갑론을박이 시작되었다. 결국 제이는 정답을 말하지 않을 수 없었다.

"그게 가수 은희의 〈꽃반지 끼고〉라는 노래에 보면 나와. 오솔길에서 생강이 난다고 하거든. 정답은 오솔길!"

〈꽃반지 끼고〉(1970년)는 번안곡인데 노래는 이렇게 시작한다.

'생각(생강) 난다 그 오솔길/ 그대가 만들어준 꽃반지 끼고/ 다정히 손잡고 거닐던 그 오솔길/ 이제는 가버린/ 가슴 아픈 추억.'

그 말을 들은 석우가 결정타를 날렸다.

"에레이… 올림픽 같은 소리 하고 있네."

아부다비의 보물섬

석유 매장량 세계 4위의 부국 아랍에미리트의 수도 아부다비에는 에미리트 팰리스 호텔이 있다. 아랍에미리트 7개 토후국 가운데 최고의 부자는 아부다비이지만 가장 유명한 곳은 두바이이다. 원래 두바이에는 '7성급' 호텔인 버즈 알 아랍이 있었다. '아랍의 탑'이라는 의미로 높이가 325미터에 아랍의 전통 무역선인 다우선을 본떠 항해를 하고 있는 듯한 모습을 하고 있으며 두바이를 대표하는 명소이기도 하다.

세계적으로 호텔의 등급을 매기는 방식은 미국은 다이아몬드, 유럽은 별, 한국은 무궁화의 개수로 표시하는데 각각 최고 등급은 다섯 개(별은 5성)이다. 다섯 개를 넘어 6성, 7성이라는 말이 나오는 것은 마케팅을 위한 표현일 뿐이다.

1994년 착공, 3년 만에 완공된 버즈 알 아랍 호텔은 개장 후에 자기네 호텔이 그때까지 통용되던 '6성급'을 넘어서는 '7성급'이라고 대대적으로 홍보했다. 그때부터 세계 여기저기에서 '7성급'을 자칭하는 호텔이 등장했다.

그런데 아랍에미리트의 한국 교민들이 이구동성으로 버즈 알 아랍 호텔보다 훨씬 더 좋다고 이야기하는 아부다비의 에미리트 팰리스 호텔은 2005년 완공 이후 한 번도 스스로를 '○성급'이라고 하지 않았다. '별 다섯 개를 넘어서는 훌륭함 (Going beyond 5-star luxury)'이라고 점잖게 말하고 있을 뿐.

2009년에 두바이를 거쳐 아부다비에 갔을 때 에미리트 팰리스 호텔은 〈아라비안나이트〉에 나오는 알라딘의 왕궁을 연상케 하는 웅장한 모습으로 아라비아해 바닷가에 서 있었다. 실제로 이 호텔은 아부다비의 지도자이자 아랍에미리트의 대통령인 셰이크 칼리파 빈 자이드 알-나흐얀의 궁전으로 지어지던 중에 지도자의 결정으로 호텔로 용도를 변경했고 지도자가 살 새 궁전은 호텔 근처에 다시 지어졌다고 한다. 그러니까 5성이니 7성이니 7성급이니 하는 별다른 시비가 필요 없는, 이름 그대로 '궁전 호텔'인 셈이다. 호텔 소유의 해안선만 1.3킬로미터이고 302개의 호화 객실과 92개의 스위트룸이 있다.

다큐멘터리 촬영 차 갔으므로 사전에 호텔 측과 협의를 해둔 대로 곧바로 스위트룸으로 향했다. 호텔 입구에서 스위트룸까지 가는 동안 온통 황금빛으로 '복장'이 통일된 듯했다. 조명, 기둥, 바닥, 벽, 커튼, 손잡이, 계단, 난간, 종업원의 복색 등에 이르기까지. 아랍에미리트 전체에서 생산되는 석유의 90퍼센트를 생산하는 아부다비(우리나라에서 수입하는 중동산 두바이유는 두바이가 아닌 아부다비에서 생산된 것이 태반이다)의 부유함을 과시할 수 있도록 호화판으로 지은 결과였다. 호텔은 가운데가 시원스럽게 뚫려 있고 천장을 올려다볼 수 있게 되어 있었으며 거기에는 하늘보다는 '궁륭(穹隆)'이라는 고색창연한 단어에 어울리는 아름다운 문양이 새겨져 있었다. 하지만 나는 아주 간단하게 조작을 할 수 있는 디지털카메라의 전원을 켤 생각도 하지 않았다. 뭔가가 마음을 불편하게 만들고 있었기 때문이었다.

스위트룸은 화장실 욕조의 수도꼭지조차 황금빛이었는데 실제로 황금이 섞였다고 했다. 값비싼 이탈리아산 대리석도 아낌없이 사용했다. 커다란 침실 안에 내가 그때까지 본 것 가운데 가장 거대한 침대가 있었다. 컴퓨터는 최신형이고 침실에서 시청할 수 있는 TV 또한 최신형 고화질이었는데 한국산이었다. 그 외에는 이렇다 할 가전제품이 보이지 않았다. 하기는 호텔이라는 곳이 생활공간은 아니니 냉장고, 다리미, 청소기, 식기세척기가 필요할 것 같지는 않았다. 다만 다른 곳에서는 보기 힘든 게 하나 있었다. 공중에 늘어뜨려진 줄로 침실에서 누운 채로 잡아당길 수 있게 만든 것이었다. 침실 바깥 수행원 대기실로 나와서야 떠오를락 말락 하던 이름이 생각났다. 설렁줄이었다.

설렁줄은 '설렁에 달린 줄'이다. 설렁의 사전적 정의로는 '처마 끝 같은 곳에 매달아 놓고 사람을 부를 때 줄을 잡아당겨 울리는 방울'로 '현령(懸鈴)'에서 유래한 것이라고 해놓았다. 조선시대에 양반가의 사랑채에서 설렁줄을 당기면 하인이나 청지기가 와서 '네이' 하고 하정배를 하며 명령을 기다렸을 것이다. 에미리트 팰리스 호텔의 스위트룸에서 손님이 설렁줄을 잡아당겨 방울을 울리면 과연 누가 올 것인가.

정답은 '24시간 대기 중인 호텔 종업원인 집사가 온다'는 것이다. 집사는 영어로 Butler. 반사적으로 〈바람과 함께 사라지다〉의 레트 버틀러가 생각났다. 그 잘난 사내의 조상이 기껏 남의 집에서 주인의 심부름, 뒤치다꺼리나 해주던 집사였더란 말인가. 생각은 또 이어져서 1993년의 영화 〈남아 있는 나날들(The remains of the day)〉이 떠올랐다. 명문 귀족 달링턴 가의 스티븐스 집사장(앤서니 홉킨스 역)이 신입 집사로 들어온 켄튼 양(엠마 톰슨 역)과 나누는 대화도.

"여기서 새 집사를 뽑는다는 걸 어떻게 알았소?"

"월간 〈집사들〉이라는 잡지에서 봤어요."

상상과 기억의 머리 운동으로 한결 가벼워진 기분이 되었다. 로비로 내려와서 촬영 팀이 일을 끝내기를 기다리며 서성

대다가 놀라운 것을 발견했다. 기원전 15세기, 그러니까 지금
으로부터 3천 년도 더 된 때에 돌로 만든(石製) 양 머리 조각,
그것도 아주 순결하다시피 깨끗하고 아름다운 작품이 전시
되고 있었다. 세계적인 경매 감정가의 인증서에 따르면 복제
품이 아니라 진품이었다. 더욱 흥미로운 것은 그게 판매할 수
있는 것이니 관심이 있는 사람은 호텔 내에 있는 갤러리로
연락해 달라는 작은 설명이었다. 그런 인류사적 차원의 보물
이 호텔 로비에 전시돼 있고 게다가 판매까지? 어안이 벙벙
했다. 유물은 양 머리뿐만이 아니었다. 중국에서 유럽, 중앙
아시아, 아프리카 등 세계 각지의 국보급 고대 유물을 전시,
판매하고 있었다. 중국 명청 시대의 도자기는 그중에서도 가
장 최신의 대량 생산 '제품'에 속했다. 다행히도 한반도에서
나온 유물은 보이지 않았다.

  아랍에미리트는 과거 아시아와 유럽을 해로로 잇는 해상
실크로드의 중계지였다. 〈아라비안 나이트〉의 '뱃사람 신밧
드의 모험'은 아랍에미리트의 이웃 오만에 살았던 선원의 모
험담이다. 중국과 인도에서 출발한 상품이 다우선에 실려 인
도양, 아라비아 해를 거쳐 유럽으로 향하던 중에 아랍에미리
트에 일시 상륙했을 수도 있고 상인들이 바다에서 교역을 했
을 수도 있다. 에미리트 팰리스 호텔에 전시된 '무시무시한
보물'들은 그런 역사와 흔적을 보여주려고 한 것 같았다.

  근대에 소위 선진국이라는 나라에서 그것들을 총칼로 빼앗

고 훔치고 사기에 가까운 값으로 사가지고 자기네 나라의 박물관에 전시해서 오늘날 엄청난 입장료 수입, 관광 수입을 올리고 있다. 아라비아해 연안의 소수 민족들은 한때는 중개무역으로 영화를 누렸다가 대항해시대 이후 유럽 제국의 강압적인 무역 독점으로, 한때는 해적으로 전락했다. 이제 석유 덕분에 역사 속으로 사라진 나라, 힘없는 사람들의 보물을 합법적으로 사들여서 합법적으로 파는 중개상의 모습을 보여줄 수 있게 되었던 것이다.

아부다비라는 이름에서 갑자기 이슬람이 아닌 불교에서 쓰는 '대비(大悲)'라는 용어가 떠올랐다. 대자대비(大慈大悲)의 줄임말인 자비에서 자(慈)는 즐거움을 주는 것, 비(悲)는 괴로움을 없애주는 것이라고 한다.

아, 부자의 천국 아부다비여, 가난한 나라와 빼앗긴 사람들의 괴로움과 슬픔을 부디 생각할지니.

3부

물 맑고 경치 좋은 곳

라디오 일병 구하기

나는 군대에 다녀온 한국 남자 대부분이 말하는 것처럼 '비
밀스럽고 특수한 임무'를 수행했다. 임무가 어려운 반면 그걸
잘해내기만 하면 상대적으로 많은 자유와 시간이 주어졌다.
무엇으로 그 자유와 시간을 최고의 것으로 만들까 고민하던
중에 입영 6개월 만에 첫 번째 휴가를 나와서 맞춤한 물건을
찾았다. 당시 전자제품의 메카였던 서울의 세운상가에서 FM
수신전용 라디오를 하나 샀던 것이다. 벽돌 크기에 스피커도
없고 이어폰으로만 방송을 청취할 수 있는 저렴한 라디오인
데도 육군 일병 월급 두어 달 치를 조용히 잡아먹었다.

음악 방송을 주로 듣기 위해 만들어진 FM 라디오로 수신되

는 FM 방송은 당시에 서너 개밖에 되지 않았는데(지금은 대부분의 방송사에서 FM 주파수로도 방송을 내보낸다) 내가 들으려 한 건 오로지 클래식 음악을 방송하는 KBS 1FM이었다. 전후 사정을 생각하지도 않고 덜컥 라디오를 사가지고 귀대해 눈치를 보니 아무리 특수한 임무를 수행한다 해도 내 신분은 군인이었고 당시의 군인은 자유 시간에 클래식 음악을 들으며 상상과 감각의 자유를 마음껏 누릴 처지가 되지 않을 듯했다. 쉽게 말해 '클래식 음악 방송 수신 전문 FM 라디오'는 군대 내무반에 내놓기 어려운 '사제 물건'이었다.

라디오를 종이상자에서 꺼내고 배터리를 끼우고 이어폰을 장착한 채 방송 수신이 제대로 되는지 시험해 보기에 적당한 장소조차 찾기가 쉽지 않았다. 부대 뒤의 산에 올라가려니 그곳은 억울하게 고참에게 얻어터진 졸병들이 눈물지며 품속에 있는 어머니 또는 연인의 사진을 꺼내보며 흡연을 하는 장소였고 부대 근처 오리들이 꽥꽥거리는 연못가로 가려니 명백한 근무지 이탈, 탈영이었다. 화장실에서 혼자 부스럭거리며 조립을 하다가 밖에서 "어떤 놈이 변소간 전세 냈냐!"는 다른 내무반 고참의 호령에 찔끔 놀라 군복 속에 대충 라디오를 집어넣고 뛰쳐나와야 했다. 라디오는 자유를 누리게 해줄 도구가 아니라 자유를 속박하는 애물이 되어가고 있었다.

라디오 부품을 안고 여기저기를 돌아다니며 라디오를 조립하고 드디어 클래식 음악 방송을 들으려는 순간 중대한 난

관에 봉착했다. FM 전파는 송수신 거리가 AM에 비해 비교할 수 없이 짧았고 방송사에서 송출하는 전파 또한 약했다. '비밀스럽고 특수한 임무'를 수행하는 내 근무지가 비록 서울 근처이긴 했어도 서울 중심부 해발 265미터의 남산에서 송출된 FM 전파는 고층건물과 해발 4백, 5백, 8백 미터의 여러 '준봉'을 넘어오다 보니 신호가 원래보다 훨씬 약해지고 소리에 잡음이 섞였다. 스테레오 음질의 방송을 수신하는 것은 포기해야 했고 그나마 모노 음질이라도 제대로 들리는 곳을 찾아 쏘다니다 보니 어느새 짬밥을 먹여 키우는 돼지 우리 근처에 가 있는가 하면 눈에 뵈는 게 없어 지휘관에게 경례도 하지 않는 '간이 부은 놈'이 되어가고 있었다.

물론 그 대가는 정확하게 다 치러야 했다. 돼지들을 놀라게 한 죄로 한동안 '꿀꿀이죽'을 날라다 줘야 했고 '군기 확립'을 외치며 오리걸음으로 내무반까지 가는 수모를 당했다. 그래도, 그럴수록 FM 수신전용 라디오로 KBS 1FM의 클래식 음악방송을 듣고야 말겠다는 열망은 활활 불타올랐다.

라디오를 조립하고 나서 일주일, 수많은 시행착오 끝에 결국 해결책을 찾아냈다. 라디오의 안테나에 삐삐선이라고 불리는 군용 전화선을 연결해 반대편 끝을 내무반 바깥의 측백나무 꼭대기에 매달았다. 삐삐선은 현실에서는 전화선보다는 빨랫줄로 쓰이는 일이 더 많긴 하지만 엄연히 군용 자재였으므로 굳이 문제를 삼자면 문젯거리가 될 수 있었다. 게다가 외부의 전파를 송수신할 수 있는 장치 – 라디오라는 단말기를 '비밀스럽고 특수한 임무'를 수행하는 군인이 내무반에 들여오는 것 자체가 합법적인 것인지 모를 일이었다.

하지만 나는 그런 일로 설령 영창에 간다 하더라도 매일 잠들기 직전, FM 수신전용 라디오에 연결된 이어폰으로 듣는 〈클래식 명곡 대작 시리즈〉를 절대로 포기할 수 없었다. 그 프로그램은 매일 밤 11시쯤 시작되어 바그너의 그랜드 오페라, 드보르작·스메타나·그리그 등의 작품에 국민악파의 음악처럼 평소에는 방송하기 힘든 대곡을 중간 해설도 없이 끝날 때까지 몇 시간이고 연속해서 들려주곤 했다.

일과시간의 노동과 훈련으로 머릿속이 백지처럼 깨끗하게 청소된 상태에서 듣는 음악은 마른 솜이 물을 빨아들이듯 내 존재로 흘러들었다. 벨라 바르토크의 〈루마니아 무곡〉이 시그널 음악으로 흘러나오기만 하면 가슴이 방망이질 쳤다. 그건 처음 짝사랑을 할 때 느꼈던 감각적 경험과 비슷했다. 짝사랑할 때와 다른 점은 〈클래식 명곡 대작 시리즈〉는 만남이 오래 가도 두근거림이 멈추지 않는다는 것이었다. 바로 옆에서 성미가 까다롭고 잠귀가 밝은 바로 위 고참이 코를 골며 잠들어 있었기 때문에 스릴 또한 넘쳤다.

그렇게 군대 내무반에서 클래식 음악을 종교처럼 혼자 몰래 받아들이고 있던 어느 날, 한밤중에 비가 흠씬 왔다. 마침 그때 나는 밤새 다른 곳에 가서 보초 근무를 서고 아침이 되어서야 내무반으로 돌아왔다. 큰 문제가 생겨나 있었다. 내무반 침상의 매트리스가 창을 타고 들어온 빗물에 흠뻑 젖었고 바닥에까지 빗물이 흘러내렸는데 걸레로 닦고 양동이에 걸레를 짜고 다시 닦는 일을 해야 할 졸병, 곧 내가 없어서 내 바로 위 고참이 그 일을 해야 했다는 것이었다.

정작 더 큰 문제는 일 년 열두 달 햇빛 한 번 제대로 들지 않는 어두운 내무반에 밴 습기 때문에 앞으로 창궐할 곰팡이며 병균, 냄새를 어찌하느냐는 것이었다. 먼저 범인을 색출하는 수사가 시작되었다. 수사는 쉽게 마무리되었다. 범인은 바로 나였다. 라디오에 연결된 삐삐선을 타고 빗물이 들어온 게 너무도 간단하게 밝혀졌기 때문이었다.

"내가 안 그래도 맨날 밤이면 밤마다 모기가 앵앵거리는 소리가 나서 잡아야지, 잡아야지 하고 있었는데 네가 그 모기였구만. 각오는 됐겠지."

나와 동갑이면서 두 달 전에 입대해서 고참이 된 그가 자신을 소외시키고 딴짓을 일삼은 졸병에게 화가 잔뜩 났음을 눈치채기는 어렵지 않았다. 나는 10여 명의 내무반원이 지켜보는 가운데 FM 수신전용 라디오를 꺼내놓고 왜 그 물건을 가지게 되었는지 이유를 밝혀야 했다. 고참이 눈을 부라렸다.

"넌 앞으로 제대할 때까지 죽었다고 복창해라."

곤경에 처한 나를, 때 아닌 내무반 바닥 홍수에 2층 침상으로 피난을 가서 모포를 돌돌 감고 앉아 있던 왕고참이 구원해 주었다. 기왕 이렇게 된 바에 모두들 같이 모포와 담요, 매트리스를 들고 나가 바람 좋고 햇빛 좋은 곳에 잘 말려서 소독도 하고 먼지도 털어 대청소를 하자면서, 내 라디오를 당분간 압수해 주었던 것이다.

그 '당분간'은 내가 내무반 안에서 내놓고 라디오를 들어도 될 시기까지로 불과 세 달 뒤였다. 내무반원 대부분이 스피커 없이 이어폰으로만 듣는 FM 수신전용 라디오를 샀던 것이다. 물론 각자 좋아하는 음악을 들으며 자유 시간을 누리기 위해서.

비 오는 저녁의 연주회

'한국이 낳은 세계적인 피아니스트. 제19회 드뷔시 콩쿠르 우승의 영예에 빛나는 최영찬 피아노 리사이틀.'

언제부터인가 읍내 한복판에 있는 '문화의 전당'에 내걸린 현수막의 내용이었다. 서성은 건물 옥상에서 바닥까지 내려 뜨려진 거대한 현수막을 볼 때마다 정말 영혼을 송두리째 뒤흔드는 피아노 연주를 제대로 한 번 들어보고 싶다는 욕망이 꿈틀거리는 것을 느꼈다.

서성이 원하는 건 최고의 연주자가 연주를 하고 마침 그 연주가 연주자의 능력과 기량을 최고조로 발휘한 것일 때, 자신 또한 최고 수준의 청중으로서 궁극의 음악이 채워진 시공간의 일부가 되고 싶은 것이었다.

한물간 유명 연주자가 우연히 서성이 사는 작은 도시까지 와서는 허영심 가득한 아마추어들을 대상으로 대충대충 인기 드라마에 나오는 소품과 손쉬운 곡을 연주하고 박수와 꽃다발을 받고 가는 것에는 아예 관심조차 없었다. 탁월한 연주자, 전성기의 기량, 쉽게 들을 수 없는 참신한 곡과 스스로의 한계에 도전하는 열정적인 연주, 서성 자신의 절실함…. 그런 조건이 맞지 않아 하나둘 포기하다 보니 어느새 10년 가까이 연주회에 가보지 않았다.

서성이 사는 바닷가 소도시에 지어진 '문화의 전당'은 지자체의 규모에 맞지 않게 막대한 예산을 소요했다 해서 예산을 낭비한 전형적인 사례로 언론의 질타를 받고 감사까지 받은 바 있었다. 감사 결과 별 문제는 드러나지 않았지만 그때는 이미 사람들의 관심이 멀어진 후였다. 오해를 받을 수 있을 만큼 청음시설이 아주 훌륭했고 특히 소연주장은 피아노 독주나 실내악 연주에 최적화되어 있다고 소문이 나서 다른 도시에서도 일부러 연주를 보러 올 정도였다. 거기에서 최영찬 같은 세계적인 연주자가 피아노를 연주한다면 어쩌면 서성이 바라는 궁극의 음악을 들을 수 있을지도 몰랐다.

연주를 일주일 앞둔 어느 밤, 서성은 인터넷에 접속해 표를 예매했다. 서성의 예상과 달리 표는 거의 다 팔려나가서 서성은 남아 있는 표 가운데서 가장 비싼 가운데 앞자리를 선택

해야 했다. 세 사람 몫의 표 값으로 표 한 장을 사면서 서성은 오랜만에 몸을 오싹하게 하는 기대감을 만끽했다.

최영찬 피아노 리사이틀은 그의 '연주 인생 20년'을 돌아보는 야심찬 기획이었다. 그래봐야 최영찬의 나이는 30대 초반이었다. 4살부터 피아노를 치기 시작했다 하고 정식으로 무대에 데뷔한 게 11살이었으니까. 어쨌든 최영찬은 연주자로서의 한 시기를 마감하고 새로운 도정에 나서는 것을 상징하듯 대중에게 생소한 연주곡을 골랐다. 서성처럼 어린 시절부터 피아노를 배운 적이 있는 사람에게조차 낯선 레퍼토리였다. 20년 동안 자신이 얼마나 성장했는지, 자신이 왜 연주를 계속하고 있는지 묻고 그 물음에 대한 진실한 대답을 청중에게 들려주려 하고 있다는 게 느껴졌다.

표를 사고 난 뒤 서성은 최영찬이 연주할 곡목을 인터넷 동영상으로 대여섯 번 들었다. 곡목이 귀에 익숙해질수록 최영찬이 과연 어떤 연주를 보여줄지 기대가 커졌다. 쉬운 길을 마다하고 스스로를 의심하며 채찍질하는 고독한, 뜨거운 영혼을 가진 천재 피아니스트를 만날 생각에 가슴이 두근거리기까지 했다.

연주회 당일, 비가 내리는 중에도 문화의 전당으로 사람들이 속속 모여들었다. 오랜만에 연주회에 온 서성으로서는 어리둥절하게도 아이들이 많았다. 대부분이 최영찬의 천재성을 조금이라도 닮아보라는 부모의 염원에 따라 함께 온 듯 했다.

서성은 일찌감치 들어가 자리에 앉았다. 바로 뒤에 화려하게 옷을 차려입고 향수 냄새까지 풍기는 두 사람이 앉아 있었다. 그들은 서성이 자리에 앉기를 기다리기라도 한 듯 자신들이 갖고 있는 다양한 지식과 수준 높은 심미안에 관해 빠르게 주워섬기기 시작했다.

"이번에 쇼스타코비치 콩쿠르에서 우승한 러시아 피아니스트 연주 들어봤니? 정말 실망이야. 3악장 알레그로 비바체에서 오케스트라하고 호흡도 전혀 맞지 않고. 그런 애가 상을 받은 건 주최 측에서 자국 출신 연주자한테 가산점을 훨씬 더 많이 주게 해서야. 왜, 지난번 동계올림픽 때 피겨 종목에서도 그랬잖아."

"맞어, 맞어. 근데 우리 최영찬 피아니스트는 어쩜 저렇게 독주만 고집하니? 고결한 수도자 같아. 너무너무 아름다워. 한 시간이나 차 끌고 왔는데 본전을 뽑아가야지. 그런데 이 동네 사람들은 어쩜 이렇게 매너가 없다니? 이런 고급스러운 연주회에 애들을 이렇게 많이 끌고 오면 어떡해?"

연주장 안으로 들어오라는 방송이 세 차례쯤 되풀이되고 나서야 사람들은 모두 자리에 앉았다. 이윽고 최영찬이 검은 연미복을 입고 긴장된 모습으로 등장했다. 청중들에게 가볍게 목례를 한 그는 자리에 앉더니 의자의 높이를 조정하고 곧바로 연주에 돌입했다. 요하네스 브람스의 초기작이었다. 후기의 브람스를 보여주는 듯한 멜로디가 약간은 느껴졌지만 대부분은 낯설고 실험적인 악상의 연주였다. 이어 약간 느린 2악장이 시작되었다.

최영찬은 눈을 감고 페이지 터너(연주자의 곁에서 악보를 넘겨주는 사람)의 도움도 없이 격정적으로 연주를 해나가고 있었다. 무아지경에 빠진 얼굴이었다. 하지만 아이들은 지루함을 참지 못하고 의자에서 몸을 비틀며 삐걱거리는 소리를 냈고 어떤 아이는 만지작거리던 스마트폰을 바닥에 떨어뜨리기도 했다.

파격적인 악상의 3악장이 시작되었다. 문득 서성은 최영찬의 연주가 자신이 인터넷 동영상으로 들어본 연주보다 훨씬 빠르게 진행된다는 인상을 받았다. 피아노 건반 하나가 이상했다. 큰 차이는 아니고 4분의 1도 정도 음이 어긋나 있었는데 최영찬은 그걸 의식하고 그 건반을 누를 때마다 필요 이상으로 빠르게, 세게 치는 것 같았다. 그렇게 해서 기계적인 고장이 고쳐지기도 하는 경우가 있긴 한데 그건 전쟁터의 기관총에나 해당하는 일이었다.

서성은 자신의 가슴이 옥죄어오는 것을 느꼈다. 건반 하나의 음이 잘못된 게 자신의 과오 때문이기라도 한 양 민망했다. 한 시대를 대표하는 천재가 건반 하나로 고통받고 있는 것이 안타까웠다. 지루해진 아이들은 자꾸만 부스럭거리는 소리를 냈고 어른들은 '쉿쉿' 하고 훈계를 했는데 그게 연주를 듣는 데 더 큰 방해가 되었다.

힘든 연주가 끝났다. 최영찬이 자리에서 일어서는 것을 보고는 사람들이 박수를 치기 시작했다. 최영찬은 인사를 하고 들어갔고 휴식시간이 시작되었다. 그와 함께 뒷자리 관객들의 중계방송도 시작됐다.

"와우, 어쩜! 난 이렇게 신선하고 군더더기 하나 없이 정확한 연주는 처음이야. 손가락이 완전 날아다니지 않니? 단 한 음도 틀리지 않고 예정된 자리에 탁탁 다트처럼 꽂히는 게, 너무너무 환타스틱해."

"정말정말! 어쩜 이렇게 음 하나하나가 정확하다니? 여기 내 팔 좀 봐봐, 소름이 쫙 돋았어."

그때 무대 중앙으로 한 남자가 빠른 걸음으로 달려 나왔다. 그는 피아노의 뚜껑을 열더니 망치로 현을 두드리며 조율을 하기 시작했다. 서성은 차라리 눈을 감았다. 뒷자리 사람들은 그게 자신들과 아무런 상관이 없는 일인 듯 최영찬의 신기에 가까운 연주에 경쟁적인 찬사를 퍼부어댔다.

견디다 못한 서성은 몸을 일으켰다. 밖에는 폭우가 쏟아지고 있었다.

최상의 스피커

C는 오디오 애호가다. 묵은 생강처럼 매운 냄새가 솔솔 나도록 오랜 연조를 자랑하는. 그가 오디오 애호가가 된 시기는 30여 년 전으로 거슬러 올라간다.

그때 그는 국방의 의무를 다하기 위해 군에 입대한 상황이었다. 일반 사병치고는 특이하게 그는 군단 사령부인지 육군 본부든지 하는 비밀스러운 곳에서 근무했다. 거기서 오디오 애호가인 직속상관, 육군 대위가 정기적으로 구독하는 오디오 잡지를 읽게 되었는데 그때부터 오디오에 푹 빠지게 되고 말았다. 물론 실물이 아닌 잡지 속의 사진과 전문가의 기기 설명, 고급 시청자(試聽者)의 감상평이 곁들여진 오디오로만.

이를테면 가상현실 속에서 어떤 메인 앰프와 어떤 프리 앰프, 어떤 케이블, 어떤 연주자의 어떤 곡목이 들어 있는 LP 혹은 CD, 어떤 플레이어, 어떤 스피커를 결합했다 뗐다 교체했다 하면서 음질을 비교해 보는 식이었다. 그런 상상을 하며 구름 속을 노니느라 국방부 시계의 둔탁한 초침 소리를 잊은 채 세월을 보낼 수 있었다.

그러던 어느 날, 그는 우연히 아침 기상나팔부터 취침 점호 고지 시계까지 부대 전체에 마이크와 스피커를 통해 공지사항을 방송하고 점심시간에는 정서함양과 소화에 도움이 되는 음악을 틀어주기까지 하는 방송실에 들어가게 되었다.

"그때 내가 책으로 알게 된 당대 최고의 앰프가 '매킨토시'였는데 말야. 그게 바로 그 방송실에 떡 하니 있는 거야. 과거 군수 담당하는 장교 중에 오디오를 잘 아는 어느 사람이 있었던가 봐. 예산이 허용하는 범위 안에서 최고로 좋은 앰프를 샀겠지. 그게 하필 내가 꿈에서라도 만져보기를 소원하던 그 매킨토시였던 거고."

어쨌든 그는 책에서나 보던 전설적인 앰프 앞에서 전율했다. 푸른빛 패널 속의 바늘이 흔들릴 때 그의 가슴도 같이 뛰었다. 매일의 국기 하강식에 쓰이는 단순하고 평범한 애국가가 그 앰프에서 증폭되어 헤드폰을 통해 귀로 전달되었을 때 그는 눈물을 흘릴 정도로 엄청난 감동을 받았다.

"그런데 문제는 스피커였어. 연병장 플라타너스며 건물 귀퉁이마다 매달아 놓은 철제 마샬 스피커들이 찢어지고 깨지는 소리를 내는 게 영 거슬렸지. 앰프가 매킨토시라는 걸 몰랐을 때는 전혀 신경을 쓰지도 않았는데 말이지. 그때부터 스피커에 대해서 열심히 알아보게 됐던 거야."

그는 전역 후에도 지속적으로 오디오, 특히 스피커에 관심을 가지게 되었다. 좋은 스피커인지 아닌지 평가를 할 때 그가 주로 듣던 음악은 물론 애국가였다. 오디오 가게의 주인 가운데 그가 진지하게 애국가에 귀를 기울이고 있는 걸 보고 웃지 않는 사람은 없었다. 가슴에 경건하게 손을 얹을 생각은 하지 않고.

그로부터 그는 인생의 절반 가까운 세월 동안 꾸준히 앰프와 스피커, 플레이어에 음반을 사들이고 교체하고 새로운 조합으로 음악을 들으며 취미 이상의 즐거움을 누려왔다. 하지만 그는 여전히 스피커에서만큼은 만족을 하지 못하고 있었다. 만족을 얻으려면 그때까지 사들인 오디오 전체와 맞먹는 대가를 지불하고 스피커를 들여올 수밖에 없는데 가정평화의 수호자인 그의 부인이 절대 그런 행위를 용납하지 않았던 것이다. 그래서 그는 좋은 음질을 가진 비싼 스피커가 있는 곳을 찾아다니며 음악을 듣는 쪽으로 방향을 선회했다. 누가 좋은 스피커를 가지고 있다 하면 멀고 가까운 곳을 불문하고 찾아갔다.

어느 여름 저녁 그와 나는 여느 때처럼 바깥에 탁자와 의

자를 내놓은 동네 생맥줏집 앞에 앉아 오디오 이야기를 하고 있던 중이었다. 어떤 남녀가 지나가나 했는데 여자 쪽에서 반색을 하며 다가왔다. 30대 첼리스트인 S였다. 독일 유학을 마치고 돌아와 국립교향악단에 있다가 솔로로도 데뷔해 활발하게 연주활동을 하고 있었는데 내 친구 여동생 친구여서 몇 번 본 적이 있었다.

"어머 선생님, 여기 웬일이세요? 친구분이신가요? 분위기가 너무 좋아서 무조건 방해하고 싶네요."

평소의 S답지 않게 살갑게 말을 붙이는 게 조금 이상하다 했더니 곁에 있던 훤칠한 남자 때문에 일부러 그러는 것 같았다. 나는 그녀에게 일단 앉으라고 하고 C에게 S를 소개시켰다. S는 덩치가 큰 남자가 바리톤 P라고 소개했다. S는 자신의 친구에게서 P를 소개받은 뒤로 두 번째 데이트를 하는 중이라고 했다. 눈치를 보아하니 그녀에게 반한 P가 지나치게 적극적인 태도로 나오자 막상 어떤 선택을 해야 할지 몰라 머뭇거려지는 모양이었다.

분위기가 약간은 어색한 채로 앉아 있는데 맥주가 날라져 왔다. 맥주를 한 모금씩 마시고 나자 오디오광과 음악인 사이에 이야기가 시작됐다. 화제는 물론 음악, 그중에서도 스피커로 집중됐다. 대화에 열기가 실리면서 맥주잔이 금방금방 비고 또 날라져 왔다. 흥분한 C가 이야기의 종지부를 찍듯 '모든 음악에 다 잘 어울리는 완벽한 스피커는 모든 순간이 완벽한 인생처럼 허구적'이라고 외치자 별다른 말없이 앉아 있던 P가 강하게 반박했다.

"완벽한 스피커는 있습니다. 사람이죠. 사람의 귀에는 사람의 소리가 가장 훌륭한 스피커일 수밖에 없거든요."

C가 순순히 수십 년의 지론을 거둬들일 리 없는 데다 취기까지 거들어 난데없이 격한 토론이 벌어졌다. 오디오–과학–기계가 한 편이 되고 음악–사람–연주회가 다른 편이 되어 어느 편이 더 우월한지를 두고 갑론을박이 이어지더니, 그 '인간 스피커'의 완벽성을 당장 실험해보자고 C가 제안했다. P가 자신의 목소리, 곧 노래로 증명을 할 테니 경찰이 출동하면 책임지겠느냐고 되물었다.

"허허, 경찰이 출동하게만 하면 내가 오늘 술값은 무조건 책임지지. 경찰이 출동해 줄 때까지 밤새 불러도 좋소."

C가 도발하듯 말하자 P의 얼굴이 싹 굳어졌다. S는 무슨 생각을 하는지 휴지를 배배 꼬면서 앉아 있을 뿐이었다. 동네 사람인 내가 나섰다.

"누가 노래 좀 부른다고 경찰에 신고할 사람, 이 동네에는 안 살아요. 우리 동네 분들이 얼마나 수준이 높은데. 오늘 어디 공짜로 진짜 가수의 생음악 한번 들어봅시다."

P가 자리에서 벌떡 일어서더니 골목길 가운데로 나서서 팔을 벌리고 섰다. 사람이 달라 보였다. 전장에 선 영웅의 풍모 같은 게 느껴졌다고나 할까. 그가 노래를 부르기 시작했다.

익숙한 아리아, 푸치니의 〈토스카〉 가운데 '별은 빛나건만'이었다. 처음에는 나직하게 읊조리던 곡이 뒤로 가면서 상승세를 타더니 마지막에는 폭풍이 몰아치는 듯했다. 창문이 여닫히는 소리가 탁탁, 하고 이어졌다.

"에 논 호 아마토 마이 탄토 라 비타! 탄토 라 비타."

마지막의 절창이 끝났을 때 좌르르르 하고 박수 소리가 터졌다. 지나가던 사람들, 걱정스러운 얼굴로 바라보고 있던 생맥줏집 주인까지 꽃을 던지듯 갈채를 보냈다. 자연스럽게 "앙코르"가 나왔다. 창문마다 동네 사람들의 얼굴이 화분처럼 나타났다.

가수는 이번에는 조금 낮은 목소리로 연인에게 호소하듯 노래하기 시작했다. 도니제티의 〈사랑의 묘약〉 가운데 '남몰래 흘리는 눈물'이었다. 노래가 끝날 무렵 경찰이 오기는 했다. 신고받고 단속하러 온 게 아니라 지나가다 노래를 듣고는 구경하러. S의 눈 속에 웃음기가 차오르고 C가 구시렁대며 지갑 속의 신용카드를 꺼내 생맥줏집 주인에게 맡기는 것을 나는 즐겁게 지켜보았다.

모두가 잘 먹고 잘 사는 봄

때는 꽃 피는 봄 4월, 지난겨울에 얼었다 북향 골짜기에 남
아 있던 얼음도 완전히 녹아 흘러내리고 나면 동면했다 깨어
난 곰도 아닌데 심신이 온통 싱숭생숭, 근질근질하고 뭔가 독
하고 힘센 것을 먹고 마시고 느껴보고 싶은 상태가 된다. 아
니 제이에게도 그런 때가 있었다. 그때 제이가 가장 손쉽게
계절과 존재를 조화롭게 최적화할 수 있는 방법으로 선택한
것은 산에 가는 것이었다. 그것도 머리에 털이 난 이후 한 번
도 가본 적이 없는 산으로.

제이는 곰곰이 지도를 살펴보다 별악산으로 가기로 결정
했다. 조상들이 잠들어 있는 선산으로 벌초를 하러 갈 때마

다 표지판으로는 수십 번은 본 곳이고 별악산에 다녀온 사람들로부터 그 산이 어떻다는 이야기는 많이 들었지만 정작 그 자신은 한 번도 올라 가본 적이 없었다. 별악산은 제이에게 그다지 특별할 것도 유별날 것도 없는 그런 산이었다.

인근에서는 꽤 유명한 산이고 봄철의 고로쇠 물 먹기, 여름철 계곡에서의 피서, 가을의 단풍 구경, 겨울의 설경처럼 다른 명산에 있는 것들이 별악산에도 대부분 갖춰져 있었다. 하지만 근처에 사는 애향심 강한 사람들 말고 전국적으로 사람을 끌어당길 만한 각별한 무언가가 없었다. 관광명소나 고적, 오토캠핑장이며 숙박시설이 많은 것도 아니고 유명한 토속음식이 있는 것도 아니었다.

주변에 별악산과 맞먹을 만한 높고 큰 산이 없어서 '전국 500 명산' 등반을 인생 목표로 정할 정도로 산을 좋아하는 사람이라면 가볼 만한 산이기는 했다. 하지만 제이는 그런 걸 아예 고려해본 적이 없으니 평소에 소가 닭 보듯 별악산을 그냥 지나치곤 했다. 그런 까닭에 전국 산 가운데 표고 1000미터 이상의 산은 웬만큼 가본 제이에게 별악산이 미답의 산으로 남아 있을 수 있었던 것이었다. 별악산 정상인 꼭지봉의 높이는 1000미터에서 5미터가 모자랐다.

제이는 혼자 산에 가는 것이 적적할 것 같아서 전화기에 저장된 사람들의 명단에서 자신과 같은 '봄날 곰'이 없는지 물색했다. 눈에 띠는 사람이 없었다. 사회관계망(SNS)의 친구들과 게시물을 검색해 보기도 했는데 산을 좋아하는 사람이 있기는 했어도 별날 게 없는 별악산을 같이 가자고 말할 만한 '깊은' 관계의 친구는 없었다. 결국 제이는 혼자 화려한 색채의 등산복을 입고 차를 몰아 별악산으로 출발했다. '봄날 곰' 증세가 오전에 나타난 관계로 점심 때가 되어서 출발했더니 별악산 등산로 초입에 도착하자 당연히 당일 산에 올라갔다 내려오기는 힘든 오후가 되었다.

제이는 도로변에 있는 '수타 짜장' 전문이라는 음식점에 들어가서 이른 저녁을 먹었다. 음식점보다 간판이 더 크게 보일 정도였지만 제이가 엄청난 양의 짜장면을 느리게 먹는 동안 들어온 손님은 하나도 없었고 지나가는 차조차 드물었다. 제이는 역시 도로변에 있는 휴게소인지 아닌지 불분명하나마 '휴게소'라고 써놓은 곳의 슈퍼마켓(간판에는 '편의점'이라고 적혀 있었으나 유리문에는 '철이네 슈퍼'라는 글자의 흔적이 남아 있었다)에 들어가 생수와 좋아하는 간식거리를 샀다. 별악산 아래 숙박업소에서 흥정도 하지 않고 방을 잡았다. 초저녁부터 혼자 여관방에 누워 낡은 텔레비전으로 케이블 방송 채널을 이리저리 돌려보았고 어떤 프로그램은 처음부터 끝까지 보면서 때로 소리 내어 낄낄거렸다. 그날 밤 방이 스무 개쯤 되는 그 숙박업소의 손님은 제이 혼자였다.

별악산은 꼭지봉을 중심으로 주요 등산로가 남쪽과 북쪽 두 개가 있었다. 제이가 잔 숙박업소는 남쪽 등산로 초입에 있었고 그곳에는 별악산에서 가장 큰 사찰과 여름의 피서객들을 받아들일 수 있는 음식점, 민박집 등이 있었지만 아직 영업을 시작하지 않았다.

제이는 등산로 입구의 넓은 주차장에 차를 세워놓은 채 물과 도시락이 든 배낭을 메고 오전 10시부터 등산을 하기 시작했다. 주말도 아닌 평일 오전이라 사람은 거의 눈에 띄지 않았다.

산을 오를 때 일행이 있으면 이런저런 이야기라도 나누면서, 서로의 상태에 따라 속도를 조절하기도 하고 서로의 저질 체력을 놀리다가도 밀고 당겨주며 힘들다는 생각을 잊기라도 하련만 어차피 제이는 혼자였고 혼자만의 산행에서 으레 그러하듯 골똘하게 자신과 침묵의, 숨찬 대화를 하기 시작했다.

한국에는 중국의 오악(五嶽)을 본따서 지어진 듯한 속칭 '오대 악산'이 있다. 중국 사람들은 오래전부터 자신들 세계의 중심에 오악이 있다고 여겼는데 오행설에 따라 동악은 태산, 서악은 화산, 남악 형산, 북악 항산에 중악으로 숭산을 설정했다. 한국에서 등산을 좋아하는 사람 사이에서는 이름에 '악' 자가 들어가는 '오대 악산'으로 설악산, 치악산, 감악산, 운악산, 월악산이 들어간다. 교체 후보로는 화악산, 황악산, 관악산도 오르내린다. '오대 악산'은 어감상으로 어설픈 등산객이 골탕 먹기 쉬운 '험악'한 산으로 여겨지기 쉬우나 유난히 등산로가 가파른 것은 아니다. 산을 칭하는 일반 단어로는

'산(山)'이 있고 그보다 하위개념인 '봉(峰)'이 있는데 악(岳)은 산 가운데서도 큰 산으로 정의할 수 있다.

그런데 별악산은 오대 악산에도 후보군에도 들어가지 않았고 지명도나 등산객 숫자 또한 다른 오대 악산에 비하기 힘들었다. 제이가 올라가고 있던 등산로는 관리를 제대로 하지 않은 탓인지 금방이라도 자연으로 돌아가 사라져 버릴 것 같았다. 제이는 그게 좋았다. 차 소리는 물론 비행기 소리조차 나지 않고 혼자만의 발소리와 숨소리, 짝을 찾는 맑고 활기찬 새 소리만 들리는 것 또한 좋았다. 좋았던 것은 길이 비교적 평탄한 중턱까지였다.

정상에 가까워질수록 길은 가팔라지기 시작했고 숨이 턱에 차올랐다. 제이는 나무뿌리나 바위를 잡고 오를 수밖에 없는 길 앞에서 '도대체 이따위로 해놓고 등산로 표시는 왜 해놨어?' 하고 투덜거리기 시작했다. 별악산은 국립공원 또는 도립공원에 들어가지 않는 산이라 관리 주체가 분명하지도 않았고 험한 길에 으레 있는 인공구조물, 곧 계단이나 밧줄, 난간 같은 것이 거의 없었다. 몸이 힘들어지니 누구인지도 모를 주체에 대한 원망이 쏟아져 나오고 별악산에 혼자 오기로 한 스스로의 결정에 대한 후회가 제이의 뇌리에 밀려들었다.

"좋다! 누가 이기나 보자고! 보자니까!"

제이는 자신도 놀랄 만큼 큰 소리로 외쳤다. 그렇게 오기를 부리며 극기훈련을 하듯 악에 받친 등산을 한 끝에 출발한

지 세 시간 만에 정상에 올랐다. 제이는 "내가 해냈어, 해냈다고!" 하고 스스로를 마음껏 칭찬하면서 또 하나의 봄을 맞았다는 감회에 차서 미세먼지가 엷게 덮인 산 아래를 굽어보았다.

제이는 정상의 헬기장 표시가 있는 편편한 자리에 앉아서 도시락을 먹었다. 정상에서 먼 곳은 희뿌옇게나마 내다보였지만 가까운 등산로는 바위와 나무에 가려서 잘 보이지 않았다. 지도에 나와 있는 대로라면 제이가 올라온 남쪽 등산로는 중반 이후가 가파른 대신 시간이 적게 걸렸다. 북쪽 등산로는 경사가 느린 대신 길고 꼬불거렸다.

제이에게는 한 번 왔던 길을 되짚어갈 마음이 별로 없었다. 차를 가지러 갈 일이 남았지만 산을 내려가서 지나가는 차를 얻어 타든지, 근처 읍이나 면 소재지에 있는 택시를 부르면 되리라는 생각을 하고는 북쪽의 좁은 길로 접어들었다.

북쪽 등산로는 사람의 왕래가 거의 없는 듯 길 또한 사라졌다 나타났다 하기를 몇 번이고 반복했다. 작고 마른 계곡을 건너고 나서는 길이 아예 보이지 않았다. 나머지 등산로는 사람의 통행이 없어 그런지 초목으로 덮여 버린 상태였다.

그때부터 제이는 자연과 악전고투를 치르며 산 아래로 조금씩 내려갔다. 휴대전화가 통하지 않아서 조난이라도 당하면 위험한 상황이 벌어질 판이었다. 마실 물은 진작에 떨어지고 땀이 눈에 들어가 한참을 눈도 뜨지 못한 채 장님처럼 나무를 더듬거리며 아래로 내려가기도 했다.

세 시간쯤 길을 헤쳐 나가던 제이는 마침내 기진맥진한 상태로 바닥에 주저앉고 말았다. 거친 숨소리와 타는 듯한 목이 자신이 아직 살아있다는 느낌을 갖게 해주었다. 전화기에는 통화가 가능하다는 신호가 나타나지 않았다.

산신령에게 기도를 해서라도 구원을 요청해볼까 하던 제이의 귀에 어디선가 희미하게 탈탈탈탈, 하고 엔진 돌아가는 소리가 들려왔다. 제이는 배낭을 든 채로 소리가 들리는 쪽으로 마구 뛰었다. 마침내 환한 개활지가 나오고 아래쪽 밭에 사람이 보였다. 나이든 농부가 밭에 거름을 내고 있었다.

"아이구, 길도 없는 데를 혼자 등산을 한 게요? 그쪽에서 내려오는 사람은 몇 년 새 처음일세."

제이를 본 농부가 말했다. 제이는 대답을 하기보다는 경운기에 실려 있는 2리터짜리 페트병에 든 물을 마셔도 되겠느냐고 물었다. 허락을 받은 뒤 절반 가까이를 쉬지도 않고 마시고는 정신을 차렸다.

제이는 농부가 태워주는 경운기를 타고 택시가 다니는 지방도까지 나왔다. 농부에게 "딴 날 다 놔두고 하필 오늘 거름을 내러 오신 덕분에 제가 죽다 살아났습니다" 하고 고마움을 표시하고 목숨 살려준 값을 지불하려고 했지만 농부는 한사코 받지 않았다. 경운기에서 내린 제이는 가까운 가게에 가서 콜택시 회사의 전화번호를 얻었다.

제이가 전화를 걸자 곰처럼 느릿한 목소리의 남자가 전화를 받았다. 제이가 자신이 별악산 북쪽 등산로 입구에 있다고 하면서 차가 있는 남쪽 등산로 입구까지 가는 운임을 묻자 그는 "2만5천 원은 줘야 한다"고 했다.

"10킬로미터도 안 되는데 왕복을 해도 만 원이면 되지 않나요?"

"내가 거기까지 갔다가 오는데 20킬로미터는 걸리는데 그것도 싼 거요."

제이는 어쩔 수 없이 그러겠노라고 했다. 곰, 아니 택시 기사가 15분이면 도착할 거라고 길에서 기다리라 했다. 어차피 오가는 차가 별로 없는 곳이라 제이는 봄바람을 맞으며 버스 정류장 의자에 앉아서 택시를 기다렸다. 그러다 긴장이 풀리면서 아주 잠시 존 것 같았다. 눈을 뜬 제이에게 택시가 한 대 다가와 깜빡이 신호를 켜고 속도를 줄이는 게 보였다. 제이는 망설임 없이 택시에 올랐다.

"별악여관 앞에 있는 등산로 입구 주차장 아시지요?"

곰처럼 몸이 커다란 운전기사는 직접 말을 하기보다는 손짓과 몸짓으로 의사를 표현하는 것이 편한 듯 곰발바닥 같은 손을 들었다 내렸다.

"데려다주셔서 고맙습니다. 오늘 제가 산에서 죽을 고생을 해서 걸음을 떼기도 힘들었거든요."

제이의 말에 택시 기사는 별일 아니라는 식으로 온화한 미소와 함께 손을 흔들었다. 그런데 지나칠 정도로 점잖고 과묵한 그의 태도가 제이에게 왠지 모를 의구심을 가지게 했다.

"기사님, 아까 제 전화로 콜 받고 오신 거 맞지요?"

비로소 기사는 "아니오"라고 점잖게 답했다. 제이는 황급히 전화를 꺼내서 재통화 버튼을 눌렀다. 제이가 탄 택시의 기사보다 약간 높은 톤의 목소리로 응답이 들려왔다.

"저 아까 전화한 사람인데요. 지금 어디까지 오셨어요, 기사님?"

"한 절반쯤 왔는데요. 아니, 3분의 1? 5분의 2?"

"그럼 거기서 멈추시고 돌아가세요. 저 딴 택시를 그 택시인 줄 알고 탔어요. 비용은 오신만큼 반쯤은 보내드릴 테니까요. 나중에 은행 계좌로 송금을 해드릴 테니 문자로…."

"안돼요! 당장 그 택시에서 내려요!"

"벌써 웬만큼 왔는데 그럴 수는 없고요. 그쪽에서 지금 돌아가시면 어차피 손해 보실 일은 없잖아요. 택시비 절반은 계좌로 보내드린다니까요."

그때 제이가 탄 택시가 갑자기 속도가 빨라졌다. 과묵한 택시 기사는 어서 목적지에 도착해서 택시비를 다 받으려 하고 있었다. 반면 콜택시의 기사는 소리를 지르기 시작했다.

"당장 내리라니까요! 나 거의 다 따라왔어요! 4, 5분이면 가니까 차 세워요, 세워!"

"여보세요. 그러면 저는 이 택시 저 택시 해서 택시비를 이

중으로 치러야 하는데 그 생각은 안 하세요?"

"내가 왜 그 생각을 해줘야 하는데? 난 불러서 왔고, 왔는데 손님이 딴 택시 타고 가버린 거라고!"

"그러니까 지금이라도 멈추시라고요! 택시비 반값은 쳐 드린다니까요!"

"그렇게는 못해! 당장 내리라고!"

그 와중에 점잖은 기사가 운전하는 택시는 제이의 차가 보이는 곳까지 도달했다. 따라오던 택시의 기사가 말했다.

"나 네 전화번호 알고, 아까 어디로 간다는 말도 들었거든? 거기 기다리고 있어, 내가 당장 가가지고…."

제이 역시 고운 말이 나갈 리 없었다.

"와서 어쩔 건데? 전화번호는 그쪽만 아는 거야, 응? 여긴 경찰도 법원도 없나?"

점잖은 할아버지 곰 같은 기사가 몰던 택시가 멈추었고 제이는 미터기에 나온 금액만큼 계산을 했다. 제이는 자신의 차로 가서는 시동을 걸었다. 그 사이에도 둘 사이의 통화는 계속되었다.

"그래, 나 내 차에 탔네요. 이제 갈 건데, 당신이 어쩔 거야?"

"여보세요, 이게 지금 말이 되는 경우야? 왜 콜을 해놓고 도망을 가느냐고!"

"도망 좋아하시네. 난 충분히 알아들을 만큼 설명했고 반값이라도 지불한다고 했어요. 그거 다 받아먹으려고 끝까지 쫓아온 건 당신이니까 알아서 해요. 빨랑 계좌번호나 알려주세요."

그러자 상대가 무슨 생각을 하는 듯 말이 끊겼다. 제이가 여보세요, 라는 말을 서너 번 되풀이한 뒤에 대답이 돌아왔다.

"그래, 나 그 돈 없어도 되니까 치사해서 안 받는다. 혼자 그 돈 가지고 잘 먹고 잘살아라!"

제이 또한 차분히 대답했다.

"고마워요, 우리 모두 이 좋은 봄날에 잘 먹고 잘살아봅시다."

물 맑고 경치 좋은 곳

고향에서 자라던 어린 시절, 집에서 십 리쯤 떨어진 오래되고 큰 기와집에 한 해 서너 번쯤 가곤 했다. 그 기와집 옆으로 속리산에서 발원해 낙동강과 합류하는 북천이 흐르고 있었는데 여름이면 그곳에 멱을 감으러 갔던 것이다. 나는 헤엄을 칠 줄 몰라서 물에는 들어가지 않았고 '일방구(첫 번째 바위라는 뜻)'라 부르는 천변의 높은 바위에서 깊은 물속으로 다이빙을 해 보임으로써 어른이 될 수 있는 용기를 입증하고자 하는 아이들을 구경하러, 또는 그런 바보 같은 짓을 하려는 친구를 응원하러 자주 갔다.

아이들이 각자 제 몫만큼의 모험을 다 한 뒤에는 재미있을

게 없었으므로(아이들이 시원하게 물속에서 헤엄을 치는 걸 그늘 한 점 없는 뜨거운 모래밭에서 바라보고만 있는 건 재미있는 일이라 할 수 없다) 나는 혼자 그 거창하고 고풍스러우며 마당도 대청도 넓은 기와집으로 가서 짙고 깊은 그늘 아래서 땀을 식히곤 했다. 기와집을 둘러싼 담장에도 기와가 얹혀 있었고 측간과 서고, 커다란 대문에도 기와지붕이 되어 있어서 우리 동네에서 처음으로 지붕에 기와를 얹은 것을 자랑삼던 내 코가 납작해지는 기분이었다.

대문에 높직이 달려 있는 현판에는 '興巖書院(흥암서원)'이라는 글자가 씌어 있었는데 나는 그 글자를 처음 접한 뒤로 몇 해 동안 '여엄서원'으로 알고 있었다. 그 동네 아이들은 그 건물을 그저 '서원'이라고 불렀고 간혹 오래됐다는 뜻으로 '구(舊)' 자를 붙여 '구서원'이라고 부르는 사람도 있었다.

40대가 되어서야 나는 그곳이 노론의 영수인 동춘당 송준길 선생을 모신 서원이라는 것, 1702년(숙종 28년) 그 서원을 건립할 때 당색이 영남에서는 드문 노론에 속하는 내 일가 어른들이 관여했고 숙종 임금이 직접 현판을 써서 내려준 사액서원(賜額書院)이라는 것이며 송준길 선생과 집안 어른인 통허재 선생의 문집 판각이 그곳에 보관되어 있다는 것을 알게 되었다.

원래 지역을 대표하는 서원은 남인 선비들의 정신적 성지인 도남서원으로 거기에도 조선의 임금 가운데 명필로 꼽히는 숙종의 어필로 현판이 내려졌다. 특별한 점은 도남서원에 배향된 인물 가운데 하나인 우복 정경세 선생이 송준길 선생의 장인이라는 것이었다. 곧 하나는 노론의 영수를 모시는 서원이고 하나는 숙종 이후 노론과는 정치적으로 숙적관계가 된 남인의 서원이다.

숙종은 같은 지역에 있는 반대편 당색의 서원에 다같이 현판을 내리는 고도의 정치적 행동을 취했던 것이다. 왜 그래야만 했던 것일까. 내 외삼촌이 흥암서원의 원장 직임을 잠시 맡았던 까닭에 나는 더 자세한 이야기를 들을 수 있게 되었다.

남인이면서 당시 퇴계에서 연원한 영남유학의 종장이기도 했던 정경세가 서인(노론은 서인에서 분화)이면서 율곡에 뿌리를 둔 기호학파 선비를 사위로 받아들인 일은 당대에서도 큰 화제를 불러일으켰다. 정경세의 주변 사람들이 "왜 하필 서인을 사위로 맞으려고 하느냐?"고 묻자 그는 "나는 사윗감으로서 사람의 됨됨이를 볼 뿐, 눈의 빛깔(色目, 당색)을 보지 않는다"고 대답했다는 일화가 전해지고 있다.

정경세는 자식으로 2남 2녀를 두었는데 만년에 낳은 막내딸의 배필을 고르기 위하여 여러 사람에게 부탁을 해두고 있었다. 어느 날 충청도 연산에 사는 기호학파의 학자로 예학의 대가인 사계 김장생을 찾아 인사를 나누었다. 이때 정경세는 환갑이었고 김장생은 그보다 훨씬 나이가 많았다. 정경세가 이런저런 이야기 끝에 사위를 구하고 있다는 이야기를 하자 김장생은 자신의 젊은 제자들이 학당에 있을 터이니 한번 가서 선을 보라고 권했다.

정경세가 학당으로 가서 방문을 열자 때마침 세 청년이 누워 있었다. 청년 중 하나가 얼른 일어나서 정경세에게 인사를 하며 맞았고, 한 청년은 그대로 누워 있었으며 한 청년만이 일어나서 자리에 바르게 앉았다. 청년들이 과거를 준비 중이라면 정경세는 과거의 합격, 불합격을 좌우하는 시관이 될 수도 있는 상황이어서 청년들은 결코 정경세를 모른 체할 수가 없는 처지였다.

정경세가 차례로 이름을 묻자 누워 있던 청년은 송시열이라고 답했고, 인사를 한 청년은 이유태이며 자리에 단정하게 앉아 있는 청년은 송준길이라고 대답했다. 일어나서 인사를 한 청년은 예의바른 것일 수도 있지만 미리 앞날을 준비한다는 말을 들을 수 있는 상황이고 누워 있는 청년은 과거 같은 건 무시하는 꼿꼿한 태도라는 상찬을 받을 수 있으되 어른을 존중하지 않고 거만하다는 말을 들을 수 있었다. 정경세는 중도의 미덕을 보여준 송준길을 사위로 삼기로 했는데 그때 송준길의 나이가 우리나이로 18세였다.

송준길이 정경세의 막내딸에게 장가를 가던 1623년 10월은 권력의 음지에서 오래도록 권토중래하던 서인 세력이 능양군 이종을 내세워 북인 주축 정권을 꾸려가던 광해군을 내몰고 반정에 성공한 지 9개월째 되는 때였다. 남인인 정경세는 당시 홍문관 부제학으로 있었는데, 새 임금이 결혼을 축하하는 혼수를 내렸다.

외삼촌은 내게 또 다른 이야기도 해주었다. 사위인 송준길은 상객과 함께 말을 타고 한양에서 '장인의 집(丈家)'이 있는 멀고먼 상주 땅까지 혼례를 치르러 갔다. 차일을 치고 성대하게 혼례를 치르는 마당에서 처음으로 신부의 얼굴을 마주하게 된 송준길은 언뜻 신부가 자신의 기대에 미치지 못한다는 표정을 지었다.

신부는 신랑의 심사를 눈치챘지만 일절 아무 말도 하지 않고 성의와 예를 다해 대할 뿐이었다. 겉으로는 아무런 문제도 없이 시일이 지나 어느덧 신랑이 집으로 돌아갈 때가 되었다. 서둘러 집으로 돌아가려는 신랑에게 신부가 중로에 먹을 음식이 든 바구니를 건넸다.

"먼 길을 가셔야 하니 조촐하나마 음식을 준비했습니다. 가시는 중에 아무데서나 음식을 드시지 마시고 경치가 빼어나게 좋으면서 맑은 샘물이 있는 곳에서만 드셔 주십시오. 경치가 뛰어난데 마실 샘물이 없거나 그 반대의 경우에는 이 바구니의 끈을 풀지 말아주셨으면 합니다. 제가 바라는 건 그뿐입니다."

신랑은 건성으로 알겠다고 대답하고는 묵직한 바구니를 받아서 말에 실었다. 그러고 나서 집이 있는 한양으로 말을 몰아갔다. 도중에 경치가 좋은 곳이 나타났지만 지형이 험준해

서 마실 만한 샘물을 구하기가 어려웠고 샘물이나 우물이 있
는 곳은 사람들이 모여 사는 마을로 논밭이 즐비할 뿐 뛰어
난 경치라고 할 만한 게 없었다. 계속 지나치기만 하다 보니
배가 고파져왔다. 송준길은 한시라도 빨리 음식을 먹을 만한
장소를 빨리 찾아내려고 부심하기 시작했다.

그러나 그런 장소는 좀처럼, 아니 결코 나타나지 않았다.
그제서야 송준길은 아내의 뜻이 무엇인지를 깨닫고 무릎을
쳤다. 그녀는 이런 말을 하고 싶었던 게 아닐까.

"남자들은 흔히 아름다운 용모와 덕성, 지혜를 모두 겸비한
여성을 찾습니다. 그러나 그런 여성은 경치가 좋으면서 사람
들이 어울려 살 수 있게 풍요로운 장소가 드물 듯 만나기가
어려울 겝니다. 남자든 여자든 혼자 몸에 모든 미덕을 갖추기
는 어려운 법, 헛된 욕심을 내지 말고 분수에 맞춰 살아가는
것이 현명한 처신이겠지요."

송준길은 이후부터 지혜롭고 마음이 넓은 부인을 사랑하고
공경하며 살았다. 두 사람 사이에 2남 4녀의 자식이 있었고
그중 둘째 딸은 제자 민유중과 혼례를 올렸으니 그녀는 숙종
의 두 번째 왕비 인현왕후를 낳았다. 인현왕후는 외할머니를
빼닮아 '현숙하고 인자하며 타고난 품성이 국모의 자질을 갖
추고 있었다'고 한다. 숙종 임금이 직선거리로 십몇 킬로미터
도 되지 않는 거리에 있는, 서인과 남인이 세운 서원에 각각
현판을 내린 이유가 거기에 있었던 것이다.

닭이나 기러기나

지금으로부터 20여 년 전, 내 중학교 2년 선배인 안봉배 선배는 회사에서 전액 비용을 부담하여 미국에 2년 동안 연수를 가게 되었다. 봉배 형은 대학에서는 나의 1년 선배로 영문학을 전공했고, 직접 본 건 아니지만, 다른 나라에서 유학을 온 외국인들과 농담을 섞어가며 자유자재로 대화를 나눌 정도로 영어에 '능통'한 사람이었다.

그가 연수를 떠나고 나서 1년 만에 들려온 소식은 그의 연수가 2년에서 1년이 더 연장되었다는 것이었다. 미국에 도착하자마자 등록한 어학연수로는 만족할 수 없어서 본인이 원하는 언어능력을 갖추기 위해 대학원 입학을 6개월 연기해서라고 했다. 6개월의 체류비는 본인 부담이었고 회사에서는 휴직 처리가 되어 월급도 받지 못했다.

"중고등학교 6년, 대학 4년에 전문어학원에서 3년간 새벽별 보기를 하며 영어 공부를 한 사람이 대학원에 입학할 어학 실력이 안 된다니 영어라는 놈의 세계는 얼마나 깊고 어려운 것이더란 말인가!"

광화문에 있는 식당에서 만난 그의 선후배, 동기생들은 탄식을 금치 못했다.

"안봉배 선배님은 대학 4년 다닐 동안 네 학기 동안이나 성적우수자로 장학금을 받았어요."

한 영문과 후배의 제보는 우리의 한숨을 더욱 깊고 길게 만들었다.

그로부터 일 년 뒤 우연히 미국 여행을 하게 된 나는, 뉴욕의 JFK 국제공항에 내리자마자 여권이 든 손가방을 소매치기 당하는 바람에 뉴욕 주재 한국총영사관에 새 여권을 신청하러 가야만 하게 되었다. 팔자에 없이 새벽별을 보며 기차를 타기 위해 터덜터덜 걸어가다가 길에서 안 선배와 딱 마주쳤다.

"어, 봉배 형! 어디 가요, 이 새벽에? 영어학원?"

"어, 너는 여기 웬일이냐?"

우리는 서로 손을 맞잡고 그동안 쌓인 회포를 나누었고 같은 기차를 타고 한자리에 나란히 앉았다.

"형, 촌놈 서울 왔다가 눈 멀뚱멀뚱 뜨고도 코 베인 줄 모른 다는 속담이 영어로 뭐야?"

"그런 말이 영어에 왜 있겠냐?"

"그럼 서울을 뉴욕으로 바꿔주든가."

"그래봤자 난 그런 말 몰라."

"왜 그것도 몰라? 대학 때 나 모르게 성적 우수 장학금을 네 번씩이나 받고 입을 싹 닦은 사람이."

그러자 안 선배는 진지한 어조로 답했다.

"내가 경험자로서 분명히 말해두는데, 나이 스무 살이 넘어 서 외국어를 모국어처럼 구사하기를 바라는 것은 닭이 기러 기처럼 날기를 바라는 것과 같더라, 이 말이야. 내가 미국 와 서 알파벳으로만 나온 인쇄물만 읽고 영어만 나오는 라디오 만 듣고 머리도 미국 사람이 하는 미용실에 가서 깎고 했는 데도 생활영어 이상의 영어는 잘 안 되더라고."

나는 기차를 채우고 있는 다양한 피부색과 머리 모양, 다른 체구를 가진 사람들을 가리켰다.

"지금 저 사람들 중에도 기러기보다 닭이 많을까?"

"그럴지도 모르지. 암튼 너처럼 왔다가 지나가는 여행자는 그 나라 말 잘 못 한다고 그렇게 스트레스받지 않아도 돼. 닭 은 닭이고 기러기는 기러기니까."

"닭이고 기러기고 청둥오리고 간에 비행기에서 내리자마자 시차 적응할 새도 없이 소매치기 한 번 당해보라 그래. 고향

200

에서 한 번도 안 쓰던 속담 생각이 절로 날 거야."

어쨌든 안 선배 덕분에 뉴욕에 체류하는 동안 흥미로운 체험을 많이 할 수 있었다. 한국 사람이 영어 한마디 할 줄 몰라도 별문제 없이 살아갈 수 있는 곳이 있다는 것도 알게 되었다. 귀국해서는 한국말에 서툰 외국인을 볼 때면 얼마나 속이 답답할지 동병상련의 심정이 되었다.

세계화 이후 국내에도 많은 외국인이 유학이나 연수를 하러 들어왔다. 어느 바닷가 도시 어느 대학 대학원에 당시에는 이름도 생소한 북방의 내륙국가에서 한 학생이 입학했다. 그런데 그는 안 선배와는 달리 미리 제 나라에서 한국어 공부를 해오지 않았고(한국어 전문어학원이 없어 공부를 못 했고) 어학연수 과정도 거치지 않았으며 그렇다고 국제공통어인 영어를 아주 잘하는 것도 아니었다. 한국어가 모국어인 다른 대학원생처럼 강의실에는 꼬박꼬박 들어왔으나 수업시간 내내 커다란 눈을 멀뚱멀뚱 뜨고 앉아 있기만 했다는 것이었다.

"그런데 그 친구가 살던 나라에는 바다가 없다는 더 큰 문제가 있었어요."

내게 그 이야기를 해준 교수가 말했다.

"바다가 없다는 게 유학의 결격사유라도 되나요?"

내가 의아해하며 묻자 그 교수의 말인즉 그 학생이 해양학 전공 대학원에 입학했다는 것이었다.

"아니 바다도 없는 나라에서 왜 굳이 해양학 전공을 하겠다고 왔답니까?"

"그 친구가 그 나라 최고 귀족 가문 외아들인데다가 아버지가 그 나라 최고의 부자에 힘 있는 사람이라 빨리 한국 유학 다녀와서 후계자 수업을 제대로 받으라고 했나 봐요. 그 친구는 무슨 전공을 해야 유학기간을 단축하나 알아보다가 해양학 쪽으로 정한 거죠. 해양학 전공이 학위 받기가 제일 쉽다는 이야기를 어디서 잘못 얻어들었나 보더라고요."

그 학생을 가르치게 된 해양학과의 교수들은 고민에 빠졌다. 해양학과 창립 이래 해양학 전공을 한 대학원생 가운데 낙제자가 한 명도 없기는 했지만 물리, 화학, 지리, 생물, 유체역학 등등이 모두 포함되는 복잡다단한 해양학은 한국말을 잘 한다 해도 쉽지만은 않은 전공이었다. 교수들은 숙의를 한 끝에 "강의 내용을 영어로 요약해주고 학칙상 외국 출신 학생한테 배려할 수 있는 최대한의 조치를 취해서 가능한 빨리 졸업시키자"는 결론을 내렸다. 그 덕분에, 아니 거기다 유학 와서 바다를 처음 보고 바다와 사랑에 빠진 본인의 피나는 노력이 조금은 더해져서 그 학생은 2년 만에 기적적으로 대학원을 졸업하고 자신의 나라로 돌아갔다.

그로부터 십여 년 뒤 그 대학의 교수들 다섯 명이 여름방학 때에 그 학생이 사는 내륙국가에 여행을 하게 되었다. 거기에는 해양학과 교수도 한 사람 끼어 있었다. 공항에 도착하자 해양학과 교수의 제자가 기사가 운전하는 커다란 리무진을 타고 와서 자신의 차에 '은사님'을 모셨다. 다른 교수들은 그 제자를 수행해온 다른 차에 타고 제자가 예약해둔 호텔로 경찰 사이드카의 안내를 받으며 가게 되었다.

"도대체 이게 무슨 일이랍니까?"

다른 교수들의 물음에 해양학 전공 교수가 답을 해주었으니, "제 제자가 지금 이 나라 해양수산부 장관이랍니다"라는 것이었다.

"이 나라에 바다가 어디 있습니까?"

"아, 그게 말이지요. 바다는 없지만 바다 같은 호수가 여럿 있다고 해요. 그게 옛날에는 바다여서 지금도 실제로 물에 염분도 어느 정도 들어 있고요. 물고기도 많고 그걸 잡아서 먹고 사는 어부에 조개나 새우를 양식 하는 사람까지, 바다에 있을 건 웬만큼 다 있대요. 잠수함 빼고는."

"어쨌든 제자 잘 두신 덕분에 우리까지 편하게 여행하게 생겼네요."

"그러게요. 저도 이런 날이 올 줄을 어찌 알았겠습니까. 우리 돌아가거든 무조건 제자들한테 잘합시다."

다른 교수들 모두 하나의 횃대에 앉은 닭처럼 고개를 끄덕거렸다고 한다. 그때 한 사람이 소리쳤다.

"선생님, 저기 줄지어 날아가는 새들이 우리나라로 향해 가는 기러기떼 아닐까요?"

다음에, 나머지 반도

────────────────

그날은 아침부터 손님이 많지 않았다. 오일장을 돌며 장사를 하려면 여간 눈치가 빨라야 하는 게 아니었다. 아침에 어떤 목을 차지하느냐, 상황의 변화에 따라 어떤 자리를 잡고 앉느냐에 따라 그날 매상이 좌우되는 법인데 김 주사는 추위로 굳은 몸을 펴답시고 꾸무럭대다 찬바람이 송곳처럼 찔러대는 구석 자리밖에 차지하지 못했다.

1톤 트럭을 끌고 다니면서 스피커로 "물 좋은 고등어 삼치요, 눈을 꿈뻑꿈뻑하는 오징어가 왔어요!" 하고 외쳐대며 손님을 끄는 30대 이동수 같은 치들이 좋은 자리를 재빨리 선점하고는 점심 무렵에 이미 하루 장사를 거진 다해버리는 것을 눈뜨고 보아야 하니 심사가 좋을 리 없었다.

바로 그 이동수가 김 주사에게 점심 때 "할배요, 오늘 장사가 영 파리만 날리는 게 시원찮은갑네요. 우동으로 점심 때울라카는데 같이 드실랍니까?" 하고 물었을 때 그는 "네 증조할부지 보고 와서 장사를 해보래라. 요새 같은 불경기에 밥그릇에 숟가락 걸치기가 그리 쉬운가" 하고 되쏘고야 말았다.

원래 김 주사는 시골 오일장을 돌아다니며 고무줄이나 이쑤시개, 빨래집게, 비누갑 등등의 가볍고 작은, 값싼 일상용품 수십 종을 늘어놓고 팔며 수십 년 동안 근근히 입에 풀칠을 해왔다. 그런데 시간이 지날수록 주차장에 수천 대의 승용차를 집어삼키는 대형 할인마트에서 인터넷 쇼핑몰, 24시간 불을 밝히고 있는 편의점에 이르기까지 모두가 김 주사의 라이벌이 되어갔다. 비록 썩지 않는 물건이라고는 하나 팔리지 않으면 종내 헌것처럼 보이게 마련이고 그러면 떨이를 하여도 본전을 못 챙기기가 일쑤였다.

당장 때려쳐야지, 하는 말을 장날마다 하면서도 그만두지 못한 건 자신도 잘 모를 일이었다. 아니다. 나고자란 읍내에서 장날이 되면 목청 높여 손님을 부르는 장사치들 사이를 뛰어다니면서 축제나 불꽃놀이를 구경할 때처럼 가슴이 뛰었던 기억 때문에라도 장사를 그만둘 수 없었다. 또 오랜 세월 그의 물건만을 사러 와주는 단골들 때문에라도.

그가 장돌림으로 반평생을 보내며 늙었듯이 그가 돌아다니는 시골 장날에 마주치는 사람들도 그처럼 나이를 먹었다. 사가는 물건이래야 예전의 라이터돌, 장독 고무줄 같은 것에서 파리채, 가위, 손톱깎이 등속으로 바뀌었으되 값은 언제나 거기서 거기인 것이었다. 그런 것들이 별달리 고장 날 일도 없건만 아침 일찍부터 자신을 오기를 기다리며 나와 앉았다가 대단찮은 고장을 고쳐달라고 할 때는 귀찮기도 하지만 보지 않으면 그새 무슨 일이라도 있나, 혹 앓기라도 한 건 아닌가 싶어서 궁금해 죽을 지경이었다. 바로 그런 사람들, 쉽게 화내지 않고 웃지 않고 울지 않고 성내지 않는 사람들, 기껏 소리 없는 웃음이 귀까지 벙싯 걸리는 것이 고작인 사람들에게 김 주사는 자신도 모르는 새 정이 들었다. 그놈의 정 때문에 장사를 그만둘 수 없었다.

그가 큰마음을 먹고 장사물품을 대폭 교체하기로 마음먹은 것은 나이가 고희에 접어든 여섯 달 전이었다. 장날에 일 없이도 나오던 단골들이 언젠가부터 거의 보이지 않았다. 그들도 나이가 들었으니 기운이 딸리거나 노환으로 구들장 신세를 지고 있을 터, 혹은 이미 사는 세상을 이쪽에서 저쪽으로 바꿔 탔는지도 몰랐다.

몇 번의 오일장에 김 주사의 물건을 사는 사람이 전혀 없었다. 결국 마지막으로 망하든 말든 사내답게 한번 사업을 벌여보리라 했다. 그게 우주 탐사를 떠나는 것 같은 대단한 사업은 아니고, 인건비 낮은 나라에서 생산한 값싼 옷가지며 신발을 무게로 달아서 파는 데 곁다리로 껴들었던 것뿐이었다.

캄보디아나 베트남, 중국, 파키스탄 같은 곳에는 대도시 대형 의류판매점에 옷가지 등속을 생산 공급하는 하청회사가 있었다. 값싼 원가 위주로 생산한 물품이 완벽할 수는 없는 법이고 또 언제나 수요 공급을 딱 맞출 수도 없어서 어쩌다 싼값에 겉은 멀쩡한 옷가지가 흘러나오기도 했다.

그런 싸구려 의류를 장바닥에 풀어먹임으로써 삽시간에 한몫 챙겨가는 사람을 부러워만 하던 끝에 큰마음 먹고 그도 거기에 뛰어든 것이었다. 간이 콩알만 한 김 주사는 자신이 가진 돈의 절반을 부어서 수백 장의 셔츠와 바지를 샀고 계절이 완전히 바뀌기 전에 팔아넘길 요량이었다.

그는 오후 3시부터 긴팔 셔츠 한 개에 만 원하던 것을 3개에 2만 원으로 바꿨다. 땅거미가 짙어 오고 파장이 가까워오면서 초조해진 나머지 또 값을 낮춰 "티샤쓰가 두 장에 만 원, 만 원"하고 잘 맞지도 않는 박자로 발을 구르고 손뼉을 치며 외쳐보기도 했다. 사람들은 그런 김 주사를 낯설게, 또는 우습게 보기만 할 뿐 도대체 옷을 살 생각은 하지 않는 것 같았다. 늦게 장에 나온 사람들은 떨이 채소 등속을 싸게 사려는 사람뿐이었다.

그러던 중 김 주사의 눈에 아까부터 몇 번째 그의 주변을 맴도는 40대 후반의 사내가 보였다. 사내는 후줄근한 점퍼를 걸치고 있었는데 안에 입은 셔츠는 헐렁하고 얇은 와이셔츠

였고 옷깃을 파고드는 바람에 한기를 느끼고 있는 게 분명했다.

하지만 그는 김 주사가 조금 더 값을 낮춰 부르기를 기다리고 있었다. 둘 사이에는 눈에 보이지 않는 치열한 신경전이 벌어졌다. 김 주사는 오기가 나서 장사를 끝낸 트럭들이 시동을 걸고 떠날 때까지 버티고 또 버텼다. 그런 식으로 허기가 질 지경이 되었다. 마침내 사내가 김 주사에게 다가왔다.

"보소, 아재요. 거 티샤쓰가 한 개에 올맨교?"

"한 개는 절대로 안 팝니데이. 두 개에 만 원, 만 원."

김 주사의 어투는 자동으로 그 지역에 맞는 사투리로 바뀌었다.

"에이 그카지 말고 한 개만 파소, 사람이 몸뚱아리가 한 갠데 우얘 두 개를 한꺼분에 입는다고 그카는교."

"그래는 몬하지. 그래마 혼자 남은 티샤쓰가 외로와 외로와서 못 살제. 두 개 같이 가져가이소, 요일 따라 기분 따라 색깔을 바까가미 입으시마 좋지."

그들의 팽팽한 논전은 쉽게 끝나지 않았다. 누가 옳고 그른 것도 아니었다. 결국 장사에서는 시간을 등에 업은 사람이 이길 수밖에 없었다. 마침내 김 주사는 이를 빠득 갈며 비닐 봉지에 티셔츠 하나를 담아서 사내에게 건넸다. 사내는 곧 닳아 없어져 버릴 듯 나달거리는 오천 원짜리 한 장을 김 주사에게 건넨 뒤 건들거리는 걸음으로 장을 빠져나가려 했다.

김 주사는 그의 등짝에 대고 "그 옷, 그거 담 장날 가지고 와도 반, 반, 반…" 하는데 뒤의 단어가 생각나지 않았다. '반품 없다'는 말 대신 반토막, 반쪽, 반대, 반사, 반딧불 같은 단어가 초파리처럼 달려드는 바람에 머리를 흔들던 김 주사는 마침내 결정했다.

"담 장날에 돈 마이 벌어와서 나머지 반동가리도 꼭 사가이소, 어이?"

사내는 몸을 반쯤 돌린 채 서 있다 어리둥절한 듯 고개를 끄덕거리더니 검은 비닐봉지를 들어 보였다.

"그럼 또 보입시더!"

"잘 가소!"

인사를 마친 그들은 각자 가려던 방향으로 천천히 흩어져갔다.

토종이 좋아

태어나서 열아홉 번째 맞는 10월, 나는 세상에 둘도 없는 친구 S와 기차를 탔다. 행선지는 서해에 있는 원산도였다. 그해 3월에 철도공무원이 된 S가 첫 휴가를 냈기 때문이었다.

철도공무원인 S와 함께라면 전국 어디를 가든 기차를 공짜로 탈 수 있었다. 그러니 여행 경비에서 가장 많은 비중을 차지하는 교통비가 별로 들지 않았다. 그때 나는 빈털터리나 다름없었다. S가 꼬박꼬박 월급을 받는 공무원이어서 나보다 돈이 훨씬 많으리라는 믿음이 여행을 출발할 무렵의 내 전 재산에 가까웠다. 아무튼 전 재산과 함께한 나와 S를 실은 장항선 완행열차는 느리긴 하나 꾸준히 대천으로 달려 내려갔다.

대천역에서 항구로 걸어가며 철지난 바닷가를 구경하고 곧바로 배를 타고 원산도로 향했다. 바다 풍경은 아름다웠고 수면은 니스 칠을 한 종이장판처럼 매끄러웠다. 뱃전을 두드리며 '아름다운 저 바다와 그리운 그 빛난 햇빛'으로 시작되는 이탈리아 가곡 〈돌아오라 소렌토로〉를 '돌아오라 원산도로'로 바꿔 부르고 싶을 정도였다.

하지만 우리가 직면한 현실은 '향기로운 꽃 만발한 아름다운 동산'이 아니었다. 원산도에 하나뿐인 가게 겸 민박집 앞에서 두 사람의 주머니에서 나온 돈은 하루치 민박 요금밖에 되지 않았다. 다음날 섬 밖으로 나갈 뱃삯을 제하면 우리 두 사람의 밥 한 끼를 해결할 정도의 금액이었다.

즉시 회계를 도맡은 나는 그 돈을 소주 한 병과 라면 두 개, 쥐포 두 마리, 양초 한 묶음을 사는 데 투입했다. 소주 한 병은 추운 밤을 제정신으로 보낼 수 없어서 산 것이고 라면은 두 사람의 저녁이, 쥐포는 술을 전혀 마시지 못하는 S의 간식이 될 것이었다. 양초는 조명용으로 쓰이고 급할 경우 난방용으로 쓰일 수 있었다.

장차 우리의 침대가 될 백사장에 모닥불을 피우고 파티를 시작했다. S는 쥐포를 구워 먹으면서 자신이 이번 여행을 계획하고 기여한 것에 대한 대가가 너무 형편없다고 투덜거렸다. 특히 내가 소주를 산 게 나 하나만을 위한 이기적인 행동이라고 성토했다. 최소한 라면을 끓여 먹기라도 해야 하는 게 아니냐고도 했다. 나는 라면은 밀가루나 양파 같은 음식재료이면서 동시에 음식 그 자체도 될 수 있는, 인류의 식품사에 홀연히 나타난 '아인슈타인' 같은 획기적인 제품이라고 설파하고는 손바닥에 라면을 끓여 먹을 재주가 없으면 그냥 수프를 쳐서 생으로 씹어 먹으라고 말해주었다. 내 몫의 라면을 반이나 갈라서 주었음에도 S의 불만은 잦아들지 않았다. 빨리 소주를 마시고 취해버리는 게 낫겠다는 생각에 30분도 되기 전에 소주병을 거의 다 비웠다. 이제 눈에는 눈, 불만에는 불만으로 맞대응할 시간이었다.

그런데 바로 그때, 무장한 군인들 서넛이 우리에게 다가왔다. 그들은 우리에게 신분증을 제시하라고 했고 신분증을 돌려주면서 '여기는 적이 언제든 침투할 수 있는 최전방지역이나 마찬가지이고 해안에서 불을 피우는 건 금지되어 있으니 빨리 불 끄고 집으로 가라'는 것이었다. 우리가 어둠 속을 헤매다 겨우 들어가게 된 곳은 어느 초등학교의 분교였다가 폐교된 교사였다.

10월 바닷가의 밤은 무시무시하게 추웠다. 교실 안에 있는 나뭇잎과 버려진 나무토막을 모아 가지고 불을 피웠다. 불빛이 새어나가지 않도록 불꽃에 물을 부었더니 연기가 났고 기침 때문에 잠을 잘 수가 없었다. 연기가 다 빠져나간 뒤에는 다시 몸서리가 쳐지는 추위가 그 자리를 차지했다. 새벽이 밝아올 때까지 우리는 거의 한잠도 자지 못했다.

다음날 아침 우리는 가장 먼저 오는 배를 타고 뭍으로 나갔다. 배를 내리고 보니 대천이 아닌 광천이었다. 항구 가까이에 일찍 문을 연 중국집을 발견했다. 기적적으로 S의 속주머니에서 '1인분 한 끼'를 해결할 수 있는 비상금이 나왔다. 두 사람은 즉시 중국집으로 들어가 공짜인 보리차를 호호 불어 마시며 생애 마지막이 될지도 모르는 '2인용 한 끼'를 엄청난 집중력으로, 신중하게 골랐다.

당시 나는 육식을 전혀 하지 않고 동물성 해산물(어류, 갑각류, 조개류, 연체류 포함)도 거의 먹지 않았다. 그런데 자장면에는 돼지고기가 들어 있을 게 분명했고 짬뽕 역시 육류와 해물이 들어 있을 가능성이 높았다. 남은 선택은 하나, 우동이었다. 그것도 S의 양보와 결단에 의한 것이었다. 그 때문에 우리 사이의 긴장은 순식간에 허물어지고 그 전처럼 세상에 둘도 없는 친구 사이로 돌아간 듯 했다.

그러나 잠시 뒤 나온 우동에는 여느 중국집의 우동과 달리 끈처럼 길게 자른 돼지고기와 오징어인지 낙지인지 모를 해산물이 듬뿍 들어 있었다. 한창 먹성 좋을 나이의 두 사람이 1인분을 시킬 수밖에 없는 사정을 헤아려 주인이 인심을 쓴 것이겠지만 내게는 입에도 댈 수 없는 전형적인 육식으로 보였다.

"좋겠다. 너 혼자 다 먹을 수 있어서."

내 한마디로 우리 두 사람 사이는 다시 얼음장 같은 관계

로 돌아갔다. 혼자 허기진 배를 움켜쥐고 무엇인가를 허겁지
겁 먹고 있는 동행을 보고 있는 것 자체가 형벌처럼 고통스
러웠다.

거기서부터 약 20킬로미터쯤 떨어진 광천역까지 경운기와
트럭을 얻어 타고 걷고 또 걸어서 갔는데 역에 도착한 때는
점심 때를 훨씬 넘어서였다. 내가 연속해서 두 끼를 굶은 것
은 난생처음 겪는 일이었다. 하늘이 샛노랬다.

기차에 올랐다. 세상에서 가장 느린 기차를 탄 게 아닌가
싶었다. 가다가 중간에 아사할지도 모르겠다는 생각이 들었
다. 나는 왜 이리 운이, 돈이, 식복이 없을까. 통탄할 기운도
없이 멀거니 앉아 세 시간쯤 갔는데 S가 갑자기 천안역에 친
구가 근무하고 있다면서 내리자고 했다. S의 친구 P가 다 죽
어가는 내 몰골을 보더니 곧바로 종합병원 응급실, 아니 자신
이 하루 세끼를 대먹는다는 인근 식당으로 데려갔다.

가서 앉은 지 몇 초도 되지 않아 메뉴에도 없는 제육볶음이
세숫대야만 한 그릇에 담겨 나왔다. 식당 주인이 마침 그날
돼지고기가 좋은 게 들어와서 만들어봤다고 했다. 나는 양손
에 수저를 나눠들고 제육볶음을 향해 온몸을 던졌다.

매콤하고 빨간 국물 속에 들어있던 돼지고기가 혀에 감겨
들었다. 지방과 살코기가 적당히 섞인 기름진 맛이었다. 뜨겁
고 하얀 밥이 돼지고기와 어울리면서 지방과 탄수화물의 환
상적인 조합이 완성됐다.

입안이 음식으로 가득 차자 목이 메이면서 눈에 눈물이 고였다. 나는 내 내면의 부조리한 상황을 들킬까 봐 고개를 숙인 채 입속에 밥과 제육볶음을 최대한 집어넣고 아귀아귀 먹어댔다. 그때 S가 물었다.

"너 고기는 절대 못 먹는다며?"

나는 다시 제육볶음을 입속에 잔뜩 집어넣으며 대답했다.

"응, 두 끼를 굶어보기 전까지는 그랬지."

두 그릇째의 밥과 제육볶음이 바닥을 드러내고 밥알이 듬뿍 든 숭늉까지 먹고 나서 나는 배를 두드리며 두 사람에게 말했다.

"하여튼 토종은 뭐든 맛있네. 그런데 이렇게 맛있는 걸 어떻게 너희끼리만 먹고 살았다니?"

20대 이후 먹어본 것 중 가장 맛있는 음식이 뭐였느냐고 누가 묻는다면 나는 그때 그 제육볶음을 꼽겠다. '초두효과'라 해도 좋다. 지금도 내게는 운이, 돈보다 좋은 친구들이, 식복이 있다. 그 이후로 단 한 끼도 굶어본 적이 없으니까.

전문가의 충고

EG건설의 총무부 주임 이재익은 입사 2년 차 여름에 회사 직원과 가족을 대상으로 하는 'EG건설 사내 가족사진 콘테스트'의 진행을 맡아서 하라는 인사총무부장의 지시를 받았다.

매년 9월 15일, 회사 창립기념일 직후에 치르는 사내 가족사진 콘테스트는 'EG건설 임직원과 가족들이 찍은 사진 가운데 예술성과 창의성이 높고 가족간의 화목함이 잘 드러나는 사진을 공모해서 심사, 시상하고 한 달에 걸쳐서 각종 사내 매체를 통해 전시하게 함으로써 회사에 대한 소속감과 애사심을 고취하며 가족 간의 사랑을 확인할 수 있게 한다'는 긴 취지로 8회째 치러지고 있는 행사였다.

재익이 속한 총무팀은 회사의 잡일은 도맡아 하다시피 하고 있었고 재익 역시 웬만한 일은 지시대로 할 준비가 되어 있었다. 하지만 가족사진 콘테스트는, 재익의 생각으로는 회사의 정식 업무라기보다는 사진에 취미를 가진 사람들이나 사내 동호회에서나 할 만한 친목 행사에 가까웠다. 취준생으로서 갖은 난관을 다 넘어가며 힘들게 입사한 회사에서 나름대로 자리를 잡아가고 있는 자신이 할 일 같지가 않았다. 그렇다고 부장의 지시를 말단 주임이 거부할 수는 없는 노릇이어서 마지못해 그전까지 가족사진 콘테스트를 담당해 왔던 주하문 인사팀장에게 자문을 구하러 갔다.

　주 팀장은 가족사진 콘테스트를 3회부터 7회까지 치러낸, 가족사진 콘테스트의 '산 증인'이라고 할 만한 사람이었다. 그는 가족, 사진, 콘테스트를 모두 좋아하고 그 세 가지 요소가 합쳐진 '가·사·콘'은 회사와 개인, 가족을 위해 꼭 있어야 할 예술문화 이벤트라고 강조했다. 주 팀장은 총무부에서 이웃한 인사부로 옮겨 가면서 '가·사·콘'을 주관할 수 없게 된 데 대한 아쉬움을 길게 토로하고 재익이 자신의 뒤를 이어 '가·사·콘'의 찬란한 전통을 이어갈 수 있도록 물심양면으로 돕겠다고도 했다.

　자리로 돌아온 재익은 긴 한숨부터 내쉬었다. 한때 한 부서에 있기도 했던 재익과 주 팀장은 모든 면에서 상반된 성격이었다. 재익은 내성적이고 한 가지 일에 집중해서 그것을 해결한 뒤에야 다음 일에 눈을 돌릴 수 있는데 비해 주 팀장은 외향적이고 여러가지 일을 한꺼번에 추진하는 스타일이었다. 그러다 허술하게 처리된 일을 다른 사람에게 떠맡기는 경우가 많았고 그 다른 사람에는 재익도 종종 포함되었었다. 그래도 해결이 안 되면 '할 만큼 했으니 됐다'는 식으로 대충 넘어갔다. 친한 사람이 많으니 크게 흠을 잡는 분위기도 아니었다. 그러니 서로가 맞으려야 맞을 수가 없었고 시간이 흐르면서 감정의 앙금만 쌓여 갔다.

어쨌든 제8회 '가·사·콘'은 별 문제 없이 완결되어야 했고 재익의 성격상 주 팀장이 그 일을 맡아 하던 때보다 훨씬 더 성공적이어야 했다. 행사는 작품을 공모한다는 사내 메신저를 이용한 공지에서 '8×11인치' 크기로 인화된 사진접수, 심사, 입상작 액자 제작, 시상식과 홍보, 전시 순으로 진행되었다. 휴가 때 가족과 함께 여행을 하며 스마트폰으로 찍은 사진이 많을 것임을 감안해서 '당신의 추억을 인생 사진으로! 최고급 액자에 인화해 드립니다!'라는 슬로건을 포스터로 제작해서 여기저기 내걸었다.

"심사위원은 작년까지 계속 심사를 해주셨던 김석원 선생님을 모시도록 해. 사실 그분은 기업 사내행사 같은 데 심사하러 오실 레벨이 절대 아닌데 내가 어렵게 삼고초려를 해가지고 심사위원으로 모셨단 말이지."

주 팀장은 재익에게서 공모가 순조롭게 진행되고 있음을

확인한 뒤 말했다. 권고가 아닌 명령이나 다름없었다. 순간적으로 재익은 '제 일은 제가 알아서 합니다' 하고 대답할 뻔했지만 이를 물고 참았다. 사진예술에 대해서 아는 게 별로 없는 재익으로서는 일단 김석원 작가에 대해 알아보는 게 순리이긴 했다.

김석원 작가는 뛰어난 사진가이자 평론가, 교육자로서 많은 후학을 길러낸 사진계의 원로였다. 그가 아닌 새로운 심사위원을 위촉한다고 하면 왜 그래야만 하는지 설명을 해야 할 것이었다. 재익은 일단 김석원 교수에게 이메일을 보내 심사를 해줄 수 있는지를 문의했다. 김석원 교수는 금세 그렇게 하겠다고 응답해 왔다. 평소에는 잘 하지 않는 일이지만 인간적 감성이 듬뿍 배어 있는 아마추어들의 사진을 보고 새로운 자극을 받는다고까지 했다.

재익은 이전의 '가·사·콘'에서 상을 받은 사진들을 기록으로 찾아보았다. 해변과 계곡에서 자리를 깔고 즐거운 시간을 보내는 가족과 바닷물 속에서 뛰어 노는 아이들, 안개에 싸인 길, 길거리에서 과일을 팔며 함박웃음을 터뜨리는 노인이 등장하는 사진이 눈길을 끌었다. 그런 것이라면 자신도 얼마든지 찍을 수 있을 것 같았다.

그때부터 재익은 집안에 처박혀 있던 카메라를 꺼내 닥치는 대로 사진을 찍어대기 시작했다. '가·사·콘'의 공모가 마감되는 날, 재익이 찍은 사진 세 장도 흑백 인화지에 인화되어 다른 작품들 사이에서 심사를 기다리게 되었다. 만에 하나 출품작이 부족할 경우에 대비한 재익 나름의 준비였지만 작품수는 부족하지 않았다. 물론 재익은 그 사진을 자신이 아닌 친한 동기들이 출품한 것으로 해두었다. 혹여라도 수상을 하게 된다면 심사위원에게 사실대로 밝히고 다른 작품에 상을 양보할 작정이었다.

심사를 하는 날 회사로 온 김석원 교수는 재익이 대회의실에 진열해 놓은 출품작들을 천천히 살펴보았다. 장려상 다섯 점부터 우수상 세 점, 최우수상 두 점, 대상 한 점이 어렵지 않게 선정됐다. 특히 대상은 한 소녀가 광장 분수 옆 수돗가에서 물을 마시는 광경을 찍은 것이었는데 튀어 오르는 물방울이 뺨에 막 닿을 것처럼 선명했다.

"교수님, 수상은 못 했지만 여기에 있는 이 세 작품은 어떻습니까? 아까 보니까 이 작품들 앞에서는 금방 지나가신 것 같은데 자세히 좀 봐주시겠습니까?"

재익은 자신이 찍은 흑백사진 세 점을 골라서 김 교수 앞에 내밀었다. 나물을 파는 노인의 주름진 손, 그늘에서 쓰러져 자는 개, 철조망이 관통된 채로 서 있는 나무…. 김 교수는 그 사진들을 잠시 보고 나서는 고개를 흔들었다.

"뭘 좀 아는 사람이 찍은 것 같기는 한데, 좀 안다는 그게 화근이 돼서…. 이 사진들은 크게 잘못됐어요. 겉멋만 들고 기본이 전혀 안 되어 있어요."

재익의 뺨이 화끈 달아올랐다.

"기본요? 기본이 뭔데요?"

재익은 최대한 감정을 억제하면서 물었다. 김 교수는 카메라를 두 손으로 들어서 찍는 시늉을 하며 말했다.

"사진의 기본은 초점이에요. 이 사진들 중에 초점이 제대로 맞은 게 하나도 없어요. 카메라가 스마트폰이든 디지털이든 아날로그든 뭐든 간에, 사진을 찍을 때는 발을 단단히 땅에 딛고 손이 흔들리지 않게 해야 합니다. 이 사진을 찍은 사람은 자신부터 먼저 흔들리고 있어요. 기본이 전혀 안 돼 있기 때문에 아무리 좋은 내용을 담고 있더라도 좋은 작품이라고, 아니 사진이라고 할 수가 없는 거예요."

재익은 망치로 뒤통수를 맞은 것처럼 큰 충격을 받았다.

"잘 알겠습니다, 선생님. 오늘 제가 평생에 새길 가르침을 받았습니다."

"웬만한 사람은 다 알고 있는 건데…. 암튼 고생했어요."

김 교수는 빙그레 웃으며 심사장을 나섰다.

4부

수꾸떡의 비밀

'병 따기'의 예술

농부도 아니건만 '농부의 술' 막걸리를 마셔온 지 어언 40년이 넘었다. 농촌, 농가에 태어나 나이가 두 자릿수가 되자마자 농사에 필수불가결한 막걸리 심부름을 다니기 시작한 덕분이다. 집에서 할머니가 만든 밀조 막걸리가 제대로 익었는지, 막걸리 소매상인 점방 주인이 혹시 술에 물을 타지나 않았는지 감별하는 것도 내 몫이었고 그 바람에 '대가리에 피도 마르기 전' 막걸리 맛부터 알게 되었던 것이다.

중학교 2학년 때 그 좋은 '막걸리 천국'에서 서울로 전학해 온 나는 살벌한 경쟁과 시험공부로 영혼이 맷돌에 갈리는 듯한 기분을 느낄 때마다, 대학에 들어가기만 하면 서울의 수준 높은 막걸리를 마음껏 마실 수 있을 거라고 스스로 다독였다. 그래서 대학에 입학하자마자 대학 정문 근처에 즐비한 술집 가운데 가장 크고 화려한 가게의 문을 밀고 들어섰다.

그런데 양복을 입고 나비넥타이를 맨 종업원은 막걸리가 생소한 외국의 술이라도 되는 것처럼 "그딴 건 여기 없으니 딴 데 가서 알아보라"고 했다. 다음 집에서도 막걸리는 없다고 다른 술을 마시라고 했다. 그 집 주인은 내게 "이 동네에서 막걸리 찾다가는 다른(막걸리 좋아하는 라이벌) 대학에서 온 시골 촌놈으로 오해받아 얻어터질 수도 있으니까 조심하라"는 충고까지 했다. 그 집 문을 나와서는 앞으로 무슨 낙으로 기나긴 대학생활을 보내나 고뇌하며 정처 없이 걸음을 옮겼다.

그러다 어느 순간 나는 순대, 된장찌개, 해장국 같은 전래 음식의 냄새가 무럭무럭 피어오르는 시장 안의 골목으로 들어섰다. 골목에는 김치찌개 백반에 막걸리를 파는 식당 겸 선술집이 여럿 있었다. 그런 가게의 손님들 중에 대학생은 약으로 쓸래야 찾아볼 수 없었다. 손님들은 대부분 서울 외곽에서 나물이나 곡식을 팔러온 촌로들과 장꾼들, 시큼한 땀 냄새가 나는 노무자들이었다. 그들 모두가 막 미성년을 벗어나고 있는 나와는 엄청난 격차가 있는 진짜 어른들이었다. 하지만 나는 오로지 막걸리를 먹고 싶다는, 먹어야만 한다는 일념으로 그들 사이에 섞여들었다.

막걸리는 한 병에 3백 원이었다. 김치찌개 백반이 5백 원이고 최고급 담배 한 갑이 3백 원인 때였다. 막걸리는 일하는 사람들, 진짜 어른들에게 한 끼 식사와 바꿀 수 있을 만한 위로를 주었고 고단한 하루의 피로를 풀어주는 해독제였다. 곡주라서 다른 술에 비해 영양이 풍부하고 알코올 도수가 낮고 양이 많아서 오래 마실 수 있으며 값이 상대적으로 쌌다. 시장 바닥, 삶의 현장에서 막걸리에 맞설 만한 엄청난 미덕을 가진 술, 음료는 없었다.

그로부터 한 학기가 다 지나도록 나는 일주일에 두어 번씩 혼자서 슬금슬금 시장의 선술집에 기어들었다. 깍두기 몇 쪽이 든 접시와 막걸리가 든 양은그릇을 앞에 놓고 목소리 큰 어른들 사이에 앉아 있는 더벅머리의 대학 1년생이라니. 첩보영화에 나오는 스파이처럼 검은 책가방을 끼고 어른인 척하느라 용을 쓰고 있었는데 내가 그 자리의 어른이었다면 빨랑 집으로 가서 엄마가 해주는 저녁이나 얻어 먹으라고 쫓아 보냈을 것 같다. 그때 내가 그 선술집에서 혼자 골똘하게 사로잡혀 있던 화두는 '왜 막걸리병은 이따위로밖에 못 만드는가?'였다.

얇은 비닐로 된 막걸리병은 물렁물렁했고 내용물을 반쯤 따르면 제대로 서 있지 못해 플라스틱으로 만든 통에 담아 내놓아야 했다. 뚜껑을 열기도 전에 터지거나 새서 막걸리가 탁자에 쏟아지고 걸핏하면 옷에 묻어서 허연 얼룩으로 남았다. 그 옷을 입고 꺽꺽 트림까지 하면서 어디를 가든 대낮부터 술이나 마시고 다닌다는 게 탄로가 났다. 집에 가면 '네가 학생이냐 건달이냐'는 정체성에 관한 질문을 받았고 여학생과 미팅을 하러 가면 지저분하고 촌스러운 인간으로 딱지를 맞기 일쑤였다.

이게 다 막걸리병이 부실해서다, 나는 그렇게 생각했다. 유통과정에서 막걸리 맛이 변질된다거나 막걸리 마시고 뒷골이 쑤신다는 말을 듣는 것도 막걸리를 담은 용기가 좋지 않아서인 것이다.

어렵사리 미팅에 성공해 그다음 코스로 술집으로 향할 때에 내 단골인 막걸릿집에 가자고 할 수 없다는 것 또한 크나큰 아픔이었다. 막걸리 마신다고 홍길동이 되는 것도 아닌데 단골을 단골이라 부르지 못했다. 그 또한 원인은 막걸리가 싸구려 취급받고 무시당하기 때문인데 원인의 원인도 결국엔 막걸리병이 잘못 만들어져서가 아니던가.

그로부터 강산이 두어 번 바뀔 만큼의 세월이 흘러 바야흐로 막걸리의 부흥기가 도래했다. 서울 도심 곳곳에 막걸리 전문점이 생기고 전국 각지에서 유명 막걸리들이 쏟아져 나왔다. 막걸리병도 과거의 비닐 용기에 비하면 세련된 디자인, 튼튼하고 밀폐성이 뛰어난 소재로 바뀌었다. 그래도 바닥에 가라앉은 앙금을 고루 섞기 위해 막걸리병을 흔들어 딸 때, 탄산의 작용으로 내용물이 왈칵 쏟아져 나오는 문제는 완전히 해결되지 않았다.

내가 '막걸리 주력 40년'을 실컷 자랑하고 나면 사람들은 막걸리의 거품이 넘치지 않게 뚜껑을 따는 방법을 묻곤 했다. 널리 방법을 찾고 연구하고 확인하고 시행착오를 겪은 것도 여러 번, 대표적인 것을 소개하면 다음과 같다.

① 막걸리병을 뒤집거나 흔들고 나서 3분의 2가 되는 부분을 세게 눌러서 탄산을 배출한 뒤 뚜껑을 연다.

② 막걸리병 윗부분을 잡고는 지구 자전축 기울기로 기울여 시계 방향으로 수십 회 돌리고 뚜껑을 연다.

③ 거꾸로 뒤집고 흔든 막걸리병의 뚜껑을 숟가락으로 장작 패듯 힘껏 10회 내리치고 연다.

④ 막걸리병 뚜껑을 먼저 딴 다음 반 잔 정도를 잔에 따른 뒤에 뚜껑을 닫고 병을 충분히 흔들고 나서 다시 열면 된다.

특히 ③의 방식은 전국의 사과농사 짓는 농부들이 모여 연수를 할 때 누군가 실연해 보였는데 평생 막걸리깨나 마셔 온 농부들에게 큰 반향과 찬탄을 불러일으켰다고 한다. 그 자리에 참석했던 농부가 내게 그 방법을 선보였을 때 완벽하게 잘되지는 않았지만, '지금 저 인간들이 술집에서 무슨 해괴한 짓을 하고 있나' 하는 주변 사람들의 눈총을 받으면서도 여러 번 시도해본 방식이었다.

①, ②, ③의 방식 공히 과학적인 근거는 확실치 않다. ④의

방식은 상식적으로 이해는 가는데 왠지 모르게 야박스럽고 술맛 떨어지게 만든다는 말을 듣기 쉽다. 그러다가 어떤 좋은 인연으로 결정적이고 최종적인 해결책을 구하게 되었다. 순서는 다음과 같다.

막걸리병을 내용물이 완전히 섞이도록 흔든다. ➡ 병을 가로로 완전히 눕혀서 잔에 병 입구를 가져다 댄다. ➡ 병을 수평으로 유지한 채 천천히 병뚜껑을 돌려서 딴다.

이 방식에 숙달되면 막걸리를 단 한 방울도 흘리지 않고 잔에 따를 수 있게 된다. 내게 이 예술적인 병 따기 기법을 전수한 '마이스터'는 나이가 내 주력의 절반 정도밖에 안 되는 젊은이였다. 그는 지금은 사라진 어느 막걸리 전문점에서 '알바'를 하면서 그 방법을 익혔다고 했다. 어떤 분야든 절대고수들이 다 그렇듯이, 그는 이름도 성도 알려주지 않고 구름처럼 표표히 사라져 갔다.

한국인으로 살아간다는 것

2000년대 초반, 인도 남부의 도시 C에는 한국 식당이 단 하나밖에 없었다. C에 체류하는 한국 사람이 수천 명이 넘을 텐데도 그랬다. 그 식당의 음식은 해외에 있는 한국식당의 일반적인 식단과도 많이 달랐다. 그곳에서 가장 인기 있고 또 가장 맛있는 음식은 삼겹살, 제육볶음이었다. 둘 다 요기(수행자)의 제멋대로 자란 수염 같은 상추에 싸서 먹었다. 맛을 결정하는 것은 삼겹살도 상추도 아니었다. 쌈장이었다. 한국에서는 마트에서 흔히 볼 수 있는 평범한 쌈장.

며칠 동안 인도의 양고기와 맛살라, 탄두리 음식에 흠뻑 젖어 있다시피 하던 말구는 쌈장이 들어간 음식을 먹고 정신이

번쩍 들었다. 자신이 한국에서 태어나 자랐고 살아왔다는 걸 새삼 환기하게 된 것이다. 상추에 쌈장을 곁들여 밥을 싸 먹어도 비슷한 효과가 났다. 그저 쌈장만 먹어도 그랬다. 감동한 말구는 식당 주인에게 전에는 좀체 하지 않던 질문을 했다.

"여기는 왜 김치찌개나 육개장 같은 한식의 대표선수가 안 보이나요?"

수염을 꽤나 멋지게 기른 주인은 그 수염을 살짝 매만진 뒤에 천천히 답했다.

"김치를 담글 수가 없어요. 배추가 없으니까요. 여긴 열대에 가까운 지역이라 배추를 재배하기에 너무 더워요. 한국에서 김치를 완제품으로 사와도 금방 시어 버리고 가열처리로 살균을 해서 가져오면 흐물흐물해져 버리니까 김치찌개로 만들어서 팔 수가 없죠. 아니 억지로 팔 수는 있는데 다른 음식보다 훨씬 더 비싸게 받아야 할 테니 경쟁력이 없죠."

'그래서 잘 상하지도 시지도 않는 쌈장을 한국 맛을 대표하는 것으로 내세운 것이냐'고 말구는 묻지 않았다. 물을 필요도 없었다. 식당 주인이 모처럼 대화 상대를 만났다 싶었는지 그동안 마음속에 쌓인 이야기를 폭포수처럼 쏟아냈기 때문이었다.

그는 원래 여행자였다. 인도 전역을 돌아다니면서 자신이 찾는 게 뭔지 찾고 있었다. 그러다가 C에 이르렀을 때에 무슨 계시를 받은 것 같은 느낌이 들었다는 것이었다. C는 바다에

접한 도시였고 해산물이 풍부했는데 시장에는 수백 년 동안 사람들이 생선을 손질하고 내장과 껍질 등의 부산물을 버린 쓰레기의 언덕이 있었고 거기에서 수만 통의 젓갈을 쏟아부은 듯한 냄새가 났다. 그게 그를 자극했는지도 모른다고 했다.

거리에서 아무것도 입지 않고 누구도 의식하지 않으면서 걸어가는 힌두교 수행자를 만났는데 무념무상에 든 수행자의 태도가 그를 C에 머물도록 만들었을 수도 있었다. 어쨌든 그는 그곳에 머무르기로 했고 먹고 살기 위해 자신이 할 수 있는 일을 찾아냈다. 그는 일본인이 운영하는 식당에 가서 종업원이 되었다. 진작에 그곳에 진출한 일본 사람들이 단골인 그 식당에서는 초밥과 회 같은 일식뿐만 아니라 인도의 맛살라에서 출발해 영국을 거쳐 일본화한 카레덮밥도 취급했고 간단한 중국 음식, 태국 음식 등 아시아권 음식을 만들어 팔았다. 한국 음식은 없었다.

그곳에서 식당에서 통용되는 간단한 현지 언어를 익히고 요리와 요식업 전반에 관해 배우고 나서 그는 독립했다. 자신이 배운 대로 처음에는 일식 위주의 음식을 팔았고 차츰 거기서 재료를 구할 수 있는 한식을 추가했다. 그런데 의외로 한식이 현지 사람들의 입맛에 맞았던지 그의 식당은 금세 지역의 유지들을 비롯, 중산층 이상이 찾는 명소가 되었다. 그는 급히 식당을 확장했고 현지인을 종업원 겸 통역으로 채용해 몰려드는 손님을 받았다. 개업한 지 2년도 되지 않아 그의 식당은 C의 모든 사람이 한 번쯤 가서 음식을 맛보기를 희망하는 장소가 되었다.

그러던 어느 날 그의 식당에 경찰이 들이닥쳐 불문곡직하고 그를 잡아갔다. 그의 식당 때문에 파리를 날리게 된 다른 식당의 주인들이 투서와 진정, 제보 등으로 그를 모함했기 때문이었다. 그는 통역도 없는 채로 엄중한 취조를 당했고 거액을 탈세하고 임금을 체불했으며 부당노동행위를 한 혐의 등으로 기소될 위기에 놓였다. 빠져나갈 방법은 하나뿐으로 경찰서장에게 가지고 있는 모든 걸 바치고 식당을 판 뒤에 그곳을 떠나는 것이었다.

처음에 그는 어떻게든 버텨보려고 했다. 그가 끌려가 갇히게 된 유치장은 겨우 얼굴을 식별할 수 있을 정도로 어두워서 그는 천장의 형광등이 고장 난 줄 알았다고 했다. 그가 유치장 안에 들어서자 수만 마리나 되는 파리들이 한꺼번에 날아오르며 형광등이 정상적으로 작동하고 있음을 알게 해주었다. 그 파리들은 그에게 더 이상 버틸 수 없다는 현실을 깨닫게 만들었다. 그는 모든 것을 포기하겠다는 각서를 써서 경찰서장에게 내준 뒤에 풀려나 식당으로 돌아왔다. 그는 자신이 직접 도배를 한 벽에 걸려 있는 그림을 하나씩 만져보며 이별을 준비하고 있었다. 그때 실로 몇 년만에 문간에서 들려오는 한국말을 들었다.

"계십니까?"

양복을 입은 한국 남자 셋이 C 어딘가에 한식당이 있다는 소문을 듣고 찾아온 것이었다. 그들은 한국에 있는 유수의 기업에서 파견한 선발대로 그곳에 종업원 수 천명 규모의 공장을 세우기 위해 온 참이었다. 그들 뒤를 이어 다른 협력업체에서도 들어왔고 현지인을 합쳐 수만 명이 일하는 공단이 만들어졌다. 경찰서장은 한국에서 큰 산업체가 들어온다는 말을 듣자마자 그에게 각서를 되돌려주었고 모함을 한 사람들을 전원 엄중하게 처벌하겠다고 약속했다.

"그럼 여기서는 이제 한국 사람들이 김치찌개를 먹지 않나요? 김치도?"

말구가 묻자 한국에서 선발대로 왔다가 공장 책임자가 된 남자가 설명을 해주었다. 한국에서 온 회사 사람들과 그들의 가족은 한국에서 먹던 김치와 가장 가까운 맛을 내는 김치를 담가 먹기 위해 엄청난 노력을 하고 있다고 했다. 그 결과 한국 배추를 인도에서 재배할 수 있는 곳으로 한국의 고랭지처럼 높은 지대에-그 지대의 이름은 그 남자가 초등학교 다닐 때 지리 시간에 들어본 '데칸고원'이었다-배추밭이 만들어졌고 배추를 심고 비료를 주고 벌레를 잡고 수확을 할 수 있게 되었다. 배추밭과 C의 거리가 대략 1700킬로미터나 되어, 인도의 좋지 않은 도로 사정을 감안하면 차를 타고 오가는데 최소한 일주일 이상 걸렸지만 문제가 되지 않았다. 그 귀하디귀한 배추를, 한국 아니면 도저히 구할 수 없는 질 좋은 고춧가루에 젓갈 등의 양념을 더하고 버무려 김치를 담은 뒤 집집마다 나눠 먹고 있다고 했다.

"그렇게 해서까지 김치를 먹어야 하나요?"

"우리는 한국 사람이니까요."

말구가 묻자 남자는 당연하지 않으냐는 듯 말했고 그 자리에 있던 한국 남자들은 모두 고개를 끄덕거렸다. 말구의 고개 또한 자연스럽게 그들을 따라 끄덕거려지기 시작했다.

빵과 나 1

나는 빵을 그리 좋아하지 않는다. 밀가루를 재료로 하는 대부분의 음식을 좋아하면서도 빵만 좋아하지 않게 된 이유는 물론 따로 있다.

어린 시절 읍내 곳곳의 번듯한 담벽에는 어김없이 성조기와 태극기 아래 두 사람이 악수를 나누는 포스터가 붙여져 있었다. 이른바 '미국 공법 480조(PL 480조)'에 의한 미국의 잉여 농산물 원조를 한미 두 나라의 우호의 결과로 포장하는 내용이었다. 그 때문에 미국 농부들이 과잉생산한 밀가루가 학교 안에서 급식빵으로 등장했다.

학교 밖에는 똑같은 밀가루를 고급스럽게 가공하고 비싸게 판매하는 빵집이 있었다. 학교에서 조금 떨어진 읍내 중심가에 '제과점'이라는 생소한 이름으로. 하지만 그곳은 용돈이나 현금, 화폐경제와는 전혀 관련 없는 원시적인 물물경제 체제를 살아가고 있던(쉽게 말해 엿장수에게 빈 병이나 고철을 갖다 주고 엿이나 바꿔먹던) 나 같은 변두리 농촌마을에 사는 아이에게는 '그림의 떡'이 벽에 가득 걸려 있는 루브르 미술관 같은 곳이었다.

학교 안에서의 빵 급식은 교육정책에 의해 여러 차례 바뀌었다. 가정 형편에 따라서 도시락을 못 싸오는 아이들에게만 주기도 하고 가정 형편과는 상관없이 평등하게 반으로 갈라 먹도록 만들어서 준 적도 있었다. 트럭에 빵을 가득 실어 와서 나눠준 적도 있었고 학교 내에 빵을 구울 수 있는 시설을 만들고 막 구워낸 빵을 각 반의 주번으로 하여금 운반, 배급하게 하기도 했다.

초등학교 6학년 때였다. 전교학생회라는 형식적인 반 대표자 모임에서 급식 빵 배급을 6학년 부반장들이 돌아가며 하도록 결정하는 바람에 내가 3학년 이상 스무 개의 반에 급식 빵을 배분해주는 일을 맡게 되었다.

김이 솔솔 나는 따끈한 빵인데도 전혀 맛있게 보이지가 않고 그저 힘들고 귀찮은 일거리로만 보였다. 한 개라도 틀리면 난리가 날 일이라 각 반의 인원에 맞게 철두철미 신경을 곤두세워서 천 개가 넘는 빵을 세고 또 세었다. 남들 빵 나눠주느라 점심을 굶었는데 남은 빵을 쳐다보기도 싫을 정도였다.

내게 빵이란, 안에 단팥이나 크림 같은 소가 들었거나 겉에 설탕이든 빵가루든 뭐든 뿌려져 있는 달콤하고 부드러운 별식이어야 했다. 밋밋한 찐빵 모양에 겉이 딱딱하고 안에 아무것도 들어있지 않은 밀가루 덩어리는 입에 넣어본 적이 없었다. '아주 배가 불렀구만' 하는 소리를 들어도 어쩔 수가 없다. 당시의 내 사진을 보면 배가 남들보다 약간 부른 것 같기도 하다.

중학생 때에도 빵과의 악연은 이어졌다. 내가 전학을 간 서울의 중학교가 하필이면 당시 제과업계에서는 독보적인 지위를 차지하고 있던 '삼립식품' 빵 공장 바로 옆에 있었다. 점심시간이 되기 전, 거의 정확하게 말하자면 3교시와 4교시 사이의 어느 시점, 당시 인기리에 상영된 〈나바론 요새〉라는 2차대전 당시의 전쟁영화 속 포신을 연상케 하는 거대한 공장 굴뚝에서 빵 냄새가 포연처럼 무차별적으로 뿜어져 나왔다. 구수하고 고소하고 잘 발효되고 잘 구워진 빵 특유의 냄새에 전교 3개 학년 4천 명 가까운 중학생들은 합창을 하듯 배에서 '꼬르륵' 소리를 쏟아냈다. 선생님들은 분필을 여기저기로 발사하며 수업 분위기를 잡으려 애를 썼지만 애를 쓴다는 것 자체에 만족해야 했다.

서울의 중학생이 되어서도 나는 부모에게서 용돈을 제때에 남들만큼 받지 못하고 있었고 화폐경제를 기반으로 생산, 유통, 소비되는 빵은 여전히 내게는 그림의 떡이었다. 등하굣길에 빵 공장에서 나온 트럭들이 달려가면 아이들은 먼지와 매연을 영양제처럼 들이마셔가며 트럭을 따라 뛰었다. 어쩌다 빵봉지가 덜컹거리던 트럭의 화물칸에서 튀어나오는 기적이 일어나기를 빌며.

정말 일 년에 몇 번은 그런 일이 벌어지기도 했다(마치 복권에 당첨되기를 비는 수많은 사람 가운데 한 사람은 당첨이 되듯이). 그럴수록 빵과 나 사이의 거리는 멀어졌다. 누가 하늘에서 떨어진 빵에 이마를 맞고 심장마비에 걸려 구급차에 실려 가든 말든 나는 신경 쓰지 않고 영어 단어장을 보며 걸었다. 어쨌든 전국 최고, 최대의 빵공장 옆에 있으면서도 나는 빵의 유혹에 거의 흔들리지 않았다. '나에게는 복권에 당첨될 운(확률)이 전혀 없고(복권을 사지 않을 것이므로) 세상에 공짜는 없다'는 믿음이 더욱 강해졌을 뿐이었다.

서울하고도 사대문 안에 있는 고등학교에 진학하고 나서 더 이상 빵 없이는 살 수 없게 되었음을 인정하지 않을 수 없었다. 학교 뒷문 앞에 단팥빵으로 유명한 '나폴레옹 제과'가 있었고 여학생들이 자주 온다는 소문이 나면서 그곳은 서울 시내 남학생들의 성지처럼 변했다. 어느 남자 고등학생이 나폴레옹 제과 앞을 영어 단어나 외우면서 그냥 지나간다면 그건 호모 사피엔스가 아니라 로봇이거나 외계인일 것이었다.

고2 때 나는 운 좋게도 내 식성 따위는 바꾸고도 남을 만큼 강력한 감화력을 지닌, 품성 또한 고결한 벗을 짝으로 만났다. 3학년이 되었을 때 내 짝은 2학년 때처럼 또다시 반장이 되었다. 졸업을 한 학기쯤 남겨둔 어느 날, 반 아이들이 학급회의에서 돈을 얼마씩 거두어서(60원이었던가?) 그것으로 담임선생님 사은품도 사드리고 같은 학교, 같은 반을 같은 해에 다녔다는 기념으로 은반지를 하나씩 만들어 갖기로 했다.

반장의 옆자리에 앉아 있던 내가 얼결에 '졸업기념 은반지 제작 담당' 총무로 지명되어 실무를 맡게 되었다. 돈을 다 걷고 나서 은세공을 하는 공장에 찾아가서 비용을 물어보니 반 아이들에게 걷은 돈의 반만 가지고도 충분히 은반지와 사은품을 만들 수 있다고 했다.

그때부터 우리의 고민은 시작되었다. 두 사람이 사는 집은 방향이 같았고 버스 정류장마다 빵집이 이국적인 빛깔의 불을 은은하게 밝힌 채 손님을 유혹하고 있었다. 우리는 거의 매일 다른 빵집에 들어가 그날그날의 취향에 따라 단팥빵, 곰보빵, 크림빵, 크로켓, 옥수수빵, 라스크, 도넛 등등을 쟁반에 담아다 배터지게 먹었다. 물론 선생님께 드릴 사은품을 뭐로 할지, 은반지를 만들고 남는 돈을 어떻게 처리해야 할지 함께, 깊이 고민하는 것도 잊지 않았다. 그렇게 수십 번을 빵집에 가는 동안 남는 돈은 눈 녹듯 우리의 뱃속으로 사라져 버렸다.

졸업식이 끝나고 나서 반 아이들은 모두 교실에 모였다. 반장은 먼저 선생님께 드릴 은 한냥쯤이 들어간 벨트를 아이들에게 들어서 보여주고 박수 속에 그것을 전달했다. 두 번째로 얇은 비닐로 포장이 된 반 돈짜리 은반지가 하나씩 아이들에게 나눠졌다. 그것을 받은 아이들은 책상을 두드리며 환호했다. 기대에 비해 잘 나온 모양이었다.

"그럼 마지막으로 기념 반지를 만드느라 무지 수고한 총무가 회계에 관해 보고를…"

반장이 말을 끝마치기도 전에 누군가 소리쳤다.

"야, 네가 우리가 졸업하는 마당에서까지 골때리는 숫자 얘기를 해감서 반장질을 할라고 그러냐? 빨리 내려와라! 좋은 말로 할 때."

정말 내게는 눈물겹게 고맙게도 그에 동조하는 웅성거림도 들렸다.

"그래, 나는 이제 반장 아니고 우리는 모두 친구다. 그동안 참 즐거웠다. 앞으로 사회에서 웃는 얼굴로 만나자."

3년 동안 줄반장을 지냈던 내 벗은 밝고 환한 얼굴로 그렇게 말했다. 그는 "그럼 이것으로…" 하다가 뒤축을 꺾어 신던 학생용 구두를 벗더니 교탁을 세 번 내리치고 아래로 내려왔다. '오, 나는 평생 먹을 빵을 다 먹었구나. 빵이라면 정말 신물이 나는도다'라고 생각한 건 바로 그때였다.

빵과 나 2

고등학교를 졸업하면서 일생분의 빵을 다 먹었다고 결론지었다고는 해도 그건 그저 인생을 모르는 풋내기의 생각일 뿐, 기나긴 인생길에서 빵을 전혀 먹지 않고 명랑한 식생활을 지탱한다는 건 불가능한 일이었다. 일 년에 몇 번 정도는 피치 못할 이유로 삼시 세끼 밥 대신 빵이나 케이크를 먹긴 했다. 설이나 생일 같은 특별한 날에나 있는 일이어서 언급할 만한 가치도 없다.

하지만 군 입대라는, 생활의 변화로 보자면 일생일대의 격변을 앞에 두고는 당분간은 '비빵주의 생활'을 영위할 수는 없게 되리라는 각오를 해야 했다. 막상 입대를 해보니 확실히

대한민국 군대는 아열대식물을 원종으로 하는 쌀에서 나오는 칼로리로 지탱되는 농경·정착·농민족의 군대임을 알 수 있었다. 병사의 삼시 세끼가 '1식3찬(밥과 국, 두 종류 이상의 반찬으로 한 끼가 채워지는)'이라는 대원칙 하에 운영되고 있었던 것이다. 내게는 천만다행이 아닐 수 없었다.

내 기억이 정확하다면 내가 입대한 논산훈련소의 소장이 집으로 보낸 편지에는 '댁에서 보내주신 귀한 자식은 매일 성인 남성 1인이 평균적으로 필요로 하는 2500칼로리를 훨씬 초과하는 3600칼로리 이상의 열량을 하루 세끼의 식사로 섭취하고 있으며 그 외 기타 필요한 영양 또한 충분히 공급받고 있으니 조금도 염려하실 것이 없습니다'라는 내용이 들어 있었다. 틀린 말은 아니었다. 훈련소의 식당에서 지급되는 매끼 1식3찬을 훈련병이 남김없이 먹고 제대로 소화시키기만 한다면. 문제는 심리적인 허기였다. 먹어도 먹어도 채워지지 않는.

집을 떠나 낯선 사람들 사이에서 힘든 훈련을 받고 일찍이 경험하지 못한 명령체계에 멋대로 살아온 심신을 적응시키려니 훈련병들에게는 엄청난 스트레스가 발생할 수밖에 없었다. 훈련소 안에서 훈련병이 스트레스를 해소하는 가장 간단하고 보편적인 방법은 '먹는 것'이었다. 훈련소 식당에서 나오는 매끼의 식사는 적당량의 밥, 양배추와 감자, 된장을 넣어 끓인 국, 단무지를 채 썰고 고춧가루를 넣어 무친 장아찌,

양배추로 담은 김치(실상은 겉절이에 가까운), 멸치볶음 등이었다. 결국 채워지지 않는 영혼의 허기에 신음하던 훈련병들의 발길이 향한 곳은 부대 매점, 이른바 피엑스였다(PX가 '포스트 익스체인지'의 약자이며 그 뜻은 '육군부대+거래소'로 '부대 매점'의 뜻을 가지고 있다는 걸 군대 생활 30년도 더 지난 지금에서야 처음 알았다).

그런데 논리적으로 보면 그때 그 시절 훈련병들에게는 피엑스에서 뭔가를 사 먹을 돈이 있어서는 안 되었다. 아직 군번도 없는 훈련병이어서 급여가 나오지 않았고 훈련소에 입대할 때 사적으로 금전을 소지하고 들어올 수 없게 되어 있었으니까. 그런데도 어쩐 일인지 저녁 식사가 끝난 뒤 피엑스 앞에 훈련병들이 선착순으로 줄을 섰다. 그들이 주로 사는 것은 한 봉지에 10개가 들어 있는 덕용(불필요한 낱개 포장을 없애고 내용물만 빵빵하게 넣은) '보름달빵'이었다. 생긴 것이 보름달처럼 크고 개수도 보름날 인심처럼 넉넉해 보름달빵이었던 것 같다. 1식3찬 밥 한 끼에 보름달빵을 두 개만 더 먹으면 배가 터질 지경이 되었다. 남은 빵은 어딘가에 남모르게 숨겨야 할 운명적인 과제가, 자식이 입대하기 전날 어머니가 만 원짜리 지폐를 꼬깃꼬깃 접어서 비닐봉지에 넣고 꿰맨 팬티를 입고 온 훈련병들에게 주어졌다. 그 때문에 가장 큰 덕을 본 건 나였다.

입대하기 전 연이은 환송회 속에 취생몽사로 마냥 좋은 세월을 보내다 훈련소에 입소한 나는 급변하는 환경에 전혀 적응하지 못하고 육체적으로나 심리적으로 거의 '그로기 상태'에 몰려 있었다. 물론 내게도 심리적 허기와 스트레스를 해소할 무엇인가가 간절히 필요했다. 그렇다고 돈도 없이 매점에 가서 줄을 설 수도 없었고 볼이 터져라 보름달빵을 씹어먹으며 금방이라도 눈물을 쏟을 듯 영혼을 내맡긴 동기들에게, 평소에 전혀 친하게 지낸 적도 없으면서 "그 빵 하나만 나 줄래?" 하고 말할 염치도 없었다. 빼앗아 먹는다는 것은 피골이 상접한 약골 주제에 언감생심이었다. 남은 방법은 훔쳐 먹는 것이었는데 양심에 찔려서 하지 못해서가 아니라 어디서 어떻게 훔치는지를 몰랐다. 그러던 내게 생각지도 못한 기회가 다가왔다.

내가 입대한 논산훈련소는 대한민국 신병훈련소의 대명사로서 역사와 전통을 자랑하는 곳이라 화장실도 일찌감치 수세식으로 개조되어 있었다. 훈련소 입소 초기에 일부 훈련병은 수세식 화장실 사용법을 몰라 제대로 뒤처리를 하지 못했고 그 바람에 가까운 내무반에 악취가 흘러들기까지 했다. 그러자 훈련병에게는 훈련소장(사단장)보다 더 거룩한 위치에 있는 내무반장(부사관)이 평소 행동이 굼뜨고 게으르며 훈련에 소극적이면서 성과가 별로 없는(흔히 '고문관'이라고 한다) 나를 비롯한 서너 명의 훈련병을 지목해 화장실 청소를 하며 군인으로서의 정신 자세를 가다듬으라고 명령했다.

"만약에 청소가 끝난 뒤에도 오물이 남아 있거나 오물 냄새가 난다면 너희의 정신 자세가 개선되지 않은 것으로 간주하고 훈련소 퇴소 시까지 화장실에서 생활하도록 하겠다."

우리는 죽을힘을 다해 화장실을 청소했다. 변기를 닦고 바닥을 물로 청소했으며 창틀의 먼지까지 깨끗이 닦았다. 그런데 어쩌다 내가 맡게 된 맨 안쪽 칸에 있는 변기는 수압이 약해서 물이 제대로 공급되지 않았다. 신중하게 원인을 탐색한 결과 문제의 근원은 곧 밝혀졌다. 누군가 먹고 남은 보름달빵 봉지를 벽돌에 매달아 변기에 물을 공급하는 수조에 숨겨두었던 것이다. 그 칸을 이용하는 훈련병들은 어지간히 신경을 쓰지 않는다면 본의 아니게 뒤처리가 미흡하게 될 수밖에 없었다.

나는 "유레카!"를 외치며 벽돌과 봉지에 6, 7개가 든 보름달빵을 꺼내 밖으로 뛰어나왔다. 곧바로 손에 빗자루며 양동이, 대걸레를 들고 좀비처럼 서 있는 '화장실 청소 동기'들과 눈이 마주쳤다. 갑자기 조선 시대에 실시되었다는 향약의 '사대강목'이 생각난 것은 왜였을까. '좋은 일은 서로 권하고 잘못은 서로 규제하며 예의로 서로 사귀고 어려운 일은 서로 돕는다'는. 볼 것도 없이 인원수에 맞춰 빵을 나누고 남은 하나는 인원수에 맞게 공평한 크기로 쪼갰다. 우리는 각자 벽을 향해 선 채로 보름달빵을 목이 메도록 먹고 또 먹었다. 말이 필요하지 않았다. 유실물 횡령, 도둑질, 아들의 속옷을 한 땀 한 땀 꿰매는 어머니 생각은 할 겨를이 없었다. 전혀, 전혀.

청소를 마쳤다고 내무반장에게 가서 보고하자 그는 화장실에 와서 구석구석 꼼꼼하게 검사를 하고 나서 만족스럽게 말했다.

"아주 잘했어. 여기서 우리 내무반원들이 다같이 둘러앉아 식사를 해도 되겠구만."

우리는 그 뒤로도 여러 차례 화장실 청소를 자원했다. 동기들의 쾌적한 내무생활을 위해, 혹은 아직 정신무장이 미흡하다는 이유로. 청소를 할 때마다 누군가 숨긴 보름달빵이 한 봉지 이상은 꼭 나왔다. 훈련소에서 퇴소했을 때 몸무게가 3킬로그램이나 늘어 있었던 건 보름달빵 덕분이었을 것이다.

그 뒤로도 빵은 만리타관의 생소한 장소, 거친 환경에 나를 적응시키고 살찌우는 데 여러 차례 기여했다. 몸보다는 주로 영혼을. 익숙한 환경 속으로 돌아오면 빵에 대한 갈구는 씻은 듯이 사라졌다.

상도냐 상술이냐

바야흐로 과일이 '길에 널리는' 시절이 돌아왔다. 물론 대형 마트에서는 계절에 상관없이 사람들이 좋아하는 과일을 내놓고 있다. 1980년대에 딸기는 내가 기억하는 바로는(딸기밭에서 '미팅'을 했기 때문에 잊고 싶어도 잊을 수가 없다) 5월을 전후해 맛볼 수 있는 과일이었으나 지금은 비닐하우스에서 12월부터 따기 시작해서 5월에는 눈 씻고 보기 힘들게 귀해진다. 하지만 살구나 앵두처럼 값이 별로 나가지 않으면서 나무에 달리는 과일은 제철에 맛볼 수 있다. 내가 좋아하는 과일들에는 '철없는 일'이 아직 일어나지 않고 있다는 게 다행스럽다.

내가 가장 좋아하는 과일은 복숭아다. 복숭아는 7월부터

10월까지 먹을 수 있는데 극단적인 만생종은 11월을 넘겨서 수확하는 경우도 있었다. 11월에 생산되는 복숭아도 물론 좋아하긴 한다. 그런데 그때는 또 극만생종 포도가 숨이 넘어가는 가을 햇빛을 받아들여 고결한 향기와 고품격의 단맛을 선사하는 때라서 극만생종 복숭아냐 포도냐를 두고 고민에 빠지게 된다. 둘 다 먹으면 되지 않느냐고? 그렇다. 그럴 만한 능력이 있으면 지상에서 가장 맛있다고 생각하는 포도, 복숭아를 천리가 멀다 하지 않고 쫓아다니며 먹으면 된다. 그런 축복이 이 글을 읽고 있는 당신에게 내려지기를, 또한 내게 이미 내려졌기를 강력히 희망한다.

20여 년 전 나는 복숭아가 많이 나기로 유명한 지역에서 10킬로미터쯤 떨어진 농촌 마을에 작업실을 마련한 적이 있었다. 복숭아 때문에 일부러 그곳을 찾아간 것은 아닌데 봄에 복숭아꽃이 대궐을 이룬 장관을 보니 정말 내가 운이 좋다는 생각이 들었다.

흔히 복숭아를 미백이니 황도니 하여 단순하다고 생각하지만 실제로 복숭아의 종류는 대월, 백설, 대옥계 등등 50여 가지나 된다. 같은 품종이라 해도 일조량, 영양, 강수량, 토질, 정성, 기술 등 여러 변수가 개재하여 전혀 다른 맛을 낼 수도 있다. 어쨌든 나는 과육이 단단하고 풋풋하고 새콤한 맛과 향이 있으면서 비교적 일찍 생산되는 미백을 좋아했다.

복숭아 특산지답게 그 지역에는 4차선 국도 길가에 죽 이어지다시피 복숭아밭이 있었다. 복숭아 농사짓는 집이라면 몇 집에 하나씩 길가에 원두막이며 그늘막을 설치하고 '과수원에서 막 딴 복숭아 팝니다'라는 요지의 현수막을 내걸었다. 판매는 상자 단위 혹은 만 원 단위로 하는 게 보통이었다. 아무리 복숭아를 좋아한다 해도 복숭아를 식량처럼 대량 구매할 의사는 없었다. 복숭아는 다른 과일에 비해 저장성이 낮아 금방 다 먹지 못하면 상해 버리니 혼자 사는 사람에게는 두 개도 많은 것이었다. 초등학교 시절 구멍가게에서 낱개로 사탕을 사 먹듯 복숭아를 한 입씩 맛만 보는 것으로 충분할 것 같았다. 내가 너무 이기적이었던가? 맞다. 봄부터 여름까지 고생한 농부의 입장이라면 한 대 쥐어박고 싶은 생각이 들지도 모른다.

내가 이런 고민을 이야기하자 내 이웃이 해결책을 제시했다. 고향이 그곳이라 복숭아 농사짓는 친구들이 많은데 상품 가치가 없는 걸 '빌어먹으면' 되지 않겠느냐는 것이었다. 하지만 내가 가장 좋아하는 과일이 과연 '빌어먹을 것'인가? 나는 값을 제대로 주더라도 내가 원하는 맛을 가진 복숭아를 제때, 절실하게 맛보고 싶을 때 먹기를 바랐다.

그러자 이웃은 뜻밖의 제안을 해왔다. 자신이 여러 종류의 복숭아를 파는 노점을 차릴 테니 수많은 종류의 복숭아를 조금씩 맛만 보기를 원하는 내가 밑천을 대면 된다고 했다.

"그게 얼마나 하는데요?"

"반씩 투자하면 돼. 나 500, 자네 500. 내 초딩 친구들 복숭아 과수원 앞에다 대충 텐트 치고 팔면 되걸랑. 한 철 장사 끝나면 정산해서 수익은 나눠 갖자고."

"길거리 장사하는 데 기초자본이 천만 원씩이나 들어요?"

"아, 사실은 전기하고 수도 끌어다 대고 텐트나 박스 중고 쓰고 하면 그렇게는 안 드는데 내가 하루종일 길가에 나앉아 가지고 땡볕에 복숭아 파는 걸 노임으로 환산해서 자본금에 포함시켰지. 싫어? 그럼 자네가 이 맥고모자 쓰고 팔아보든가."

"싫다는 게 아니고요. 좀 많다는 거죠."

결국 나는 그해 복숭아 장사는 못 하고 말았다. 그런데 엉뚱한 데서 화살이 날아왔다. 서울의 어떤 모임에 나갔다가 복숭아 노점상에 투자할 뻔했다고 했더니 남쪽이 고향인 후배가 "그쪽 동네 지나다가 길가에서 시골 어머니 드릴라고 복숭아 한 박스 3만 원이나 주고 샀는데, 시골집에 갔더니 위만 괜찮고 아래는 푹 썩고 물건도 형편없는 걸 넣어놨더라고요. 반품도 안 되고 판매자 표시도 안 돼 있고. 약올라 죽는 줄 알았네" 하는 것이었다. 나는 말로는 미안하다고 사과했다. 그렇지만 그 사람이 일부러 그렇게 한 것은 아닐 것이다, 내가 아는 한 우리 동네 복숭아 농사짓는 사람들 중에는 그런 양심불량자는 없다고 덧붙였다.

작업실로 돌아가 이웃에게 물었더니 자기가 직접 농사지은 복숭아를 파는 사람 중에는 그런 사람이 절대 있을 리 없다고 했다.

"그럼 누가 그러는 건데요?"

"혹시… 내가… 그랬나?"

"에엥?"

"난 서울 가락시장에서 복숭아를 떼다 팔기 땜에 박스에 연락처 같은 걸 적지를 않어. 브랜드도 없고. 누가 묻기를 하나? 복숭아가 주렁주렁 열린 과수원 앞에서 복숭아를 파는데 그 복숭아가 그 과수원 거구나 하고 덥석덥석 사더라고."

"복숭아 특산지에서 복숭아 팔면서 농수산물시장 물건을 떼다 팔면 어떻게 해요!"

"왜 뭐가 어때서? 거기서 사오는 물건이 종류도 많고 잘 골라잡으면 싸기도 하구만."

그때부터 내게는 농·축·임·해산물을 길가에서 파는 경우 원산지를 의심하는 좋지 않은 버릇이 생겼다. 소심하게 의심만 할 뿐 묻고 따지는 일은 좀체 없었다.

근래에 강원도 어느 산간지역을 다녀오다 고개 정상에 있는 휴게소에서 햇옥수수 찐 것을 팔고 있기에 덥석 샀다. 팔고 있는 사람은 얼굴이 검게 탄 남자였는데 버스에서 내린 할머니 세 분이 다가와 옥수숫값을 묻고는 "비싸다"고 했다. 내가 옥수수알을 벗겨 먹으면서 귀를 기울이자니 그 옥수수는 강원도에서 난 햇옥수수일 수가 없었다. 강원도에서는 따

듯한 남녘 지방보다 훨씬 나중에 옥수수가 생산된다는 것이었다. 그녀의 예리한 분석에 신뢰가 생겼다.

할머니 중 한 분이 다시 질문했다.

"이게 석이버섯이오?"

"예. 맞습니다. 석이버섯은 바위에서 나는 기지요. 목이버섯은 나무에서 나는 기고."

"그렇죠? 근데 내가 알기로는 우리나라에서 석이버섯이 웬간해서는 안 나는데…."

남자는 핏대를 세우며 말했다.

"이거는 진짜 여기 산에서 딴 기래요! 내가 목숨 걸고 바우절벽에 올라가서 땄어요!"

"목숨 걸고 딴 거이가 한 박스에 만 원밖에 안 해요?"

"아주머이, 사실 기래요, 안 사실 기래요?"

염장면, 그리고 냉면

중국의 천년 고도 뤄양(洛陽) 하고도 뤄양의 유적을 한데 모아놓은 박물관에 갔다가 나오니 당연히 배가 고플 수밖에 없었다. 땅을 파기만 하면 유물이 나오는 구시가지 바깥에 새로 조성된, 서울로 치면 '망리단길' 같은 음식 천국이 있다기에 택시를 타고 찾아갔다. 젊은 소비층의 기호에 맞게 토속음식보다는 외국 음식을 파는 곳이 많았다.

식당 바깥에 걸린 식단을 스마트폰의 '통역기 앱'으로 해득해가며 거리를 한 바퀴, 또 한 바퀴 돌았다. 막상 들어갈 만한 매력적인 곳을 발견하지 못했다. 차라리 볶음밥이나 쌀국수를 파는 만만한 식당이 있으면 들어갈 텐데, 이국적인 것도 중국 현지의 것도 아닌 어중간한 음식을 담은 사진을 보고서는 발을 들여놓기가 쉽지 않았다.

"아까 식당 바깥 유리창에 '냉면(冷麵)' 판다고 써놓은 집이 있었는데 거기라도 한번 가볼까요? 중국에서는 차가운 국수를 냉면이라고는 하지 않고 보통 '량면(涼麵)'이라고 하죠. 그러니까 아까 그 집은 한국 사람 아니면 조선족이 운영하는 곳일 테니까 한번 먹어볼 만 할 것 같아요."

내 말에 동행한 선배가 고개를 끄덕거렸다. 사실상 더 이상 헤맬 수도 없이 배가 고팠다. 드넓은 음식 거리를 반 바퀴쯤 돌아서 냉면을 한다는 음식점에 도착했다. 메뉴가 십여 가지나 되었는데(밥, 면, 육류) 국수에서 가장 위에 당당하게 자리한 것이 냉면이었다. 그 유명한 란주면(蘭州麵)도, 그 흔한 쌀국수도 아니고!

식당 주인은 우리의 예상과는 달리 60대 초반쯤 되는 선량한 인상의 키 큰 중국인이었다. 그는 중국하고도 천년고도의 주민답게 외국어를 한 마디도 하지 못했고 스마트폰의 번역기를 내밀어도 볼 생각조차 하지 않은 채 사람 좋은 웃음만 지을 뿐이었다. 할 수 없이 손짓으로 냉면을 가리켜 보여서 주문을 했다. 동행한 선배의 의향, 취향은 좀 달랐다.

"여기까지 와서 한국에서 맨날 먹는 냉면을 먹을 수는 없잖아. 난 여기서만 파는 개성 있고 특이한 걸 한번 시도해 보겠어."

그래봐야 그게 그거일 거라고, 통일을 해서 주문하는 게 빨리 나올 거라고 설득하기에는 배가 너무 고팠고 에너지가 남아 있지 않았다. 선배는 주인이 내온 식단의 사진을 참고해서 약간의 망설임 끝에 '염장면(鹽醬麵)'이라는 충격적인 명칭의 음식을 주문했다.

"이게 우리말로는 염장이지만 중국 발음으로는 다른 거겠지?"

선배의 조심스러운 질문에 나는 "염장 지른다의 염장은 한자가 다를 거예요. 순 우리말이거나 고유명사에서 파생된 것이거나"라고, 굳이 설명하지 않아도 될 말에 대해 설명하려고 애썼는데 그게 다 '염장'이라는 말이 가진 폭발성 때문이었다. 식당 주인은 주문을 받은 뒤 자신 있는 손놀림으로 염장면부터 조리하기 시작했다. 그런데 계속해서 염장면의 샘플 사진을 들여다보고 있노라니 어디서 많이 본 듯한 느낌이 드는 것이었다. 색깔만 누런색에서 좀 진한 갈색으로 바꾸면 짜장면에 가까운, 아니 짜장면일 수밖에 없는 형태를 하고 있었다. 오이와 데친 채소가 있는 게 차이가 날 뿐.

조리가 계속되는 동안 선배는 잠시 바깥으로 나가고 나는 혼자 앉아서 식당 내부를 둘러보고 있었다. 그런데 벽면에 붙은 큰 포스터에 냉면에 관한 설명이 있는 것을 발견했다. 포스터에는 눈이 펄펄 내리는 한옥이 배경으로 설정돼 있었다. 냉면과 눈, 기와집이 무슨 상관이, 관계가 있단 말인가. 그 의

문을 풀기 위해 나는 포스터에 인쇄된 글자를 읽기 시작했다.

'조선(한국)의 냉면은 대중적으로 대단히 널리 퍼져 있는 인기 음식이다. 이것은 차갑게 식힌 고깃국물(肉水)에 차가운 면을 넣어서 먹는 것으로 전통적으로 조선 민족이 먹어온 음식 가운데 하나다. 고급 음식의 대명사이며 실제로 고가의 식재료가 소요된다….'

한국 사람이라면 전혀 궁금할 게 없는 뻔한 내용이었다. 하지만 그 음식을 먹을 사람은 뤄양 주민, 혹은 우리처럼 뤄양을 방문한 나그네일 것이니 그들이 냉면이라는 생소한 음식에 대해 물어볼 때 포스터를 손가락으로 가리켜 보이면 될 것 같았다.

염장면이 나왔다. 밖에 나가 선배를 불러들였다. 선배는 염장면을 보자마자 "이거, 내 입에는 안 맞을지도 모르겠는데. 같이 먹자고!" 하면서 주인에게 손짓으로 빈 그릇을 좀 달라고 했다.

"아녜요, 저 안 먹어도 돼요. 위장에 냉면 들어갈 공간밖에 없는 것 같애."

"에이, 그래도 맛은 봐야지. 냉면 나오면 나도 좀 나눠주고."

결국 두어 입 분량의 염장면이 내 앞에 놓였다. 소금 맛이야 세계 어디나 비슷할 테지만 장맛은 같을 수 없다. 나는 염장면을 입에 넣는 대신 몇 년 전에 중국에 혼자 왔을 때 호텔

조식으로 그 지방의 전통 장아찌 같은 걸 먹고는 밥맛이 떨어져서 며칠이나 고생한 이야기를 했다. 다행스럽게도 냉면이 곧 나왔다.

그릇에 담긴 냉면의 생김새는 한국의 물냉면과 비슷했다. 식당 주인이 뭐라고 말했는데 대충 헤아려보니 '냉면이 미지근하면 얼음을 주겠다'는 뜻 같았다. 필요없다고 하고는 냉면을 입에 넣었다. 미적지근한 고기국물 맛이 느껴졌다. 얼음을 준다고 할 때 그냥 달라고 할 것을. 그 맛은 정말 한 마디로 '밍밍'이었다. 짜지도 않았다.

"세상에 이렇게 어정쩡한 맛이 있나."

"왜? 못 먹겠어? 바꿔먹을까?"

선배는 재빨리 자신의 그릇을 내 앞으로 넘기려고 했다. 나는 내 밥그릇을 육탄방어하면서 의자를 뒤로 물렸다.

"안 돼요! 나는 그 짜장면 진짜 못 먹어."

"아, 이거 짜장면이었구나."

"그런 줄 알고 그냥 드세요. 장맛이나 빛깔이 우리나라 짜장면과 좀 다르다 치고."

"암튼 그건 무슨 맛이야?"

"이거 공장에서 만든 냉면 같은데? 간도 안 맞고요. 염장면 만들다가 이 집 소금이 다 떨어졌나?"

결국 두 그릇의 음식물을 절반 가까이 남기고 우리는 젓가락을 놓았다. 입이 텁텁해서 냉장고 밖 박스에 든 맥주를 주문했다. 그 또한 미지근한 것이 '맥주향 나는 인공 조미료'를 때려넣은 맹물 같았다.

"그래도 싸니까 참겠네."

선배의 말마따나 맥주값까지 합쳐도 육천 원 이하였다.

그때였다. 웬 사십대 여성이 배추 같은 채소가 가득 든 장바구니를 들고 나타났다. 그녀는 우리 앞에 놓인 그릇과 그릇에 남아 있는 음식을 보더니 즉각 빠른 중국말로 식당 주인을 맹렬히 비판하기 시작했다. 식당 주인은 어쩔 줄 몰라하면서도 부드러운 말씨로 그녀를 달래고 있었다. 그녀는 그 식당의 여주인이자 대표 요리사였다.

"한국에서 오셨습네까? 미안합네다. 이거 음식은 만들 줄도 모르고 배달만 하는 사람에게 가게를 맡겨놨더니 큰일을 저질렀습니다."

그녀의 말투로 미루어 조선족인 듯 했다. 그제야 지린성의 옌지에서 먹었던 냉면 맛이 기억났다. 그 집 냉면은 옌지 냉면의 '뤄양 버전'이었다. 냉면 전문 쉐프는 우리에게 음식을 다시 해줄 수 있다고 했다. 우리는 이미 충분히 먹었다며 극구 사양했다. 그러는 사이 전화가 여러 통 걸려왔다. 거의 전부 냉면을 주문하는 전화였다.

"그래도 현지에서는 먹히는 모양이네. 배달 주문까지 열나게 들어오는 걸 보니."

"그렇겠죠. 사실 여기까지 와서 냉면 먹는 한국 사람이 일

년에 몇 명이나 되려나요."

식당 주인이 철가방을 실은 오토바이를 타고 가는 걸 보면서 우리는 한 마디씩 논평을 덧붙였다.

수꾸떡의 비밀

효동은 어머니를 모시고 고향의 어머니 집으로 가고 있었다. 그가 운전하는 차는 10년 된 SUV로 겉모습은 산전수전다 겪은 모습일망정 엔진 하나만은 청년처럼 튼튼했다. 하지만 아무리 좋은 차라고 해도 주말에 차량 행렬이 엿가락처럼 늘어진 도로에서는 힘을 쓸 수가 없었다.

고향에는 부모님 슬하의 5남매, 그들 각자 가족 하여 수십 명이 이미 맛있는 음식을 장만해 놓고 효동과 그의 어머니가 오기를 기다리고 있을 것이었다. 어머니는 아흔 살 생신을 두 달 앞두고 이를 치료하러 효동의 집에 왔다가 고향에 있는 집으로 귀가하는 길이었다. 틀니가 제때에 완성되었던 덕택이었다.

주말에 휴가를 떠나는 차로 밀릴 것이 뻔한 고속도로 대신 선택한 4차선 국도는 남쪽으로 향하는 차들로 가득 차 있었다. 반면 반대편 차선에는 차들이 별로 없었다. 차는 가다 서다를 반복하며 천천히 진행하는 중이었다. 그러던 중 자그마한 주유소가 하나 나타났다.

갑자기 차 한 대가 중앙선을 살짝 넘어갔다가 비상 깜빡이를 켜고 앞선 차들 사이로 끼어들었다. 주유소로 들어가려는 것 같았다. 어떤 차는 그 차를 쉽게 끼워 넣어주기도 했지만 어떤 차는 여유가 있음에도 불구하고 자리를 내주지 않았다. 4, 5분 가까이 여러 가지 곡절을 겪은 끝에 마침내 그 차는 주유소 입구 가까이로 근접했다. 그때 하필 효동의 차가 주유소 입구에 도착해 있던 참이었다.

그 차는 갓길로 들어서더니 비상 깜빡이를 켠 채로 후진을 하기 시작했다. 마치 비상 깜빡이가 만능의 면죄부라도 되는 것처럼, 또는 효동의 차가 보이지 않거나 없는 것처럼. 효동은 다가오는 차의 후미를 향해 가볍게 경적을 울렸다. 설마 계속 오기야 하랴 싶었다. 하지만 그 차는 멈출 기색이 없이 마구잡이로 후진해 오고 있었다. 효동은 다시 한번 길게 경적을 울렸다.

"저놈의 차가 기름이 다 떨어졌나…. 아니 기름이 없으면 차를 움직일 수가 없지. 주유소에 금덩이라도 묻어놨나…."

효동은 중얼거렸다. 뒷자리의 어머니는 굳게 입을 다문 채 가만히 앉아 있었다. 그러는 사이에도 앞차는 점점 더 가까이 왔다.

"아, 정말 내가 미치겠네. 저놈의 차는 눈이 없나, 귀가 없나."

경적을 울리는 한편으로 효동은 차내의 후사경을 쳐다보았으나 뒤에 있는 차들이 거의 붙어 있다시피 해서 자신이 물러설 여지가 없었다. 물론 자신의 차를 옆으로 움직여 주유소로 들어갈 수는 있었지만 아무런 일 없이 그럴 이유가 없었다. 효동이 조그마한 소리로 욕을 하고 계속 궁시렁거렸지만 어머니의 자그마한 몸과 표정은 정지화면처럼 굳어 있었다.

그러다 마침내 후진해오던 앞차의 범퍼가 효동의 차 바퀴에 부딪혔다. 효동의 차가 높아 아직까지 효동의 차에 피해는 없는 상태였다. 효동은 경적을 더 울릴지 차에서 뛰어내려 앞차의 운전자에게 달려갈지 잠시 망설였다.

그 잠깐의 망설임이 상황을 더 악화시켰다. 앞차가 효동의 차를 뒤로 밀어붙이기 시작했던 것이다. 효동은 어어, 하면서도 브레이크를 밟으며 밀리지 않으려고 버텼다. 그 순간 빠지지직, 하고 뭔가 기분 나쁜 자극이 차체에서 효동에게 전해졌다. 그건 앞차가 효동의 차에 흠집을 내는 소리였다. 효동은 더 이상 참지 못하고 차 문을 열고 뛰어내렸다. 쏜살같이 앞차로 달려가서 유리문을 두드렸다.

차가 멈추고 유리문이 아래로 내려갔다. 자그마한 얼굴에 몹시 초조한 표정을 한 남자가 효동에게 소리를 질렀다.

"아, 왜 가만히 있는 남의 차를 와서 들이박고 그래요! 운전 좀 똑바로 하라고!"

효동은 어이가 없어서 사방을 향해 고개를 돌리다가 자신의 차 뒷문 유리창이 조용히 내려가고 있는 것을 보았다. 그는 최대한 목에 힘을 주었다. 절대로 질 수 없는 싸움이었다.

"야, 지금 네 차가 내 차를 박은 거잖아, 인간아! 네가 후진해서 남의 차를 박아놓고 누가 누구 차를 박는다고 ㄱㅈㄹ을 떨고 있어? 너 운전 몇 년 했어? 눈은 발바닥에 달렸냐, 엉?"

그제야 상대는 자신의 차에 후진 기어가 들어가 있다는 것을 깨달은 것처럼 엔진을 멈추었다. 하지만 이미 효동의 차 앞부분에 길게 흠집이 나고 난 뒤였다. 그것을 보며 효동은 마치 자신의 몸에 긴 상처가 난 듯한 아픔을 느꼈다.

"야, 내려, 빨리! 너 같은 인간은 운전할 자격이 없어. 알아? 이 천하에 개ㅎㄹㅁㅋ말ㅁㅈㅇㄹㅇ탕 같은 인간아! 당장 내리라고, 내리라니까!"

효동은 말을 하면서도 상대가 자신보다 나이가 몇 살은 위일 것이라고 짐작했다. 하지만 그의 뇌 속 편도체에서 분비된 분노의 신경전달물질은 그를 길길이 뛰게 하고 있었고 그 또한 자신의 행동을 제어할 마음이 전혀 없었다. 차 밖으로 나온 상대는 효동을 올려다보며 정중하게 사과했다.

"미안합니다. 제가 초보운전인 데다가 지금 막 방광이 터질

거 같아서 정신이 하나도 없어가지고 후진인지 전진인지도 모르고 운전을 했나 봅니다. 정말 죄송합니다."

그제야 효동의 분노가 좀 가라앉았다. 그렇다고 갑자기 태도를 돌변해서 예의 바르게 사태를 수습하는 것 또한 쉽지 않았다. 효동은 여전히 사나운 기세로 말을 내뱉었다.

"아무리 그래도 그렇지 최소한 경우가 있는 거야. 내 살다 살다 이런 ㄱㅆㅇㅂㄹㅇㄲㄱ 같은 경우는 처음이네. 앞으로 조심하쇼! 내 말 알아들었어?"

효동의 흥분이 가라앉고, 남자가 최대한 빨리 급한 볼일을 보고 난 뒤 두 사람은 각자의 차량 사진을 찍고 잘잘못을 가리는 간단한 서류를 작성했다. 보험회사에 연락이 취해졌음을 확인한 두 운전자는 다시 각자의 차로 향했다.

그때부터 도로에서 차가 조금씩 빠지기 시작해서 효동은 천천히 앞차를 따라갔다. 문득 뒤에 앉아 있던 어머니가 "동아!" 하고 그를 불렀다. '동'이라는 호칭은 효동의 이름 마지막 자를 따서 어머니가 그를 부르는 말이면서 '막내동이'의 준말이기도 했다. 전 세계에서 그의 어머니만이 효동을 그렇게 부르고 있었다.

"동아, 니가 시방 그 따우 행실할라꼬 열닷 살부터 서울 와가 공부한다미 그래 여리(여럿, 여러 사람)를 고생시킷나! 내가 인제와 마흔도 훌쩍 넘은 니 입에서 그런 무지하고 험한 소리 들을라고 수꾸떡 해믹이고 오뉴월 논에 짐(김) 매고 팥죽

겉은 땀 흘리가미 고치(고추) 따가 공부시킨 줄 아나!"

효동은 어머니가 자신에게 '나잇값도 하지 못하고 교양이 없고 비이성적인 언행으로 당신을 실망시켰다'고 꾸짖는 것이라고 대충 알아듣긴 했다. 그래도 정말 못 알아들을 말이 있어서, 비판적 지성을 담은 냉엄한 얼굴로 자신을 바라보고 있는 구십 노모에게 물었다.

"어무이, 정말 죄송합니데이. 갑자기 이런 일을 당하이 정신이 하나도 없어가꼬요…. 그런데 도대체 수꾸떡이 뭡니까?"

"이 봐라, 봐. 돼지 팔고 염소 판 돈으로 대학까지 나왔다는 기 무식해도 이런 무식이 없다. 수꾸떡이 수꾸떡이지 뭐꼬!"

"수꾸가, 수꾸가 뭐냐고요?"

그러다 문득 그는 깨달았다. 생일 때마다 어머니가 빠짐없이 만들어주던, 귀신이며 도깨비 같은 것들에 해코지당하지 말고 오래오래 살라는 의미를 담은 붉은 수수떡이 바로 그것이었다.

냅킨에 쓴 편지

기록해두지 않으면 기억하지 못할 일이 많아진다. 술자리에서마다 '역사를 기록하지 않는 민족에게는 미래가 없다'는 말을 일삼아 하는 후배 세이, 친구 이지와 함께 여행을 갔을 때 기록의 중요성을 새삼 느낀 바 있기에 내 기억이 황폐해지기 전에 적어두려 한다.

홍콩 국제공항 출국장은 악명 높을 정도로 혼잡스러웠다. 특히 점심시간 무렵에 그랬는데, 물론 그 혼란의 도가니에도 천국은 있었다. 이른바 '푸드 코트'라는 음식점이었다. 전 세계의 음식이 모두 모여 있다는 홍콩하고도 국제공항의 푸드 코트에는 다른 공항에 비해 훨씬 다양한 종류의 음식이 있었다.

당연하게도 중국음식과 딤섬을 취급하는 메뉴가 있는 코너 앞의 줄이 가장 길었다. 높다란 모자를 쓰고 요리사 복장을 갖춰 입은 그 코너의 주인은 젊었고 바빴다. 그는 수십 미터나 되는 줄에서 이탈하지 않고 끈질기게 버티다가 10여 분만에 겨우 자기 차례를 맞은 사람이 주문하는 여러 가지 음식을 기록하고 그 주문을 조리대에 전달한 뒤 금액을 선불로 받았다. 거기에는 10퍼센트의 봉사료까지 포함되어 있었는데 무엇을 봉사한다는 것인지 몰라도 어쩐지 그게 무리한 것으로 생각되지는 않았다.

세이는 줄을 섰고 나와 이지는 빈자리를 찾다가 한 사람만 앉아 있는 4인용 테이블을 발견했다. 그 사람은 50대 중반 정도 되는 남자였다. 그에게 합석을 해도 되겠느냐고 정중하게 (영어로 남에게 정중함을 나타내려면 무조건 말끝마다 'please'를 붙이라고 고등학교 때 배운 대로) 물어보았다.

그는 보고 있던 스마트폰에서 눈도 돌리지 않고 마음대로 하라는 식으로 말했다(그냥 "yes"라고 답했을 뿐임에도 그의 생각을 충분히 읽을 수 있었다). 그의 앞에 있는 플라스틱 쟁반 위의 접시는 비어 있었고 작은 반찬 그릇에 든 삶은 콩은 껍질이 벗겨지고 알맹이는 사라지고 없었으며 딱딱하고 질겨 보이는 고깃조각은 절반 정도가 없어져 있었다. 그러니까 그 남자는 식사가 끝나고 나서도 그 자리에 앉아 스마트폰을 들여다보고 있던 것이었다.

그렇다고 그 남자에게 "음식을 다 드셨으면 면세점으로 가서 쇼핑을 하시든가 탑승구 앞에 앉아서 탈 비행기를 기다리시든가 하셔야 다른 사람도 앉아서 밥을 먹게 되지 않겠습니까? 저렇게 많은 사람들이 주문한 음식을 들고 자리가 없어서 쩔쩔 매는 게 보이지 않으시나요?"하고 묻는 사람은 없었다. 푸드 코트에서 일하는 사람들은 모두 정신없이 바빴고 대부분의 사람들은 어떻게 하든 빨리 한 끼를 먹어치우려고만 했을 뿐 누가 한 자리에 죽치고 앉아서 남의 장사에 지장을 주는지 마는지에 관해서는 관심이 없었다.

어쨌든 나는 그의 맞은편 자리에 앉았다. 그의 옆자리와 내 옆에는 나의 일행들이 자리를 잡았다. 우리 세 사람은 중국 남부지방과 홍콩을 여행하며 거듭 먹었던 딤섬 '소룡포'와 사천음식을 대표하는 마파두부, 볶음밥, 쌀국수를 주문했다. 음식은 시간이 걸리기는 했지만 차례로 나왔고 그러다 보니 4인용 식탁이 좁게 여겨질 정도가 되었다. 자신의 음식보다는 남의 음식을 탐하던 이지가 부력의 법칙을 발견한 아르키메데스처럼 갑자기 외쳤다.

"아, 드디어! 결국 이번 여행에서도 소원을 풀었네."

"그게 무슨 소리야?"

내가 묻자 여행이라면 이골이 난 이지가 자신은 여행의 성패 여부를 마음에 드는 음식을 먹느냐 마느냐로 판별하곤 하는데 이번 여행의 마지막 순간에 그런 음식을 발견했다는 것이었다.

"소룡포? 맨날 왔다갔다 해서 종잡을 수 없는 맛이라더니 이건 맘에 들어?"

"아니, 볶음밥 있잖아. 이게 마파두부와 기가 막히게 하모니가 맞아."

원래 마파두부에는 맨밥이 따라왔다. 그러니까 쌀국수(米線)에 맨밥을 말아먹고 볶음밥 위에 마파두부를 덮밥 식으로 얹는 등의 실험을 해본 결과 이지의 소망이 실현되었다는 것이었다.

"형님, 죄송하지만 그게 뭐 그렇게 특별할 건 없어 보이는데요. 이 시대 최고의 미식가인 형님께서 너무 쉽게 속아 넘어가신 거 아닙니까?"

나이로 막내인 세이가 말했다.

"우리가 이번에 중국에서 먹은 마파두부는 오리지널리티와 아이덴티티가 살아 있는 그 지역의 진짜 제 맛이고요, 지금 먹는 것 정도는 동네 중국집에서도 얼마든지 맛볼 수 있는 수준이다 싶습니다…."

세이의 말이 끝나기도 전에 이지가 대꾸했다.

"글쎄, 맛에 대한 감수성이라는 건 사람마다 다른 것이니 내 말이 무조건 맞다고 하는 건 아니잖아? 아무튼 사천성에서 먹은 음식은 너무 맵고 아린 것을 앞세워서 음식 본래의 제 맛을 느낄 수가 없었는데 지금 먹은 이게 내가 찾던 그 맛이라고."

그러자 세이가 "형님! 바로 이런 게 국제적으로 어이없이 통용되는 값싼 MSG의 마술이 아닐까, 하고 이 동생은 외치는 바입니다!" 하면서 무슨 선거 후보 연설을 하는 사람처럼 두 팔을 추켜들었는데 그 바람에 그의 손가락이 아슬아슬하게 옆에 앉은 남자의 안경을 스쳤다. 안경이 벗어지거나 비뚤어진 건 아니지만 세이는 남자에게 사과를 했고 남자는 세이를 한 번 쏘아보고 나서 자리를 떴다.

"잘하면 사람 치겠다."

내가 논평하는 것은 전혀 개의치 않고 세이는 남자가 남기고 간 쟁반 위에서 뭔가를 읽고 있었다.

"제가 요리사라면 정말 이 사람 옆에 있다가 이걸 보면 한 방 치고 싶어질지도 모르겠는데요?"

세이는 그 말을 하면서 그 남자의 쟁반 위에 있던 냅킨에 일본어로 쓰인 편지를 읽으면서 해석을 해주었다. 세이는 한때 일본어를 공부한 적이 있었고 스마트폰의 통역 앱을 능숙하게 다룰 줄 알았다.

잘 먹었다. 하지만 이 음식의 맛은 정말 내가 태어난 이후 맛본 것 가운데 최악이다. 이렇게 말할 수밖에 없어 대단히 유감스럽다. 배가 고파서 다 먹은 것뿐이니 절대 본인의 실력을 오해하지 말라.

나는 냅킨에 쓰인 글을 사진으로 찍어두었다. 언젠가 써먹을 일이 있을 것 같아서.

"아, 이 인간이 쪼잔하고 치사하게 정말! 이거 쓸라고 자리도 안 비키고 그리 오래 남아 있었나!"

세이가 남자가 사라진 방향을 향해 성토를 하고 있는데 이지가 우리 또한 일어서야 할 때가 되었음을 상기시켰다. 각자 주문을 한 음식 쟁반을 들고 식기를 반납하러 갔더니 안쪽에서 흰 머리를 짧게 깎은 남자가 나와 능숙하게 쟁반을 받아 그릇과 내용물, 수저 등을 순식간에 분류하고 쟁반을 멋지게 쌓는 것이었다.

"야, 이건 수납의 예술이네, 정말."

이구동성으로 우리의 입에서 감탄이 흘러나올 정도였다.

이제는 좀 조용해진 푸드 코트에는 그 남자가 남기고 간 쟁반이 1인분의 자리를 차지한 채 누군가 치워주기를 기다리고 있었다. 식기반납대의 노련한 남자가 아무리 민첩하게 일을 잘한다 해도 그 자리에까지 가서 쟁반을 수거해올 여력은 없어 보였다. 어쩌면 하루 종일 그 쟁반 위 냅킨에 쓰인 편지는 수신인에게 전달되지 못할 것 같았다. 아니면 영원히.

애향심의 탄생

────────────

산 좋고 물 좋고 경치 좋고 인심 좋기로 전국에서 두 번째 가라면 서러워할 고장 일월군. 그곳에는 고추와 담배 말고도 잘 알려져 있지 않은 특산물이 하나 더 있었으니 그건 바로 다슬기였다.

다슬기는 전국 어디에서든 흐르는 물이 있는 곳이라면 쉽게 발견할 수 있는 연체동물로 이름도 많아서 고둥, 민물 고둥, 골뱅이, 고디, 소라, 올갱이, 올뱅이, 대사리 등으로 불리고 있는데, 일월 사람들은 '고디'라고 불렀다. 하지만 십년 전만 해도 일월 사람 대다수는 고디에 대해서는 관심이 거의 없었다.

일월에는 쏘가리와 꺽지 같은 민물고기 말고도 꿩, 고라니, 멧돼지 같은 야생동물이 많이 잡혔고 버섯, 약초, 산채 같은 임산물, 농축산물도 풍부했으니 고디 같은 게 눈에 보였을 리 없었다. 그러니까 일월 사람들이 다슬기에 대해 조금이라도 신경을 쓰게 된 건, 일월산 너머에 있는 큰 도시에서 나고 자라서 살다가 어느 날 일월에 한 번 다녀간 뒤로 일월에 반해 결국은 일월로 이사를 온 E 때문이라고 할 수 있겠다. E의 고향에서는 다슬기를 올갱이라고 불렀고 그곳에서는 다슬기를 해장국, 된장국, 칼국수, 수제비 등등에 넣어서 다양하게 조리해 먹었다. 여름철이면 냇물에 들어가 다슬기를 잡는 사람들이 해오라기보다 많았다. 특히 숙취 해소에 좋다고 해서 술꾼들이 많이 찾았다.

이사온 해 E는 일월군에서도 특히 냇물의 수량이 풍부하면서도 깨끗한 중소천에 피서를 갔다가 씨알이 굵은 다슬기로만 골라 근 50킬로그램을 잡아서 조용히 혼자 장복했다. 20대 초부터 술을 마시기 시작한 이후 술에 취하기만 하면 주정을 하거나 노상방뇨, 고성방가의 추태를 연출하고 아무나 붙잡고 시비를 걸곤 했는데 그런 일이 전혀 없이 지나간 '시즌'은 그 해가 처음이었다.

그는 그게 다 다슬기 덕분이라고 생각했다. 그러면서 그는 자신과 술자리를 함께 하는 많은 일월 사내들을 가엾게 여기는 마음에서, 전문용어로 '자비심'을 발휘하여 그들에게도 다슬기의 효능을 경험하게 해주기로 결심했다. 그리하여 이듬해 5월, 다슬기가 통통하게 살이 오르기 시작할 무렵 E와 그의 일월 친구들은 함께 트럭 두 대에 나눠 타고 중소천으로 향했다.

일월 출신 사내들은 냇물 밖에 모여 서서, 자외선 차단용 망사가 달린 밀짚모자를 쓰고 물안경과 가슴까지 오는 장화 차림에 소쿠리를 어깨에 매단 채 냇물 바닥에서 다슬기를 집어내는 E를 향해 돌아가며 야유를 보냈다. 그게 도대체 사내 대장부가 할 일이냐는 것이었다.

E가 일껏 힘들게 잡아온 다슬기를 버너와 코펠을 이용해 짭조름하게 삶은 뒤에 먹기 좋게 식혀서 내놓았는데 손도 대지 않았다. "도대체 노루 코딱지만 한 게 먹을 건덕지나 있느냐, 너나 배터지게 먹으라"고 하면서. 다슬기가 미네랄이 풍부한 고단백식품이며 간 기능 강화와 해독에 관련된 효력이 으뜸이라고 해도 관심 밖이었다.

그러던 어느 날, 외지인들이 이상한 도구를 트럭에 싣고 일월에 출몰하기 시작했다. 그들은 다슬기가 많은 데를 골라 신출귀몰하며 다슬기를 쓸어갔다. 점심 때에 다슬기를 한두 줌 주워다 시원하게 칼국수나 끓여 먹을까 하여 중소천에 나왔던 E는 둑방에 서 있는 낯선 번호판의 트럭을 보고는 즉시 그들이 뭘 하고 있는지 알아차렸다. E는 일월읍으로 돌아와 여론 주도층들에게 긴급 회동을 제안했다. 그 자리에서, 다슬기가 일월의 특산물인 고추, 담배에 못지않게 값이 나가는데도 외지인들에게 대책 없이 약탈당하고 있다는 E의 주장이 강력하고 열렬하게 펼쳐졌다. 얼마가지 않아 고향을 사랑하는 토박이들에게 그의 주장이 제대로 먹혀들었다.

며칠 뒤 어느 오후, 매미 소리가 잦아들기 시작할 무렵 중소천 상류에 외지인이 몰고 온 트럭이 멈춰 섰다. 차에서 보트가 내려지고 웅웅거리는 원동기 소리가 나기 시작했다. 다슬기 전문 채취꾼들 가운데 한 사람은 보트를 몰았으며 한 사람은 휘발유로 작동하는 휴대용 원동기를 담당했다. 또 한 사람은 원동기에 달린 코끼리 코처럼 생긴 진공 흡입기를 조작해 하천 밑바닥을 긁고 훑어댔다. 한 사람은 커다란 포충망을 들고 있다가 흡입기에서 뿜어져 나오는 흙물을 받아서 원통형 체에 마치 사금이라도 캐듯이 다슬기를 걸러내 함지에 담았다. 그들은 이미 그 일에 이골이 난 듯 동작에 낭비가 전혀 없었고 손발이 착착 맞았다.

그들이 한창 다슬기잡이, 아니 '다슬기 씨 말리기'에 열중해 있을 때 애애앵, 하고 사이렌 소리가 났다. E가 마을회관에서 방송용 마이크에 핸드마이크를 갖다 대고 낸 소리로 작전 개시의 신호였다.

외지인 다슬기잡이들이 잠시 긴장하는 듯 했지만 별다른 일은 없었다. 그들에게 다가가 궁금한 걸 묻거나 시비를 거는 사람도 없었다. 그들은 보트를 타고 중소천 위를 떠다니며 마음껏 다슬기를 잡았고 흥분된 어조로 "대박!" "진짜!"라는 말을 암구호처럼 주고받았다. 마침내 그들은 다슬기를 너무 많이 잡았다가는 실어가거나 판매하는 데 문제가 생길 수가 있다는 결론에 도달했고 다슬기잡이를 중단했다.

해가 지고 어스름이 내리기 시작했다. 외지인들은 도구를 정리하고 그날의 풍성한 수확물을 통에 모아 실은 뒤 트럭의 시동을 걸었다. 트럭은 둑방길을 지나 마을 길로 들어서서 그 너머의 지방도로 빠져나가려고 했다. 하지만 그럴 수가 없었다. 낡은 트랙터가 마을 길을 막고 서 있었기 때문이었다.

그들은 차에서 내려서 트랙터로 다가갔다. 트랙터에는 번호판도 연락처도 열쇠도 없었다. 그들은 "이 촌 동네, 도무지 질서의식이 없잖아!" 하고 불만을 터뜨리면서 마을회관으로 향했다. 하지만 마을회관에서도 그 트랙터가 누구의 것인지 아는 사람은 없었다. 아니, 아무도 알려주지 않았다.

외지인들은 잡았던 다슬기의 일부를 맛이나 보라고 하면서 마을회관에 내놓았다. 동네 사람들은 "아이구, 뭐 이런 걸 다!" 하면서 고맙게 받기는 했지만 트랙터 주인은 날이 캄캄해지도록 나타나지 않았다. 그러는 사이 외지인들이 누구인지 궁금해하는 동네 사람들이 모여들었고 그들이 타고 온 경운기, 오토바이, 트럭이 길 여기저기에 늘어섰다. 마을 사람들은 외지인들에게 일회용 커피를 대접하면서 "볼 것도 즐길 것도 별로 없는 시골 마을이라 미안하다, 그런데 왜 여기까지

왔느냐?"고 캐물었다. 함께 저녁을 먹자며 상을 차리기도 했고 막걸리를 권하고 솥뚜껑에 호박전, 파전을 부쳐 내놓았다.

시간이 흐를수록 불리해진다는 것을 잘 알고 있는 외지인들은 결국 그날 잡은 다슬기 대부분을 내놓았다. 밤 9시가 넘어서는 진공 흡입기와 원동기 등 자신들이 직접 만든 다슬기 자동 채취 도구를 동네에 '영구임대'했다. 나중에는 트럭마저 동네 사람들의 처분에 맡긴 뒤에 지방도까지 걸어가서 택시를 불러 타고 천신만고 끝에 겨우 집으로 돌아갔다. 그때부터 일월 산 다슬기의 이름은 전국적으로 유명해지기 시작했다.

다슬기를 전문적으로 잡을 수 있는 고성능 소형 원동기와 그에 딸린 진공 흡입기에는 '애향심(愛鄕心)'이라는 다정한 이름이 붙었다. 그로부터 네댓 해, 애향심은 물 맑고 산 좋은 일월의 여러 동네를 순회하며 일월군의 이름을 전국에 알리는 막중한 임무를 마치고 퇴역해 E의 고물상에 맡겨졌다. E는 애향심을 조이고 닦고 기름친 뒤 오늘까지 사람들 눈에 잘 보이는 곳에 전시하고 있다.

축복

음식과 관련된 책을 두 권씩이나 내고, 그 외의 산문집이며 소설에서 음식 하나만큼은 뻔질나게 언급하다 보니 어느새 이런 전화를 받는 상황이 되었다.

"야, 나 너랑 같은 학교 나온 조명기라고 한다. 너 세명 25회 졸업 맞지?"

"저는 세명 나온 적 없는데요. 세상초교 나왔어요. 거기 18회 졸업…."

"이 자식이, 나이도 얼마 안 처먹었으면서 벌써 총기가 맛이 갔네. 내가 언제 초등학교래? 고등학교 몰라!"

"아, 그 세명고? 거기는 어릴 때 우리집 바로 이웃에 있긴 했는데 저는 중학교 때 서울로 전학 와서 고등학교는 서울서 나왔거든요. 내 친구 중에 세명고 나온 놈이 누구더라….”

“하여튼 됐고, 네 초딩 친구가 내 중고딩 동기니까 대충 동창 맞는 거 아냐 인마. 내가 너를 친구들 결혼식 할 때나 상가에서 열 몇 번은 봤는데 이제 와서 같은 학교를 나왔네 마네 따지냐? 하여튼 나 지금 아주 오랜만에 가족들하고 제주도에 와 있는데 여기서 2박 3일이나 있을 거거든. 예산 문제도 있고 하니까 내 체면 좀 살리게, 평생 잊지 못할 인생 맛집 한 세 군데쯤 찍어서 문자로 보내줘라. 십년 만에 가족들하고 여행을 오니까 별달리 할 이야기도 없이 서로 뻘쭘하게 있을라니까 영 어색하다야.”

마지막 말 때문에 나는 누군지도 잘 모를 상대에게 유명 음식점이라면 알려질 만큼 알려진 제주에서 그래도 현지 사람들이 소리소문없이 조용히 다니고 있다는 음식점 세 군데를 골라서 문자로 전송해 주었다. 사흘이 지나 다시 전화가 왔다.

“거기 조재롱 작가님 전화 맞습니까?”

“네, 그런데요.”

“지난번에는 제가 실례가 많았습니다. 저, 얼마 전에 제주도 여행 왔다가 음식점 소개받은 사람입니다. 제가 사실 작가님한테 4년 후배인데 그때 뭐가 씌었는지 깜빡 착각을 해가지고 제 동창놈한테 하듯이 막말을 하고 그랬네요. 죄송합니다. 어쨌든 덕분에 맛있는 음식 잘 먹고 올라왔습니다. 특히

3년 넘게 서로 말 몇 마디도 안 하던 딸하고 오분자기가 듬뿍 들어간 미역된장찌개 먹으면서 많은 이야기를 했네요. 진심으로 감사드립니다, 작가님."

"아, 예. 잘됐다니 저야 괜찮습니다. 앞으로도 가족들하고 같이 호젓한 곳에 가실 일이 있으면 연락해 주세요. 대신 곧바로 전화를 하시지는 말고 되도록이면 문자로 부탁드릴게요."

"아, 이번에 아내가 들고 온 작가님 책을 넘겨보니 어릴 적 드셨던 음식 이야기가 꼭 제 이야기 같았습니다. 하긴 고향이 같으니까, 암튼 앞으로는 열심히 찾아 읽고 신간도 나오면 꼭…."

"아닙니다. 잠시라도 즐거우셨다면 저도 충분히 글을 쓰고 책을 낸 보람이 있는걸요. 그걸 느끼게 해주셔서 고맙습니다."

잠시 아무 소리도 들리지 않았는데 그때 나는 수화기 너머 상대가 한라봉이나 옥돔 같은 거 한 상자 보낼 테니 주소를 알려달라고 할 줄 알았다.

"작가님, 앞으로 몸에 좋은 거 많이 드시고, 오래오래 살아주십시오. 그래야 저 같은 사람이 읽을 책을 더 많이 쓰시죠."

내가 글을 쓰고 책을 출간한 이래 독자에게 들어본 것 가운데서도 특기할 만큼 인상적인 축복이었다.

내 생애 가장 큰 축복

1판 1쇄 발행 2020년 5월 29일
1판 4쇄 발행 2020년 7월 20일

지은이 성석제
펴낸이 김성구

책임편집 이종원
잡지부 한재원 김윤미
디자인 김만곤
제작 신태섭
마케팅 최윤호 나길훈 김민지
관리 노신영

펴낸곳 (주)샘터사
등록 2001년 10월 15일 제1-2923호
주소 서울시 종로구 창경궁로35길 26 2층 (03076)
전화 02-763-8962(잡지부) 02-763-8966(마케팅부)
팩스 02-3672-1873 | 이메일 editor@isamtoh.com | 홈페이지 www.isamtoh.com

ISBN 978-89-464-7331-7 03810

이 도서의 국립중앙도서관 출판예정도서목록(CIP)은 서지정보유통지원시스템 홈페이지
(http://seoji.nl.go.kr)와 국가자료종합목록 구축시스템(http://kolis-net.nl.go.kr)에서
이용하실 수 있습니다. (CIP제어번호 : CIP2020019581)

값은 뒤표지에 있습니다.
잘못 만들어진 책은 구입처에서 교환해드립니다.